세계는 넓고 아픈 사람은 많다

세계는 넓고 아픈 사람은 많다

서원석 지음

청년의사

| 감사의 말 |

2012년 양평에서 강변 카페의 인테리어 공사를 하느라 비지땀을 흘리던 무더운 어느 날 여름 전화가 걸려 왔다. 대학교 선배이신 이명근 박사님의 전화였다. 내게 맞을 만한 자리가 하나 났으니 지원해 보라는 말씀이셨다. 평소에 나를 아껴 주시며 나의 장래에 대해 염려해 주시는 몇몇 분 중의 한 분이시고, 가끔 내가 일할 자리에 대해 조언을 해 주시곤 했지만, 갑작스러운 말씀에 건성으로 대답하였다. 그런데 선생님께서는 이미 연세대 보건대학원의 손명세 원장님과도 상의를 하였고, 학교를 대표하여 나를 복지부에 추천하기로 했다는 것이다. 나는 어안이 벙벙했다. 아울러 다시 확인 전화를 할 터이니 그때까지 결정해서 알려 달라는 말씀도 하셨다. 나는 역시 건성으로 대답하고 다시 하던 일에 열중했다.

이 박사님은 내가 존경하고 닮기를 원하는 분 중의 한 분으로, 내가 의예과를 마치고 본과(의학과)에 진급했을 때 학생회장을 맡고 계셨다. 그 당시에도 카리스마가 대단하셨는데, 졸업하면서 바로 강화병원을 인수해 병원장으로 취임하셨다. 대부분의 의사들에게 매우 센세이셔널한 사건이었다. 이후 미국으로 가셨기에 그곳에서 공부를 하시는 줄 알았는데, 그 유명한 존스홉킨스대학교에서 교수 자리를 얻어 활동하신다는 이야기를 듣고는 "아 이분을 따라가기는 너무나 벅차겠다!"라는 탄식이 절로 나왔다. 이후 머시코Mercy Corps의 북한 책임자로 계실 때 중국에서 몇 번 뵈었고, 내가 중국의 곤명에 살고 있을 때도 한두 번 다녀가시는 등 가깝게 지내며 여러모로 격려와 도움을 주셨다. 내가 양평에서 놀고(?) 지낸다는 이야기를 어떻게 전해 들으셨는지 전화를 하신 것이었다.

그러나 나는 지인들과 의기투합하여 양평에서 새로운 도전을 막 시작한 참이었다. 퇴촌으로 가는 강변의 건물을 임차하여 카페와 식당을 개업했다. 목공과 건축 사업도 시작하여 우선 목공소를 열고, 그 첫 번째 프로젝트로 카페 내장공사를 발주받아 이제 막 끝을 보려던 참이었다. 그동안 정신없이 아프리카와 중앙아시아를 돌아다니던 삶을 마감하고, 여유를 갖고 한국에서 정착할 준비를 하고 있었던 것이다. 그런데 이렇게 벌여 둔 사업들은 어떻게 하고 훌쩍 다른 직장을 찾아갈 수 있겠는가? 도저히 불가능하다고, 다음 전화에서는 분명하게 거절 의사를 밝혀야겠다고 다짐했다.

하지만 그로부터 약 두 달 뒤, 나는 한국국제보건의료재단의 사무총장으로 취임하였다. 전에는 존재조차도 알지 못했던 재단에 지원서를 내고, 면접을 보고, 신원확인 절차를 거치는 약 두 달간은 나를 다시 돌아볼 수 있는 시간이었다. 나는 '재단에서 일하는 것이 좋겠다.'라는 의견과, '절대로 가서는 안 된다.'라는 상반된 두 의견의 한가운데서 고심 끝에 결정을 내렸다. 한 재단의 사무총장이 되는 것이 절대로 쉬운 일이 아니며 더불어 아무나 할 수 있는 일이 아니라는 것도 알지 못한 채, 재단에서 근무를 시작하게 되었다. 처음엔 양평에서 여의도에 위치한 재단 사무실까지 출퇴근하는 것만 해도 결코 쉬운 일이 아니었다. 그럼에도 2015년 8월에 무사히 임기를 마칠 수 있었다.

그동안 나는 재단의 사업 지역인 라오스, 캄보디아, 필리핀, 미얀마, 스리랑카, 우즈베키스탄, 에티오피아, 남수단, 르완다, 탄자니아 및 볼리비아를 방문했다. 사업 지역은 아니었지만 몽골, 중국, 페루를 공식적으로 방문하여 보건의료 분야의 사업들을 살펴볼 기회도 가졌다. 아울러 재단에서 진행하고 있는 모자보건 분야의 보건의료체제 역량강화 사업과 1차 보건의료 역량강화 사업, 결핵관리 역량강화 사업, 건강보험정책협력 사업, 유무상연계병원컨설팅 사업을 비롯한 양자 사업들을 자세히 살펴볼 수 있는 기회도 가졌다. 2015년부터는 사회복지공동모금회 특별기획 장애인지원 사업, 심장 및 안과수술 중점병원구축 사업, 스마트건강검진 사업 등이 시작되면서 그동안 진행되어 온 보건의료 분야의 공적개발원조 사업에 새로운 형태의 시도들이 이루어지기도 했다. 2013년 9월 처음 재단에 입사할 때 44명에 불과했던 직원의 수는 2015년 현재 64명에 이르고 있으며, 예산도 약 250억 원에서 약 350억 원으로 100억 원가량 불어났다.

이렇게 재단에서 일할 수 있는 기회를 통해 재단에 입사하기 전 비정부 구호단체들에서 경험한 것들에 대한 체계적인 정리가 가능했다. 그뿐만 아니라 국제개발협력에 대한 이해의 폭이 넓어지게 되었으며, 나름대로 의 경험과 지식을 축적할 수도 있었다. 또한 현지와 한국에서 습득한 지식들을 나눌 수 있는 기회도 종종 가질 수 있었다. 재단의 사무총장으로 여러 모임과 국제 세미나에 초청을 받은 것이다. 국제보건의료재단을 대표하여 한국의 국제개발협력 전략이 무엇인지를 이야기해 달라는 부담스러운 요청부터, 모교의 후배들에게 국제보건의 개념에 대해서 강의해 달라는 요청까지, 이런 기회를 통해 그동안 쌓은 경험들과 지식들을 정리할 수 있었다. 아울러 공적개발원조를 비롯한 국제보건은 한국이 OECD에 가입한 이후 발달하기 시작한 새로운 분야이기 때문에 참고할 만한 서적이나 문헌이 많지 않다는 것도 자연스럽게 알게 되었다.

그래서 재단에서 사무총장으로 봉직했던 지난 3년 동안 깨닫고 배운 내용들과 개발도상국에서 경험한 내용들을 정리하여 책으로 만들 결심을 하게 되었다. 모쪼록 이 책이 국제보건 분야의 입문자들에게 딱딱하지 않으면서도 현장 상황 중심의 안내자 역할을 하는 데 도움이 되었으면 한다. 이 분야에 대한 이론을 정리하기 위한 목적보다, 대부분의 한국 사람들에게 다소 생소한 분야인 국제보건·국제개발협력 분야의 핵심 단어들과 개념들을 비교적 쉽게 설명하여 이 분야에 대한 전체적인 개념을 가지는 데 도움을 주기를 소망하는 마음으로, 책을 출간할 용기를 냈다.

이 책은 결코 나 혼자만의 힘으로 만들어진 것이 아니다. 혹시 이 책을 통해서 무엇인가 얻을 만한 것이 있다면, 그것은 전적으로 내 삶에 영향을 주고 나를 지도해 주셨던 많은 분들에게 진 빚에 의존하고 있음을 밝혀 둔다. 아울러 이 책의 내용은 지극히 개인적이며 편협한 시각을 반영하고 있다. 따라서 국제개발협력과 국제보건에 대한 한 개인의 매우 단순하고도 일차적인 생각으로 받아들일 것을 권한다. 이 책은 국제개발협력과 국제보건 분야에 대한 어떤 기준이나 방향을 설정하기 위한 의도로 쓰인 것이 전혀 아니다. 그저 한 개인이 이 분야에서 고민하고 노력했던 흔적일 뿐이다.

이 책이 나오기까지 내 삶에 영향을 주고 삶의 현장에서 가르침과 도움을 주셨던 분들, 특히 내 삶의 가장 핵심적인 정체성이 형성되도록 도와주신 스탠 롤랜드Stan Rowland를 언급하지 않을 수 없다. 스탠은 내가 국제개발협력의 길로 뛰어들 수 있도록 처음부터 나를 지도해 주셨고, 국제보건에 대한 개념을 가질 수 있도록 10여 년 동안 가르쳐 주셨다. 여러 차례 내가 감당할 수 없을 만한 기회를 줌으로써 격려하고 사랑해 주셨던 스승이자 아버지 같은 존재다. 스탠을 통해 내 삶의 방향과 질이 완전히 바뀌었음을 밝히지 않을 수 없다. 아울러 20여 년의 해외생활에 기꺼이 동반하면서 조언과 조력을 아끼지 않았던 아내와 두 아들에게 무한한 감사와 사랑을 보낸다. 가족들의 동행과 헌신이 없었다면 아마 이 책의 많은 부분은 여전히 채워지지 않은 채 남아 있었을 것이다.

2017년 봄을 기다리며

서 원 석

제1장

한국 보건의료 분야의 미래,
한국에 없다

현재 한국은 건강보험·암생존율·보건의료산업 분야에서 세계 최고의 경쟁력을 가지고 있으며, 아울러 OECD 산하 개발원조위원회 회원국으로서 활발하게 공적개발원조에 참여하고 있다. 현재 한국의 보건의료 환경이 의료의 정석을 걷고 있다고 보기에는 많은 무리가 있다. 많은 의료행위가 다소간 본질에서 벗어나 있다. 이는 (통계상으로는 그렇지 않지만) 사실상 포화상태로서 지나친 경쟁에 내몰리고 있기 때문이다. 이런 상황에서 한국 내에서 더 이상의 발전을 기대하기는 어려울지도 모르겠다. 한국은 과거의 빈곤극복 경험과 보건의료 산업의 발전에 관련된 실제적인 경험과 노하우를 바탕으로 개발도상국은 물론 많은 선진국의 공적개발원조 기관들과 세계은행, 세계보건기구 등 다자기구들이 주목하는 나라가 되었다. 특히 2015년 이후 개발도상국과 국제협력의 목표가 될 지속적개발목표의 핵심으로 부상하고 있는 보편적건강보장 분야에서 세계적인 경쟁력을 보유하고 있다. 따라서 발전된 ICT 기술과 융합된 소위 모바일헬스(M-health)를 기반으로 하는 보건의료 산업의 미래를 한국보다는 해외에서 찾는 것이 바람직할지도 모르겠다. 적극적으로 해외시장을 개척하고 공적개발원조를 통해 다른 나라의 아픔을 감싸고자 노력할 때, 한국 보건의료 산업의 발전뿐만 아니라 국제적인 경쟁력을 유지할 수 있을 것으로 생각한다. 이러한 시대의 전략적인 시점에 한국의 의료인으로 살아가며 훈련받고 있는 사람들은 행운아가 아닐 수 없다. 케이팝(K-pop)과 한국 요리로 시작된 한류가 미용·성형 분야를 거쳐 보건의료 산업으로 이어질 수 있는 매우 중요한 국면을 어떻게 활용할 수 있을 것인지가 앞으로 한국 보건의료 산업의 미래를 결정짓게 될 것이다.

2013년 12월 4일 오후, 나는 김포공항에서 도쿄행 비행기에 몸을 실었다. 사실상 처음으로 일본을 방문하기 위해서였다. 1993년 난생 처음으로 미국행 비행기를 타고 대한해협을 건널 즈음 항공기에 이상이 생겨 기내식도 못 얻어먹고 나리타공항에 불시착했던 경험은 있었다. 항공사 측의 배려로 공항 인근 호텔에서 하룻밤을 머물렀던 것이 그때까지 일본 땅을 밟은 유일한 기억이었다. 그 이후에도 수없이 많은 비행기를 도쿄나 오사카 공항에서 갈아탔지만 나는 한 번도 정식으로 일본 땅을 밟아 본 적이 없었다. 비행기는 순조롭게 하네다공항에 도착했고, 지하철을 타고 그 유명한 도쿄타워 옆에 위치한 프린스호텔로 향했다. 일본 정부와 세계은행이 공동으로 주최한 보편적건강보장 국제정상회의에 참석하기 위해서였다.

다음 날 아침 정상회의에 앞서 세계 각국의 저명한 학자들과 기관의 대표들이 참석한 테크니컬미팅이 게이오 의과대학 강당에서 개최되었다. 일본 정부와 세계은행이 2년에 걸쳐 진행한 세계 12개국의 건강보험과 보편적건강보장제도에 대한 공동연구 결과를 발표하는 자리였다. 나는 보편적건강보장에 대해서는 거의 문외한이었다. 새천년개발목표가 2015년에 종료되고 난 이후 지속적개발목표의 핵심으로 부상하게 될 보편적건강보장의 개념에 대한 이해를 넓히고, 각국의 추진 현황과 관심사에 대해서 반드시 파악해 두어야겠다는 생각에 만사를 제치고 참석을 결심하게 되었다. 테크니컬미팅이 열리는 날이 하필 내가 사무총장으로 재직하고 있던 한국국제보건의료재단에서 연례로 주최하는 북한 보건의료지원 국제세미나가 개최되는 날이어서 반드시 참석을 해야 했지만, 미래를 위한 투자에 더 큰 비중을 두고 일본행을 택하였다. 나의 일본행에는 당시 세계은행의 한국대표로서 한국사무소 개소 준비를 담당하고 있던 레스터 달리의 권유와 배려가 큰 도움이 되었다. 나는 이 회의의 실체도 알지 못했지만, 레스터는 이미 내가 참석할 수 있도록 모든 배려를 마친 후에 내게 "데이비드(나의 영어 이름)가 반드시 참석해야 하는 회의를 소개하겠다."며 도쿄행을 권유했던 것이다.

　테크니컬미팅이 열리는 회의장에 도착하여 등록을 한 뒤 자리를 찾던 나는 깜짝 놀라고 말았다. 회의장은 말굽형으로 테이블이 겹겹이 놓여 있었는데, VIP급의 연사들과 토론자들이 가장 가운데에 앉고 바깥으로 갈수록 직급이 낮은 사람들이 앉도록 배열되어 있었다. 그리고 강당 뒤쪽에는 학교 강의실 형태로 좌석들이 배열되어 있었다. 의전을 중요시하는 일본 정부의 꼼꼼함이 드러나는 좌석 배열이었다. 내가 놀란 이유는, 나에게 배정된 자리가 보편적건강보장의 세계적인 석학이며 하버드대학교의 교수인 마이클 라이히Michael Reich 교수의 바로 옆자리였기 때문이었다. 마이클은 일본 정부와 이 회의를 실제적으로 주도하고 있었다. 이미 전날 밤 호텔에 도착했을 때 로비에서 오주환 교수로부터 소개를 받아 알고 있었다. 오주환 교수는 마이클이 자신의 은사이며 하버드의 다케미펠로십 담당교수라고 소개했다. 내 왼쪽 옆에는 하버드에서 박사학위를 취득하고 영국 옥스퍼드대학교의 교수로 재직 중인 위니 입Winnie Yip 교수가 앉아 있었다. 마이클 옆에는 역시 하버드 대학의 석학인 중국 출신의 빌 샤오Bill Hsiao 박사가 앉아 있었다. 나는 내가 감히 낄 자리가 아니라는 생각에 다시 한번 좌석 배정표를 살펴보았다. 잘못 앉았다가 회의 도중에 쫓겨나면 국제적인 망신을 당할 것이라는 두려움에서였다. 건너편에는 세계보

보편적건강보장의 세계적인 석학인 빌 샤오 교수가 2013년 12월 도쿄국제회의에서 발언하고 있다. 얼굴은 보이지 않지만 그의 뒤로 나의 옆모습이 보인다. 원래 내 옆에는 마이클 라이히 교수가 앉아 있었는데, 잠시 자리를 비웠다. 그 옆에는 옥스퍼드대학교의 위니 입 교수가 앉아 있다. 세계적인 석학들 사이에 앉은 석두와 같은 심정으로 나는 필사적으로 사람들의 시선을 피하려고 노력하였다. 혹시 나에게 질문을 하면 어쩌나 하는 걱정 때문이었다.

건기구 서태평양 지역의 사무처장인 신영수 박사님께서 앉아 계셨다. 신 박사님의 옆에는 아시아개발은행의 대표가 앉아 있었다. 동행한 오주환 교수는 라운드 테이블에는 앉지 못하고 일반 청중들을 위해 마련된 자리에 앉아 있었다. 몇 번이고 좌석 배열표를 확인하고 또 좌석 앞의 명패까지도 확인했지만, 분명히 내 이름이 적혀 있었다. 나중에 알고 보니 당시 한·일 관계가 극도로 경색되어 있어 한국에서는 정식 대표단을 보내지 않았고, 이에 주최 측에서 정부 산하기관인 재단의 사무총장을 한국 대표 자격으로 격상시켜 배려해 준 것이었다. 내가 앉을 자리가 아니라고 거듭 생각 했지만, 그것이 결국은 한국의 국제적인 위상을 상징적으로 드러내 준 것이라고 생각하기로 했다.

다음 날 보편적건강보장 정상회의가 개최되었다. 사람들의 설명에 따르면 보편적건강보장이라는 주제와 관련해서 정상급의 인사들이 모여 개최되는 최초의 회의였다. 정상회의라는 격에 어울리게 전 일본 총리인 아소 다로 당시 재무부장관 겸 부총리가 개회를 선언하였고, 김용 세계은행 총재, 마거릿 챈Margaret Chan 세계보건기구 사무총장이 축사를 하였다. 에티오피아, 미얀마, 베트남 등 세계 6개국의 보건부 장관이 대거 참석한 것을 보고 일본이 얼마나 이 회의에 공을 들였는지 잘 알 수 있었다. 일본은 2년 전부터 이 회의를 준비하며 세계은행과 함께 공동으로 연구를 진행하였고, 회의가 개최되기 몇 달 전 아베 수상이 직접 의학잡지인 〈랜싯Lancet〉에 보편적건강보장에 대한 특별기고를 하는 등 국가적 차원에서 전략적으로 회의를 준비했다. 프린스호텔에서 개최된 다음 날 회의에서도 내 자리는 라운드 테이블의 중간에 위치하고 있었다. 건너편에는 마거릿 챈 세계보건기구 사무총장과 김용 세계은행 총재가 자리하였다. 그러나 소문난 잔치에 먹을 것 없다고, 사실 회의 내용은 특기할 만한 것이 없었다. 세계적인 석학으로 인정받는 빌 샤오 교수가 거듭 "보편적건강보장이 전국민건강보험을 의미하지는 않는다."라는 매우 기초적인 원칙을 선포함으로써 의료서비스의 수준 향상에 대해서 강조하고, 아울러 마거릿 챈 세계보건기구 사무총장도 보편적건장보장의 핵심이 1차보건의료에 있어야 한다는 점을 매우 강한 어조로 상기시키는 정도였다. 아직 정상회의 차원에서 어떤 특별한 의제나 핵심 주제 도출에 중점을 둘 정도로 성숙한 단계에는 이르지 못했기 때문이었다. 단지 세계 최초로 보편적건강보장이라는 주제에 관한 정상급 회의를 개최한 것으로 만족하는 회의였다고 나 할까?

회의 도중 쉬는 시간에 토론자로 참석한 서울대학교 보건대학원장 권순만 교수, 세계은행의 아시아 지역 보건의료 분야 책임자인 투마스 팔루와 이야기를 나눌 기회가 있었다. 앞으로 정상급의 회의보다는 실무자 중심으로 구성된 지역 차원의 콘퍼런스를 개최해야 실제적인 사업의 진전과 지식의 공유가 일어날 수 있다는 점에 공감하였다. 이 이듬해인 2014년 봄에 세계은행과 재단이 지역 차원의 콘퍼런스를 공동으로 개최하자는 데 의견이 모아졌다. 그리하여 개인적인 측면에서나 재단의 입장에서 볼 때, 도쿄 보편적건강보장 국제정상회의의 가장 큰 성과는 바로 이것이었다. 다음 해 3월 세계은행을 비롯하여 세계보건기구 및 많은 학자들과 전문가들이 참여하는 지역 차원의 보편적건강보장 국제 콘퍼런스를 서울에서 개최하는 초석을 다지게 된 것 말이다.

리투아니아 출신 의사인 투마스 팔루Toomas Palu는 한국이 전국민건강보험을 단기간 내에 도입한 나라로서 많은 개발도상국의 모델이 될 수 있기 때문에, 이러한 상징성을 살리기 위해 한국에서 회의가 개최되어야 한다고 강조하였다. 더불어 비교적 근래에 달성되었기 때문에 아직도 많은 전문가들이 살아 있고, 그 과정을 기억하는 수많은 실무자들 역시 현장에서 일하고 있으므로 관련 분야 전문가들을 위한 실무훈련 장소로 최적이라는 것 또한 역설하였다. 아울러 그가 책임을 맡고 있는 세계은행의 아시아 지역 보건의료 분야 전문가 30여 명이 오래전부터 한국을 방문하여 케이팝을 듣고 한국 음식을 먹을 기회를 달라고 졸라 왔기 때문에 사면초가에 몰려 있다고도 하였다. 그러면서 회의에 소요되는 비용의 절반 이상을 부담하겠다는 거절할 수 없는 제안을 해 온 것이, 그 자리에서 바로 회의를 개최하기로 결정한 배경이었다.

내가 학교를 다닐 때는 홍콩이 아시아 전체의 문화 중심지였다. 이소룡과 쿵푸 영화가 공개될 때마다 영화를 보기 위해 극장 앞에 줄을 섰을 뿐만 아니라, 홍콩이라는 도시의 다양성에 매료되어 홍콩에 가서 '딤섬'을 먹어 보는 것이 소원이던 때였다. 그래서인지 기분이 좋다는 말을 "홍콩 간다."라고 표현하기도 하였다. 이제는 한국이 아시아인들은 물론이고 전 세계의 많은 젊은이들이 방문하기를 원하는 나라가 되었다. 이들이 한국어를 유창하게 구사하는 것을 보노라면 한국이 어느새 세계 대중문화의 중심이 되고 있다는 것을 느끼게 된다. 한동안 닌텐도게임이 붐을 이루던 시절에는 많은 젊은이들이 로망을 가지던 나라는 일본이었다. 미국에 살면서 교육을 받은 나의 두 아들 역시 독학으로 일본어를 배우고 일본 만화를 보면서 자랐다. 내가 왜 일본어를 배우게 되었느냐고 물었을 때 두 아이의 대답은 매우 간단했다. "게임을 잘하기 위해서." 그런데 이제는 한국이 많은 세계인들이 찾고 싶어 하는 나라가 된 것이다. 중국 여행객들로 인산인해를 이루는 명동 거리만 봐도 알 수 있다. 특히 성형수술과 치과를 비롯한 미용 분야에서는 세계 최고 수준의 기술과 인프라를 갖춘 나라가 되었다.

본질에서 벗어나면 탈선한다?

그러나 한국의 의료 현실은 그리 녹록하지 않다. 독일에서 칸트 연구로 철학박사 학위를 취득하신 아버지는 항상 우리 형제들에게 "너희는 나처럼 학문에만 매진하여 물려받은 유산을 축내면서 가난하게 살지 말고 의사가 되어라. 의사가 되면 인술을 통해 불쌍한 사람들을 돕고 치료할 수도 있고, 의학을 연구하여 질병을 퇴치할 수도 있다. 또 경제적으로 쪼들리지 않을 뿐 아니라 다른 이들도 도울 수 있는 여유를 가질 수 있지 않느냐."라고 입버릇처럼 말씀하셨다. 이런 영향으로 3남 1녀 중 세 명이 의사가 되었다. 누님은 평생을 봉직의로 사셨고 두 딸 역시 의사로 만들었고 의사 사위도 보셨다. 경제적으로 허덕이지는 않았지만 아버님 말씀처럼 풍족하게 사시지는 못했다. 한국의 의사들이 돈을 많이 번다는 것이 이미 옛말이 되었기 때문이다. 둘째 형님은 신경외과 전문의로 지방에서 개인의원을 개업했다가 중소병원을 설립했지만 끝내 파산해 버렸고, 이 때문에 쉽지 않은 중년의 마지막을 보내고 계신다. 나는 의과대학을 졸업했지만 한 번도 의사가 되어 본 적이 없다(!). 아내도 병리학 전문의지만 우리 부부는 한 번도 풍족하게 살아 본 기억이 없다. 두 아들에게 의사가 될 것을 한두 번 이야기했지만 씨알도 먹히지 않았다. 사실 한국에서 의사는 인기가 없는 직업 중 하나다. 아니 전 세계적으로 볼 때도 의사는 경제적으로나 사회적 지위 면에서 점점 인기가 떨어지고 있는 직업이다. 미국을 제외하면 경제적으로 아주 넉넉한 의사들을 찾아보기 힘들며, 사회주의 보건의료 체제에서는 남자 의사들을 찾아보기가 쉽지 않을 정도다. 몽골이나 우즈베키스탄을 비롯한 중앙아시아 국가들에서는 의사의 다수를 여성들이 차지하고 있다.

현재 한국 의료계는 비정상적으로 낮은 건강보험 수가로 인해 정상적인 진료를 통해서는 충분한 수입을 얻을 수 없다. 그래서 본질에서 조금 벗어난 의료행위에 치중하며 조금씩 정상궤도에서 이탈하고 있다고 해도 과언이 아니다. 미용·성형 분야가 발전된다는 측면에서 긍정적인 부분이 없진 않지만, 많은 의사들이 보다 나은 수입을 위해 앞다투어 매끈한 몸매를 만들어 주는 일에만 동참한다면 뭔가 문제가 있는 것이다. 사실 한국에서 이미 전염병이나 급성질환으로 사망하거나 고통을 받는 사람의 수가 기하급수적으로 감소하고 있으므로, 한국 의료계의 인적자원과 인프라는 사실상 포화상태라고 말할 수 있을 것이다. 개도국에서 한국으로 장·단기연수를 온 의료진들과 보건부 관리들이 놀라는 것은 삼성서울병원이나 세브란스 병원의 다빈치 로봇 등의 최첨단 장비들 때문이 아니다. 이들이 공통적으로 가장 충격을 받는 것은 보건소다. 서울 강남구의 보건소가 아니라, 지방의 군 소재지에 위치한 보건소를 방문했을 때 가장 놀란다. 자기네 나라의 보건소에는 의사가 없는 것은 물론이고 간호사나 심지어는 간호보조원 수준의 의료진이 배치되어 있는데, 종합병원 수준의 시설과 의료진을 갖춘 발달된 한국 보건소를 방문해서 보건의료 수준의 차이를 실감하고 충격을 받게 되는 것이다. 한국은 세계 최초로 전국의 보건소가 인터넷을 통해 연결되고 정보가 공유되는 전산화가 이루어진 나라이자, 1차보건의료 체제의 중심인 보건소가 3차보건의료 수준으로 발전된 유일한 나라이다.

　이런 상황에서 일반의로 아파트 단지 내에 개원을 해서 미래에 대한 희망을 갖고 살아가는 것은 쉽지 않다. 원격의료와 ICT 기술이 융합된 모바일헬스의 거센 도전을 막아 내는 것은 사실상 불가능해 보인다. 그런데 더욱 심각한 것은 이러한 의사들을 대하는 국민들의 태도다. 의사들을 기득권 세력으로 보고, 자신의 이익을 위해서는 수단과 방법을 가리지 않는 매우 이기적인 집단으로 간주하고 있다. 2000년 의약분업 사태나 지금도 진행되고 있는 한의사와의 갈등이, 국민들의 눈에는 국민의 기본권으로 보장받아야 하는 건강권을 볼모로 국민을 위협하는 비정상적인 행위로 비치는 것이다. 의사들이 국민들의 신뢰를 잃어버리면 치료가 이루어질 수 없다. 아니 치료는 둘째 치고 돌봄을 위한 관계 자체가 형성되지 못하게 된다. 한국에 사는 의사들의 형편은 이런데, 외국 사람들은 모두 한국의 보건의료 체제를 부러워한다. 아이러니가 아닐 수 없다. 나도 한국에서 살 때에는 한국의 의료제도가 전적으로 민간의료에 의존하고 공공의료는 전혀 기능을 하지 못하며, 정부가 해야 할 책임은 다하지 않고 권력만 휘두르려 한다고 비판을 하곤 했었다. 그런데 몽골로 건너가 몽골 최초의 민간병원을 설립 및 운영하여 공공의료의 부작용 및 폐해와 맞서 싸우면서 그러한 나의 생각에 많은 변화가 생겼다. 내 주머니에서 돈을 내서라도 건강을 보장받을 수 있다면 기꺼이 값을 치르겠다는 사람들을 무수히 많이 만났기 때문이다. 삶의 원동력을 잃어버린 의료진들로 이루어진 사회주의 보건의료 체제를 경험하면서 한국 의료 체제의 우수성을 비로소 깨닫게 된 것이다. 보건의료 산업 발달의 정점에 이르러 생겨난 세계 최고 수준의 효율성으로 인해, 한국의 의료시장은 사실상 포화상태다.

최고의 인재들로 이루어진 보건의료 인력자원의 수준을 생각할 때, 한국은 과거 사회주의가 경험했던 것과 같이 삶의 원동력을 잃어버린 의사들을 경험하게 될지도 모른다. 지금 이 시점에서는 새로운 돌파구가 필요하다. 그 가능성은 한국이 아닌 세계로 눈을 돌릴 때 나타날지도 모르겠다.

한국의 수준은 정말 세계적인가?

중국 운남성의 성도 곤명에서 살 때, 나는 적지 않은 환자들을 만났다. 그들 중 많은 사람들이 한국의 성형외과 의사를 소개해 달라는 부탁을 했다. 어렸을 때 사고로 얼굴에 깊은 상처가 났는데 한국에 가서 치료를 받고 싶으니 유명한 한국 의사를 소개해 달라는 것이었다. 중국 사람들은 차림새로만 봐서는 얼마나 부자인지 판단하기 어려운 경우가 대부분이기는 하다. 하지만 그러한 말을 하는 사람들 중 다수는 내 생각에 중산층 정도로밖에 보이지 않는 사람들이었다. 중국에도 유명한 의사들이 많은데 왜 굳이 번거롭게 한국에까지 가서 수술을 받으려 하느냐고 물으면, 중국 의사들의 실력을 믿을 수 없기 때문이라고 대답했다. 한때 중국에서 한국 성형외과 의사들과 치과 의사들의 인기가 매우 높았던 적이 있었다. 실제로 곤명에서도 주말에 한국에서 전문의가 방문하여 수술을 해 주는 경우가 있었는데, (그것이 비록 합법적인 방법은 아니지만) 한 번 방문으로 엄청난 수입을 올린다는 소문이 돌곤 하였다. 중국에서 이름난 의사를 찾아가 수술을 받아도 비용 면에서 별 차이가 없기 때문에 한국에 가서 수술받기를 원한다는 것이었다.

실제로 한국 성형외과 전문의들의 기술과 임상경험은 세계적인 수준에 이른 것으로 평가받는다. 국제적인 성형외과학술대회를 주름잡는 사람들이 한국 의사들이니 말이다. 성형외과 전문의들이 다른 나라에 가서 새로운 기술을 배울 것이 없을 정도로 발전되어 있다. 따라서 요즈음 해외 유학을 떠나려는 성형외과 전문의들은 보다 기초적인 분야와 해부학적 구조에 대한 연구를 하기 위해 유럽의 대학들을 살펴보고 있다고 한다. 130년 전 처음으로 한국에 소개된 서양의학이 (물론 일부 분야에서이기는 하지만) 다른나라에서 더 배울 것이 없는 수준으로 발전하게 된 것이다. 내가 의학을 공부하던 시절, 암 치료 분야에서 가장 세계적인 기관은 미국의 엠디앤더슨MD Anderson이었다. 그러나 지금은 상황이 많이 바뀌었다. 암의 치료율과 생존율 모두 한국이 세계 최고를 자랑하는 나라가 된 것이다. 이전에는 한국의 모 재벌이 암 치료를 위해서 돈을 싸 들고 미국의 엠디앤더슨을 찾았다는 말이 있었지만, 요즈음에는 몽골의 어느 갑부가 한국에 와서 암 치료를 받고 완치되어 돌아갔다느니, 러시아의 신흥재벌이 한국을 방문하여 심장카테터를 삽입했다느니 하는 소리가 들려온다.

1987년 카자흐스탄의 알마티(옛 이름 알마아타)에서 세계보건기구와 유니세프의 주도로 세계 각국의 보건부 대표들과 학자들 및 기관의 책임자들이 모여 '알마아타 선언'을 발표하고, 2000년까지 세계 모든 나라 사람들의 건강을 달성하기로 목표를 세웠다. 이를 위해 우선 1차보건의료에 집중하기로 결의하면서, 소위 보건의료전달체계라는 개념이 생겨났다. 보건의료 자원의 효율적 분배와 지역적 우선순위를 고려하여 단계적으로 보건의료서비스를 제공하자는 매우 전략적인 원칙을 제정하였다. 이에 따라 지방에서는 보건지소와 보건소 등의 1차보건의료 기관이 예방과 교육의 기능을 주로 담당하고, 중소도시에서는 의원급 또는 중소병원이 치료의 기능을, 도시에서는 대형종합병원이 3차진료의 역할을 담당하도록 하여 한정된 의료자원이 효과적으로 분배되고 사용될 수 있게 하였다. 알마아타 선언이 발표될 당시 개발도상국으로서 소위 '삼중지연'(사람은 있는데 재정이 없어 일을 못하다가 인력과 재정이 확보되면 필요한 장비가 없고, 장비가 확보되면 사람이 이미 다른 곳으로 떠나 일이 안 되는 현상. 개도국의 단절화된 상황을 일컫는 말.)이라는 전형적인 열악한 환경으로 인해 어려움을 겪고 있던 한국은, 50년이 지난 지금 보건의료전달체계가 '긍정적인 측면에서 무너진' 유일한 나라로 발전하였다. 한국 사람들은 거의 누구나 원한다면 세계 최고 수준의 보건의료서비스를, 단계적인 의료전달체계를 거치지 않고도 제공받을 수 있게 된 것이다. 물론 비효율성이라는 측면과 과도한 중복이라는 비판을 완전히 무시할 수는 없겠지만, 누구나 건강을 기본적인 권리로 누릴 수 있도록 하는 것이 바로 보편적건강보장의 핵심 개념이라는 것을 상기할 때, 한국은 지상에서 거의 유일하게 보편적건강보장이 이루어지고 있는 나라라고 봐도 무방할 것이다.

보편적건강보장의 핵심 개념은 크게 세 축으로 이루어진다. 첫 번째 축은 국민 모두가 보건의료체제에 접근할 수 있어야 한다는 소위 접근성이다. 차별 없이, 빈부와 지위에 상관 없이 건강권을 지킬 수 있는 서비스에 접근할 수 있어야 한다는 개념이다. 전국민의료보험이 시행되고 있는 한국에서는 비교적 쉽게 누구나 의료시설에 접근할 수 있다. 두 번째 축은 제공되는 의료서비스의 수준이 질병의 감소와 치료에 충분한 수준으로 제공되어야 한다는 것이다. 의사들과 의료기관을 전전해도 전혀 치료가 이루어지지 않고 오히려 병이 악화된다면 건강권이 보장되고 있다고 할 수 없을 것이다. 한국은 이 분야에서 세계 최고의 건강권을 전 국민에게 보장할 수 있는 몇 안 되는 나라 중 하나다. 세 번째 축은 그러한 의료 서비스를 제공받음에 있어 극심한 재정적인 부담이 없어야 하고, 이를 통해 파산이나 심각한 경제적인 손실이 발생되지 않아야 한다는 것이다. 세계 최고의 의술을 제공한다고 하는 미국과 프랑스가 이루지 못한 분야가 바로 이것이다. 미국의 의료비는 일반 국민들이 감당할 수 없는 수준인 데다가, 지불하는 보험료에 비해 서비스의 질이 떨어져 둘 사이에 현저한 차이가 나타나고 있다. 한국에서는 (의료인들의 희생을 담보로 이루어지고 있긴 하지만) 보험료에 비해 월등하게 우수한 질의 의료서비스가 제공되고 있다. 또한 의료비를 지불할 능력이 없는 빈곤층도 (아직 개선의 여지가 많이 남아 있기는 하지만) 의료보호 및 각종 보장 제도들을 통해 가정경제의 파탄이 오지 않도록 보호하고 있다.

나는 한국에 살 때에는 병원에 가 본 적이 없다. 내가 의사이기도 했지만 별로 아파 본 적이 없었다. 그래서 매달 꼬박꼬박 내는 보험료가 너무 아깝다는 생각만 하고 살았다. 몽골에 갔을 때는 아예 보험이라는 것이 없기 때문에 돈이 안 들어 좋기는 했지만 조금 걱정이 되기도 했었다. 그러나 내가 의사였고, 병원을 운영하고 있었기 때문에 큰 어려움은 없었다. 문제는 낙후된 보건의료체제와 기술 및 지식으로 인해 적절한 치료가 이루어지지 않는 것이었다. 몽골, 우즈베키스탄, 영국 등에 살면서 비로소 정부재정에 의존하는데도 적절한 지원이 이루어지지 못하여 낙후된 의료시설과 장비들, 동기부여가 없어 기술과 지식의 발전이 이루어지지 못하는 의료진과 의료서비스에 대해 많은 관심을 가지게 되었다. 그러면서 한국이 얼마나 발전된 나라인가 하는 것을 새삼 느끼게 되었다. 미국에 살때 역시 매달 엄청난 보험료를 지불하면서도 치료 방법이나 의료기관 선택의 자유가 없는 것은 물론, 민간의료보험의 횡포에 놀아나는 의료기관과 의료진을 경험하면서, 한국 건강보험제도의 우수성에 대해 실감할 수 있었다. 그렇다. 한국 의사들의 우수성과 한국 보건의료제도의 세계적인 수준은 한국을 벗어나 봐야 비로소 알 수 있다.

오바마 대통령은 '오바마케어'를 통해 미국 건강보험제도의 개혁을 추진하면서 한국의 건강보험제도를 극찬한 적이 있다. 미국을 방문한 진수희 당시 보건복지부 장관을 미국 보건부에서 극진하게 대접하면서 전국민건강보험의 노하우를 전수해 달라고 요청한 이후, 한국의 건강보험에 대한 전 세계의 관심이 폭발적으로 증가하였다. 오바마가 한국의 건강보험제도에 관심을 갖게 된 것은, 한국이 비교적 단기간 내에 전국민건강보험을 달성했고, 아울러 그것이 80년대에 이루어져 비교적 최근의 일이기 때문이다. 60년대에 전국민의료보험을 달성한 일본이나 400년 전에 건강보험을 도입한 독일에서는 건강보험의 발전 과정을 경험해 본 전문가들이나 산지식을 갖춘 사람을 찾아보기 힘들다. 그렇지만 한국에는 아직도 건강보험공단과 보건복지부 내에 당시의 역사와 단계들에 대해 생생한 기억을 가진 수많은 전문가들과 현장 실무자들이 남아 있어 매우 탄탄한 인적자원 인프라가 구축되어 있는 것이다. 그렇다고 한국의 건강보험이 세계 최고의 제도나 체계는 아니다. 아니 세상 어느 나라도 지상 최고의 제도와 체계를 갖추고 있지는 못하다. 다만 자국의 실정에 가장 최적화된 제도와 체계를 갖추려고 노력하고 있을 뿐이며, 한국도 그러한 측면에서 끊임없이 제도를 개선하고 체제를 개편하여 지속적으로 성장·발전해 왔다. 이러한 한국의 건강보험제도를 개선하기 위한 노력의 결실 중 하나가 바로 건강보험심사평가원이 구축한 심사평가제도다. 전 세계에서 유일한 제도는 아니지만, 지난 50년간 한국이 발전시켜 온 건강보험제도의 결과이자 살아 움직이는 증거다. 이 제도를 통해 한국의 건강보험은 아직도 가장 적합한 체계를 만들기 위한 노력을 게을리 하지 않고 있음을 보여 주고 있다. 또한 이렇게 축적된 지난 50년간의 엄청난 의료정보와 기록들은 전 세계가 탐내는 빅데이터가 되었다.

한국의 반도체 기술이나 최첨단 스마트폰 등의 전자제품들이 세계적인 명성을 얻고 있다. 이는 대단한 일이다. 그러나 한국이 세계의 이목을 집중시키는 것은, 한국이 최첨단 산업의 기술과 지식이 집약되어 이루어진 전자제품을 생산해 냈기 때문만이 아니다. 아직도 살아 움직이며 지속적으로 변화·발전하는 경험과 지식에 기반한 문화의 산물을 지속적으로 생산해 내고 있기 때문이다. 즉, 한국의 핵심경쟁력은 최첨단 제품을 생산해 낼 수 있는 집약되고 순간적인 능력에 더하여, 한국인의 전통과 문화의 산물인 지식에 기반한 소프트파워라고 할 수 있을 것이다. 이것이 전 세계 사람들로 하여금 한국에 집중하게 하고, 한국을 찾게 하고, 한국을 맛보고, 한국을 느끼며, 한국인처럼 살아 보고 싶다고 생각하게 하는 원동력인 것 같다. 보건의료 산업은 바로 전 인류가 추구하는 기본적인 권리인 건강해지고 행복을 느낄 수 있는 기본권에 가장 근접한 분야로, 한국은 바로 이 분야에서 이미 세계적인 명성을 얻고 있고, 또한 앞으로 무한히 발전해 갈 수 있는 잠재력을 갖추고 있다. 그것이 이 시대를 살아가는 한국 의료인들 앞에 활짝 열린 미래다.

선수는 다른 선수를 알아본다?

2013년 6월 초에 한국개발연구원KDI에서 워크숍 초청장이 날아왔다. 세계은행과 한국개발연구원이 공동으로 '개발의 전달을 위한 학문을 위한 안건 설정'이라는 거창한 주제로 이틀에 걸쳐 메리어트호텔에서 워크숍을 개최하는데, 참석할 사람은 신청을 하라는 것이었다. 공적개발원조 분야의 패러다임이 인천 세계원조정상회의를 기점으로 '원조효과성'에서 '개발효과성'으로 변화되는 시점에서 매우 중요한 회의가 될 것으로 생각해 프로그램을 살펴보다가 깜짝 놀라고 말았다. 내 이름이 워크숍 마지막 세션의 패널리스트 명단에 포함되어 있었던 것이다. 김준경 한국개발연구원 원장님을 비롯하여, 산자이 프라드한Sanjay Pradhan 세계은행 부회장, 마티아스 기게리히Matthias Giegerich 독일 공적원조기관 GIZ의 전략담당책임자, 베스 노벡Beth Noveck 뉴욕대학교 정부연구소 소장, 리처드 새먼스Richard Samans 세계경제포럼The World Economic Forum 사무총장이 참석하는 패널토의에 내가 참여 및 토론하도록 프로그램이 인쇄되어 있었던 것이다. 나는 너무 놀라서 어떻게 된 영문인지 수소문해 보았다. 한국개발연구원에서 세계은행의 한국 책임자인 레스터 달리Lester Dally가 나를 연자로 추천하였고, 따라서 세계은행에서 내린 결정을 존중하였다는 말과 함께 미처 충분한 사전 연락이 이루어지지 않은 것에 대해서 사과하였다. 나는 그런 쟁쟁한 사람들 사이에서 내가 무슨 이야기를 할 수 있을 것인가 걱정이 되었고, 공연히 창피나 당하지 않을까 하는 걱정에 노심초사하였다. 워크숍 일주일 전에 레스터가 사무실로 찾아와 잘 될 테니 걱정하지 말라고 격려해 주었다.

레스터는 워크숍이 비록 비공개로 진행되며 200여 명 남짓 참석하는 소규모의 회의지만, 향후 지식 공유를 중심으로 하는 공적개발원조 분야의 매우 중요한 전환점이 되는 회의가 될 것이라고 소개하였다. 한국은 세계가 주목하는 빈곤극복의 경험과 지식을 가진 세계 유일의 국가이니, 이와 같은 회의의 첫 번째 개최지로 서울이 마땅하다는 생각에 그렇게 결정했다고 하였다. 세계은행에서는 이 회의를 무척 중요하게 생각하고 있으며, 그래서 대부분의 부회장들과 전략·정책을 담당하는 부서의 책임자들 및 전문가들을 모두 모이게 했다는 배경도 설명해 주었다. 그 말을 들으니 안심이 되기는커녕 가슴이 더 떨려 왔다. 결론적으로 워크숍에 참석해 무사히 발표를 마치기는 했지만, 내가 참석 및 발표한 가장 거물급의 회의가 아니었나 생각한다. 세계은행과 오래 일을 해 온 학자들에 의하면, 자신이 평소에 참석한 회의 중에서 세계은행의 가장 많은 임원들이 한자리에 모인 회의였다고 한다. '그런데 그런 자리에 왜 나를 초대했을까?'에 대한 의문은 사실 아직도 풀리지 않는다. 나는 아마도 대표적인 '먹튀'로 평가받고 있을지도 모르겠다. 그러나 분명한 것은 향후 공적원조 분야에서 한국의 중요성과 기여에 대한 세계의 기대를 느낄 수 있는 계기였다는 것이다.

아직 논의가 진행되고 있기는 하지만 2015년에 새천년개발목표가 완료되고, 유엔총회를 기점으로 2016년부터 지속적건강목표가 제시되어, 세계는 이제 남북과 동서의 구별 없이 평등하게 그리고 인격을 존중하면서 상호 발전을 격려하고 독려해 가는 체제로 변화하게 되었다. 과거와 같은 선진국 주도의 개발이 주를 이루는 것이 아니라, 빈곤극복의 실제 경험과 노하우를 가진 한국에 많은 개발도상국의 시선이 집중될 것이다. 아울러 그러한 경험을 가진 한국의 보건의료 전문가들을 원하는 수요가 폭발적으로 증가하고 있다. 중동 지역에서 한국 의료진에 대한 수요가 급증하면서 많은 기대를 모으고 있는 것을 필두로, 한국식으로 병원을 경영하고 보건의료 산업을 발전시키기 원하는 나라들에서 한국의 의사들과 보건의료 전문가들에 대한 수요가 지속적으로 증가하고 있다.

2014년 초여름 페루를 방문한 적이 있었다. 내년도 사업 추진 상황을 점검하고 페루 보건부와의 협력에 대한 마지막 점검 차원에서 방문하여, 보건부 차관을 비롯한 건강보험 전문가들과 회의하였다. 페루에서는 한국의 건강보험제도를 배우고, 한국 전문가들을 통해 자국의 건강보험제도를 발전시키기를 강력하게 희망하고 있었다. 보건부와의 미팅이 페루를 방문한 목적이었지만, 페루의 고용노동부 산하 사회의료보험조합에서도 면담을 강력하게 희망하며 오찬에 초청하였다. 재단은 한국 보건복지부 산하 기관이고 페루와 양자관계를 통해 사업을 진행하는 입장이었다. 따라서 페루의 고용노동부 산하 기관을 접촉함에 있어 보건복지부의 눈치를 보지 않을 수 없었다. 그래서 오찬을 하지만 비용은 재단에서 부담하는 조건으로 만나기로 했다. 리마의 한 컨트리클럽 식당에 준비된 오찬에는 직장건강보험청장인 닥터 버지니아를 비롯한 두 명의 최고경영진이 참석하였다. 버지니아는 소아과 의사로서 공공병원의 소아과 원장을 거쳐 미국 의료구호단체인 케어Care의 페루 지부장을 역임하는 등 영어에 능통한 사람이었다. 내가 국제기아대책기구 부총재를 역임했다고 소개를 하니, 잘 알고 있다고 하면서 자연스럽게 이야기를 이어 갔다.

페루를 비롯한 남미 국가들의 사회보험제도는 사실 아주 배울 것이 많은 제도였다. 버지니아가 운영하고 있는 직장건강보험회사는 조직 차원

2014년 3월 재단과 월드뱅크가 공동으로 주최한 보편적건강보장 국제회의에서 인사말을 하고 있다. 아직은 보편적건강보장에 대해 아는 것이 없어 오늘 회의는 매우 의미 깊은 회의였다는 것을 골자로, 준비한 사람들에게 감사 인사를 드린 것이 요지였던 것으로 기억한다.

에서 보편적건강보장이 이루어지고 있는 현장이었다. 병원 100여 개를 운영하고, 직원 수 1만 명이 넘으며, 의료서비스를 제공할 뿐만 아니라 보험제도도 운영하는, 모든 부분에서 본받고 배워야 할 것이 많은 기관이었다. 나는 줄곧 이렇게 훌륭한 기관에서 왜 이렇게 나를 환대하는가 하는 의구심을 가졌다. 그런데 병원들과 신축 중인 응급의료센터를 방문하면서 페루가 한국의 심평원체제와 전산화 과정을 배우기 원한다는 것을 확인하였고, 더불어 한국은 페루로부터 의학의 본질이 무엇인지에 대해서 다시금 배울 수 있겠다는 생각도 갖게 되었다. 세계는 한국을 원하고 있다. 아울러 세계로 나아가 우리의 경험을 소개하는 과정 속에서 많이 배우고 그 배운 것을 다시 한국에 적용함으로써 한국 보건의료 산업을 더욱 발전시키는 기회를 갖게 될 것이다. 나는 이렇게 무한한 기회와 가능성의 한복판에 서 있는 것을 다시 한번 깨닫고, 나를 한국에서 태어나 의학을 배우게 해 주신 조물주와 한국에 감사를 돌렸다.

제2장

세브란스,
한국을 넘어 몽골을 깨우다

한국은 130여 년 전까지만 해도 전염병과 빈곤으로 세계 최빈국에 속하는 나라였다. 한국 보건의료 분야의 발전은 근대화 여명기인 구한말 고종 황제와 미국공사관 의사 알렌의 협약에 의해 탄생된 제중원, 즉 세브란스병원으로부터 시작되었다. 의과대학을 설립한 에비슨을 비롯하여 큰 재산을 기부해 새로운 병원을 건축하도록 도와준 세브란스와 수많은 선교사들의 도움을 통해 세브란스 및 한국 보건의료가 비약적으로 성장하고 발전해 왔다. 같은 기간 동안 한국은 동족상잔의 비극과 분단이라는 아픔을 겪었음에도, 한국을 찾은 각국의 자원봉사자들과 전문가들의 도움 덕분에 인적자원의 개발에 집중하여 현재와 같은 결과를 이루어 낼 수 있었다. 세브란스 정신은 한국을 개발시키는 데 그치지 않고, 더 나아가 몽골과 우즈베키스탄에 의료기관을 설립하고 의료 분야의 인적 자원을 개발하는 것으로 이어지고 있다. 한 나라가 문명화하고 발전하는 데에는 수많은 요소들이 연관된다. 그뿐만 아니라 적절한 시기 또한 매우 중요하게 작용한다. 이렇듯 한국의 발전은 적절한 시기와 여러 종류의 도움이 최상의 조합을 이루어 만들어진 결과다.

1992년 11월 몽골 보건부 넴다와 장관을 만나 합작병원 설립을 위한 양해각서를 체결한 후, 나는 1993년 5월 1일 한국을 떠나 몽골로 향하였다. 의료선교에 대해서도 병원의 설립과 운영에 대해서도 제대로 알지 못했을뿐더러 임상경험도 없던 내가 용감하게 몽골에서 살기 위해 떠날 수 있었던 것은, 의과대학과 의료원 근무 시절에 수없이 들어온 세브란스병원 설립의 역사와 선교사들의 이야기 때문이 아니었나 하는 생각이 든다. 사실 이전에 별다른 선교경험이 없는 내가 전문가도 없는 의료원에서 선교 사업을 시작한다는 것 자체가 어불성설이었지만, 나를 비롯하여 몽골 사업에 관여하는 수많은 사람들과 의료원 내 여러 조직의 머릿속에는 하나의 모델이 자리 잡고 있었다. 그것은 바로 알렌과 고종 황제에 의해서 설립된 제중원이었다. 〈제중원〉이라는 드라마에 소개되었던 것처럼, 제중원은 한국 보건의료 산업 개발에 있어 빼놓을 수 없는 위치를 차지하고 있다.

당시에는 인천과 울란바토르 간에 직항이 없었다. 따라서 천진이나 북경을 통해 중국에 입국해서 북경에서 하룻밤을 지낸 뒤 북경공항에서 울란바토르행 비행기로 갈아타야 했다. 내가 몽골 국립의과대학 교환교수의 신분으로 몽골에 첫발을 내딛는 과정에는, 1992년부터 나를 제자로 삼아 10년 이상 멘토로서 훈련시키고 돌보아 준 스탠 롤랜드가 동행하였다. 몽골에서의 첫날, 울란바토르에는 눈이 내렸다. 5월에 함박눈이 내리는 것을 실감하지 못하면서도 '서설'이기를 바랐는데, 서쪽 고비 지방에서는 폭설로 홍수가 나서 이재민이 생기고 가축들이 떼죽음을 당했다는 뉴스가 흘러나왔다. 폭설로 자연재해를 당한 몽골 서쪽 지방에 식량원조의 필요성을 접하면서 한국 국제기아대책기구와 연결되었다. 후에는 국제기아대책기구의 몽골 지부를 설립하였고, 이는 결국 나중에 국제기아대책기구 부총재로 근무하게 되는 계기가 되었다.

　교환교수 파견을 위해 사전에 몽골 국립의과대학교와 연세의료원이 자매결연을 체결하였고, 연세 의대를 비롯한 치과대학 및 간호대학과 몽골 국립의과대학교와의 학술 교류도 시작되었다. 나는 교환교수 신분으로 대학에서 마련해 준 사무실을 기반으로 하여 사실상 대부분의 시간을 합작 병원 설립 준비에 보냈다. 그런데 대학에서 마련해 준 숙소에 도둑이 들어 카메라를 비롯한 고가의 전자제품을 도난당하는 일이 발생했다. 그래서 조금 더 안전한 아파트를 찾아 헤매는 동안 스테이크와 고기스튜 외에는 메뉴가 없는 호텔을 전전하면서, 끼니를 해결하는 것이 사실상 몽골에서 내 삶의 주요한 사건이 되었다. 아직도 배급으로 빵과 식량들이 분배되던 시절이었다. 카드를 받지 못한 나는 시장을 전전하면서 식료품을 구해야 했고, 말이 서툰 내게는 하루하루 생존하는 것이 쉽지 않았다.

　의과대학 교수라지만 학생들을 대상으로 정기적으로 강의를 할 수는 없었다. 언어 문제 때문이었다. 당시 나의 영어 실력은 단어를 더듬거리며 의사소통을 할 수 있는 정도로, 완전한 문장을 만들기보다는 단어를 나열하는 수준이었으니 영어로 강의를 한다는 것은 당연히 무리였다. 또 영어를 몽골어로 통역할 수 있는 사람도 찾기 힘들었다. 몽골어는 두 달 정도 개인교습을 받다가 중단하였고, 몽골어로 의학용어를 통역할 수 있는 한국인이나 몽골 사람을 찾기도 힘들었으므로, 이는 강의를 하지 않는 것에 대한 매우 적절한 변명이 되었다. 그나마 한국어로 의사소통이 가능

1993년 가을 새 학기를 맞이하면서 몽골 국립의과대학 해부학교실 교직원들과 함께 한 단체사진. 말도 잘 통하지 않고 변변한 강의도 하지 못했지만, 교실 식구들은 내가 해부학을 전공했었다는 사실만으로 매우 따뜻하게 대해 주었다.

한 의료인이 있었다. 몽골인 아버지와 타슈켄트에 거주하던 고려인 어머니 사이에서 태어나 멀리 중앙아시아에서 부모님을 따라 이주해 온 사란토야라는 교포 2세였다. 소련연방의 볼고그라드에서 의과대학을 나왔으며, 어머니가 주몽골 한국대사관에서 근무하게 된 것을 계기로 한국에 단기연수를 다녀온 경험이 있었다. 그러나 사란토야의 한국어 역시 나의 몽골어 실력과 거의 대등했다. 오히려 영어로 말해야 대화를 주고받을 수 있을 정도였다. 나는 몽골 국립의과대학 내의 이익집단 중 하나인 청년교수회의 핵심 멤버들과 가깝게 지내면서 주말에 영화를 보거나 지방으로 여행을 다니는 등 자주 어울렸다.

사실 의과대학 교환교수는 신분 유지를 위한 방편이었고, 내가 부여받은 중요한 임무는 병원의 설립이었다. 하지만 정작 병원 설립은 별 진전을 보지 못하고 있었다. 보건부에서 소개해 준 합작 대상자가 행방불명이 되었고, 그를 대신할 마땅한 합작 대상자를 찾지 못했기 때문이었다. 그러던 중 매우 중요한 사실을 알게 되었다. 몽골의 보건부는 국가 보건의료 전략 수립에만 관여를 하고, 실제 보건의료 행위의 주체는 지방정부에 속한 지방보건국이라는 것이었다. 따라서 울란바토르 시에 합작병원을 설립하기 위해서는 울란바토르 시의 모든 병원 건물을 소유하고 의사를 포함한 모든 의료인의 인사권을 가진 시보건국과 접촉해야 했다. 울란바토르 시의 보건국장 닥터 부양울지를 천신만고 끝에 겨우 만날 수 있었다. 나는 그가 공산주의자라는 것을 첫 만남을 통해 직감할 수 있었다. 몽골 인구의 3분의 1이 모여 사는 울란바토르 시의 병원 150여 개의 재산권과 모든 의료인의 인사권을 가진 사람이니 정치적 야망이 아주 크고 탐욕스러운 사람이거나 그와는 정반대로 청렴결백한 원리원칙주의자여야 할 것으로 예상했었다. 다행히 그는 후자에 속한 사람이었다. 닥터 부양울지와의 줄다리기는 예상했던 것처럼 길시 않았다. 첫 만남에서 그는 주의 깊게 내 설명을 듣더니 한참 동안 나를 쳐다보았다. 그러고는 좋은 날을 잡아 양해각서에 서명을 하자고 하였다. 1994년 4월 1일 울란바토르시의 보건국장 부양울지와 양해각서에 서명을 하고, 시정부와 연세의료원의 50 대 50 합작에 의해 몽골 최초의 민간병원이 정식으로 설립되었다. 부양울지는, 언론계에도 몸담은 적이 있는 사람이었다. 그는 인도에 유학하여 병원경영학 석사학위를 받은 조리그라는 의사를 몽골 측 합작병원 설립 실무자로 지명하였다. 시의회의 의결을 거쳐 몽골 통상부에서 6월 11일 합작회사설립증을 발급해 주었다. 7월 1일 개원식 진행을 공표하고 연세의료원에서 방문단이 도착하기로 되어 있는 상황에서 설립증이 발급됨에 따라, 시정부에서 제공해 준 산부인과 병원의 외래 건물로 미처 이전을 하지도 못한 채 외상병원의 합작병원 설립사무실에서 조촐한 개원식이 거행되었다.

연세친선병원의 의의

몽골 최초의 민간병원인 연세친선병원의 목표는 몽골 최고의 병원이 되는 것이 아니었다. 조금 이상하게 들릴 수 있지만, 합작회사의 한국 측 파트너인 연세의료원은 이미 몇 개의 자병원을 운영하고 있었으며, 대부분의 자병원들은 본원인 신촌 세브란스와는 달리 만성적인 적자에 시달리고 있었다. 따라서 연세의료원이 또 다른 자병원을 외국에 설립하여 그 병원의 경영을 떠안는 것에 부담을 가지는 것은 매우 당연한 일이었다. 병원 설립 이전부터 의료원은 병원경영에는 참여하지 않을 것임을 누차

밝혔고, 따라서 몽골 최고의 병원이 되기 위한 지속적인 투자는 처음부터 생각할 수 없었다. 그렇기 때문에 연세친선병원은 사회주의 체제에서 시장경제 체제로 이전하는 과정 중에 있는 몽골 사회에 새로이 자급자족하는 병원과 병원경영의 모델을 제시하는 것을 목표로 삼았다. 인도에서 병원경영학 석사학위를 취득한 부원장 조리그도 이에 적극 동의하였고, 연세친선병원은 이러한 목표 아래 크게 세 가지 분야에서 몽골에 모델을 제시하기로 하였다.

  첫 번째, 환자가 찾아가면 항상 의사를 만날 수 있는 병원이고 누구나 비용을 내면 치료를 받을 수 있는 병원이라는 것이었다. 매우 당연한 이야기처럼 들릴 수 있지만, 당시 대부분의 병원에는 낮은 임금과 저급한 수준의 배급으로 생활을 유지할 수 없는 의료인들이 과잉공급되어 있었다. 사회주의 체제하에서 일자리를 마련해 주는 것이 정부의 주요한 기능이었기 때문에, 대부분의 경우 병원을 비롯한 의료기관에 인력이 과도하게 배정되어 있었다. 이렇게 업무에 비해 상대적으로 많은 수의 의료인력은 의료진들이 업무에 태만하게 만드는 원인이 되었다. 오전 근무가 끝나면 의사를 찾아보기 힘들었을 뿐만 아니라 오전에도 좀처럼 의사를 구경하기 힘들었다. 따라서 미리 약속을 하거나 금전적인 보상이 없이는 의료진을 만날 수 없는 것이 몽골 병원의 현실이 되어 있었다. 병원에 가면 언제나 의사를 만날 수 있다는 것을 내세웠을 뿐인데, 친선병원은 그야말로 환자들이 밀려들어 정신을 차릴 수 없을 지경이 되었다. 아울러 친선병원은 드러내 놓고 이야기하지는 않았지만, 병원 내부와 외부의 청결에도 매우 신경을 쓰면서 깨끗한 병원의 이미지를 심어 주기 위해 노력하였다.

두 번째, 병원에서 내세운 것은 소위 '근거기반'의 의료였다. 당시 몽골은 소비에트연방의 보건의료체제의 붕괴로 인해 극심한 의료물자 부족을 경험하고 있었다. 소련연방은 약품의 대부분을 체코를 비롯한 동구권 국가들의 생산에 의지하였다. 거즈와 붕대를 비롯한 면제품은 중앙아시아의 우즈베키스탄에서 의료장비와 기기들은 러시아와 동구권에서 생산된 것을 다른 생산품과 교역하는 형태로 유지하고 있었다. 이러한 소련의 붕괴로 인해 몽골은 전반적인 물자 부족을 경험하게 되었고, 설상가상으로 경화(달러)로 결제를 하지 않고서는 물품을 조달받을 수 없게 되었다. 따라서 필름이 조달되지 못해 엑스선 촬영은 거의 할 수 없었고, 각종 검사에 필요한 시약을 비롯한 의약품의 공급도 이루어지지 못하고 있었다. 이러한 의료소모품과 시약의 부족은 의사들로 하여금 임상 증상과 경험에 의존하여 진단을 내릴 수밖에 없도록 만들었다. 친선병원은 미국에서 50년 이상 지난 중고 방사선촬영기를 기증받아 들여오고 필름과 자동현상기도 들여와 즉시 방사선촬영이 이루어지도록 하였으며, 건조공법을 이용하여 가격이 다소 비싸기는 했지만 임상화학검사 역시 즉각적으로 이루어질 수 있도록 지원하였다. 이로써 검사에 근거한 진단이 가능하게 되었으며, 아울러 검사 결과를 환자들과 가족들에게 설명하고 의사결정 과정에 이들을 참여시킴으로써 투명성을 강화하여 의료진에 대한 신뢰감을 심어주었다. 과거 사회주의 체제에서는 경험할 수 없었던 친절하고 설명 잘해주는 의사들은 소문에 소문을 타고 많은 환자들이 병원을 찾도록 만드는 요인이 되었다.

　세 번째, 진단이 내려지고 의사의 처방전이 전달되면 병원의 약국에서 약을 살 수 있도록 하였다. 앞서 기술한 것처럼 소련의 붕괴는 의약품 수입상들의 무분별한 난립으로 이어졌고, 대부분 보따리장사에 의존하던 의약품 수입상들이 취급하는 약품에 제한이 있을 수밖에 없었다. 따라서 의사를 통해 처방을 받은 환자와 가족들은 처방된 약품들을 구입하느라 수없이 많은 약방들을 돌아다녀야 했다. 그러나 친선병원은 병원에서 약품들을 직접 수입하여 할인된 가격으로 병원에서 바로 구입할 수 있도록 하였다. 몽골에서는 처음 경험해 보는 이러한 서비스는 단숨에 친선병원을 몽골 최고의 병원으로 만들었으며, 친선병원을 본받은 수많은 개인의원과 병원들이 탄생하게 만들었다.

친선병원은 거대자본과 최신 장비 및 시설에 의존한 것이 아니라 의료의 기본에 충실하였기 때문에 다른 병원들이 쉽게 따라할 수 있는 모델이 되었다. 그리하여 우후죽순처럼 민간의료기관들이 생겨나게 되었고, 수년도 못 되어 민간의료기관의 수가 공공의료기관의 수를 넘게 되었다. 심지어 친선병원의 수준을 뛰어넘는 병원들도 생겨났다. 그 결과, 친선병원도 새로운 장비를 구입하는 등 시설과 서비스 개선을 위해 노력했지만, 설립 5년이 지났을 무렵에는 이미 개원 초기의 명성을 잃고 환자의 수도 줄어들었다. 이후 병원의 경영진이 바뀌면서 의료원의 투자를 통해 병원 건물 신축이 시도되기도 하고, 내시경수술 전문병원과 같은 특화된 전문 의료기관으로의 변신도 시도했지만, 계획의 단계에 머물렀을 뿐 혁신이 일어나지는 못했다.

친선병원이 몽골 최고의 병원이라는 명성을 이어 가지는 못했지만, 사회주의 체제에서 시장경제 체제로 이행하는 몽골 의료사회에 민간병원의 모델뿐만 아니라, 새로운 병원경영과 환자중심의 의료서비스를 제공하는 병원의 모델을 제시하겠다는 초기의 목표는 달성한 것으로 여겨진다. 이러한 병원의 목표를 모르는 외부 방문자들이 친선병원의 열악한 수준과 환경에 쓴소리를 던졌던 것은 아쉽지만 지극히 정상적인 반응이라고 할 수 있겠다.

2014년은 연세친선병원이 시보건국과 연세의료원의 합작에 의해 설립된 지 20년이 되는 해였고, (비록 정부 측의 합작 대상자는 시보건국에서 시재정국으로 바뀌었지만) 최초의 계약이 만료되는 시점이었다. 양측은 친선병원이 소기의 목적을 달성하였음에 대해 의견을 같이하고 계약을 연장하지 않기로 함에 따라, 친선병원은 해산 절차를 완료하였다.

한국 최초의 醫師들? 義士들?

캐나다 출신 의사 에비슨이 설립한 세브란스의학교는 한국 보건산업 발전에 일등공신이라고 해도 과언이 아니다. 세브란스의학교는 최초의 의학교육기관이자 고등교육기관으로서, 이 학교에서 배출한 1회 졸업생들은 한국 의사면허번호 1번부터 7번을 부여받은 한국 최초의 서양식 교육을 받은 의사들이 되었다. 즉 이들은 한국에 새로운 의학의 문을 연 창시자들로서, 한국 최초의 과학자들로 평가받을 수 있을 것이다. 그러나 세브란스의학교가 후세에 긍정적인 평가를 받는 데는 다른 이유가 있다. 세브란스의학교가 배출한 최초의 의사들은 모두 훌륭한 의사의 자질과 실력을 갖춘 사람들이었다. 그러나 '케임브리지 세븐'에 견줄 만한 최초의 일곱 의사들 중 어느 누구도 자신의 안위를 먼저 생각하거나 의술을 돈벌이의 수단으로 생각하지 않았다. 세브란스의학교 1회 졸업생 일곱 명 모두는 단지 육체의 질병을 고치는 의사로서 살아가기보다는, 자주성을 잃고 일본의 압제에 고통 받는 나라를 위해, 그 아픔을 치유하는 근본적인 해결책을 모색했던 '큰' 의사들이었다. 나라가 없는 개인은 존재할 수 없다는 것을 삶으로 보여 주고자 일곱 명 모두가 독립운동에 직간접적으로 참여하였던 것이다.

한국 의사면허번호 1번 홍종은은 에비슨의 오른팔로 불렸다. 의학교 재학 중 에비슨의 역점 사업 중 하나였던 의학용어집 번역에 참여하였다. 그는 김필순과 함께 의학교과서 편찬에 힘써《피부병진단치료법》(1907)과《무씨산과학》(1908)을 번역하고 출판하였다. 졸업 후에는 모교에 남아 후학양성에 힘썼다. 1909년 그는 학교를 떠나 동기인 신창희와 함께 구세병원에서 환자들을 돌보면서, 신창희의 독립운동을 적극적으로 지원하였다. 안타깝게도 1910년 폐결핵으로 사망하였다.

면허번호 2번 김필순은 에비슨의 통역으로 활동하였다. 에비슨이 그의 능력을 인정해 자신의 후계자로 삼았을 정도로 실력이 출중했다. 에비슨은 김필순을 1911년 세브란스병원의 외래진료소 책임자로 임명했다. 그러나 도산 안창호와 가깝게 지내면서 신민회 회원이기도 했던 김필순은 '105인 사건'이 일어나기 직전 일제의 눈을 피해 중국의 통화로 망명하였다. 김필순은 특히 1년 후배인 이태준과 친분이 두터웠으며, 이들은 중국에서 함께 독립운동을 펼쳤다. 치치하얼에 '북쪽의 제중원'이라는 의미의 '북제진료소'를 설립하여 동포들을 돌보았으며, '이상촌'을 건설하여 공동체운동에 앞장서는 등 독립국가의 꿈을 실현하기 위해 애를 쓰다가 1919년 일제에 의해 독살당했다. 김필순의 셋째 아들은 아버지 사망 후

상해에서 영화배우가 되었는데, 그가 바로 상해의 '영화황제'로서 많은 인기를 누렸던 김염이다.

면허번호 3번 홍석후는 졸업 후 학교에 남아 후학양성에 힘을 쏟았다. 그는 안과와 이비인후과를 담당하였고, 2년 동안 미국 유학을 한 후에는 세브란스의학교의 학감을 역임하였으며, 동창회를 구성하여 초대 동창회장에 취임하기도 하였다. 독립운동을 하고 싶어 했지만 몸이 불편한 노부모 때문에 망명을 포기하고, 대신 실력 있는 의사들을 길러 내는 것을 최우선 목표로 삼아 의료 발전에 크게 이바지하였다.

면허번호 4번 박서양은 몇 년 전 방영된 드라마 〈제중원〉에 등장한 주인공의 모델로서, 백정의 아들로 태어났다. 그 당시 신분제 철폐와 맞물려 백정의 신분을 벗은 박서양은 에비슨에 의해 의사로 거듭났다. 그는 졸업 후 화학과 해부학을 가르치며 모교의 교수로서 후진양성에 열중했다. 1918년경 교수직을 사임하고 중국 만주 지방의 용정으로 망명하여 대한국민회의 군의로 활동하면서 독립군의 활동을 지원했다. 또한 용정 지방에 구세의원이라는 의원을 개원하여 독립운동자금을 조달하는 등 음지에서 일제에 맞서 싸웠다.

면허번호 5번 김희영은 외과 의사로 명망이 높았다. 의학교 졸업 후 약물학을 가르쳤으며, 1909년 콜레라가 유행했을 당시에 적극적인 방역활동으로 백성들의 건강증진을 위해 힘썼다. 김희영은 독일 의사들로부터 외과학을 전수받았는데, 이는 그가 우리나라 외과학의 선구자가 될 수 있도록 하는 계기가 되었다. 학교를 떠난 후에는 춘천 예수병원, 원산 구세

병원, 직산 금광병원 등에서 환자들을 돌보았다. 그의 실력이 워낙 뛰어나 환자들이 그에게 수술받기를 간절히 원했다고 전해진다. 그러나 김희영은 1919년 3·1만세운동과 관련하여 일본 경찰에 의해 연행된 뒤, 심한 고문을 받은 후 후유증과 결핵합병증으로 1920년 세상을 떠났다.

면허번호 6번 주현칙은 김필순과 함께 신민회 활동을 하였다. 동기생들 중 유일하게 졸업 직후 학교에 남지 않고 선천 지역에서 개원하였다. 그는 개원을 하면서도 비밀리에 항일운동에 참여하였고, 105인 사건에 연루되어 2년간 옥고를 치르며 모진 고문을 받았다. 국내에서 항일운동이 어려워지자 1921년에는 상해로 망명했다. 그곳에서 그의 후배 신현창과 함께 삼일의원을 개원하여 대한민국임시정부의 군자금 조달을 위해 힘을 다했다. 1927년에 다시 귀국한 주현칙은 고아원을 설립하는 등 어려운 이들을 위해 노력했다. 그러나 1936년에 '동우회 사건'으로 2년 6개월간의 옥고를 치렀으며, 1942년에는 미국 선교사를 통해서 상해 대한민국임시정부에 군자금을 조달한 것이 드러나 일제에 검거당하여 다시 한번 심한 고문을 받았다. 결국 그는 고문후유증으로 광복을 보지 못하고 세상을 떠났다.

면허번호 7번 신창희는 졸업 후 후진양성에 힘썼다. 그러나 1910년에 일본에게 국권을 빼앗기자 망명하여 독립운동을 선택했다. 1917년경 현재 중국의 단동 지방에 평산의원을 개원하여 항일운동을 지속해 나갔다. 그는 상해 임시정부의 교통국 요원으로 독립군에게 자금을 조달하는 역할을 담당하였다. 일제에 따르면 1922년에 신창희가 상해 대한민국임시정부의 군의로 파악된 기록이 있으며, 상해에서 대한적십자회의 상의원

1994년 3월 당시 카자흐스탄의 수도 알마티에서 개최된 지역사회 보건교육 세미나를 마치고 세미나를 주최한 테드 랭카스터와 나의 스승이자 멘토인 스탠 롤랜드와 함께 찍은 사진이다. 이 세미나가 계기가 되어 나는 한국으로 돌아가는 것을 포기하고 서쪽으로 방향을 돌려 중앙아시아로 향하게 되었다.

으로 활동하는 등 적십자에서도 활발히 활동했다고 한다. 신창희는 동몽골 지역으로 가서 동몽골교회를 설립하고 그곳으로 이주한 동포들에게 무료 진료를 실시했다. 그러나 정작 자신의 몸은 돌보지 않고 무리한 진료를 강행하여 폐렴에 걸려 1926년에 세상을 떠났다.

세브란스 졸업생들이 독립운동에 앞장섰던 것은 세브란스의 전신이 된 '제중원'의 설립 배경과 무관하지 않다. 원래 '광혜원'이라는 이름을 가지고 있었으나 개원한 이후 바로 이름이 제중원으로 변경되었다. 제중원은 고종 황제가 당시 미국공사관의 의사로 활동하던 알렌의 건의를 받아들여 설립한 일종의 합작투자병원이었다. 한국 정부에서 역적 홍영식의 소유였던 집을 징발하여 투자하고, 알렌이 전반적인 병원의 운영을 맡아 관리하였다. 제중원은 당시의 외무부 격인 통리교섭통상사무아문에 속한 기관으로, 외부무 장관에 해당하는 독판이나 차관에 해당하는 협판이 제중원의 책임자로서 한국 측을 대표하였으며, 일부 관리들도 파견되어 행정을 보았던 것으로 기록되어 있다. 즉 제중원과 세브란스는 당시 한국을 대표하는 국가 차원의 공식 의료기관이었으며, 따라서 세브란스의학교의 졸업생들은 자신이 한국을 대표하는 의료기관의 의사라는 사실을 잘 깨닫고 있었을 것이다. 그렇기에 일제의 강제합병으로 나라를 잃은 의사들이 독립운동에 뛰어들었던 것은 당시로서는 매우 자연스러운 귀결이었으리라 생각된다.

제중원은 한국이 최초로 국제개발협력을 시작한 결과로 탄생된 기관으로, 향후 서양 문물을 받아들여 근대화의 길로 가는 출발점 역할을 했다. 그리고 제중원의 뒤를 이은 세브란스의학교 및 연희와의 합병으로 설립된 연세대학교는 한국의 대표적인 사학으로 한국 현대화와 발전에 선구적인 역할을 담당했다. 고종 황제는 이러한 한국의 개발을 시작한 위대한 지도자로서, 1907년 '헤이그 밀사 사건'으로 강제 퇴위하고 1919년 사망할 때까지 한국의 역사와 운명에 지울 수 없는 큰 족적을 남겼다. 1907년 세브란스의학교 1회 졸업생들을 포함한 많은 애국지사들의 중국 망명과 황제가 일본에 의해 독살당해 사망했다는 소식이 알려진 1919년에 만세운동이 일어난 것 등은 결코 고종과 무관한 일이 아니다.

몽골과의 국제개발협력의 역사는 1911년 세브란스의학교 2회 졸업생 이태준이 울란바토르에 정착해 살면서 당대 최고의 의학기술을 통하여 백성들의 필요를 채움으로써 시작되었다. 이러한 그의 활동은 고종과 알렌에 의해 시작된 국제개발협력의 산물인 제중원에 그 뿌리를 두고 있으며, 세브란스의학교의 설립 정신과 고종의 민족주의 정신을 계승한 것으로 볼 수 있을 것이다. 이태준 선생의 봉사와 헌신적인 삶이 그 결실을 맺기까지 오랜 시간이 걸렸지만, 그의 정신을 이어받은 후배들의 노력을 통해서 지금도 계속되고 있다고 할 수 있을 것이다.

몽골비사

소련의 붕괴로 개방이 시작된 몽골에서 과거에 금기시되던 행동들이 하나둘씩 자유롭게 허용되었는데, 그중 하나가 칭기즈칸에 대한 언급이었다. 소련 체제하에서는 칭기즈칸에 대해 말하는 것이 금지되어 있었고, 따라서 칭기즈칸의 행적을 중심으로 기록된 《몽골비사》 역시 금서로 분류되어 연구하는 것이 금지되어 있었다. 그러다 해방이 되자 칭기즈칸에 대한 재평가가 시작되었고, 그를 다시 민족의 영웅으로 숭앙하는 일이 시작되었다.

쿠빌라이칸은 칭기즈칸의 손자로서 중국을 통일하고 원나라의 태조가 된 인물이다. 쿠빌라이는 즉위 후에 지금의 북경인 대도를 건설하였지만, 궁에 머물지 않고 몽골식 텐트에 머물며 중국화되지 않으려 노력했다고 전해지는 인물이다. 하지만 몽골 사람들은 그를 중국의 황제로 생각하여 몽골 황제로 인정하지 않기도 한다. 쿠빌라이는 중국 통일 직후 거대한 문명국가인 중국을 어떻게 통치해야 할 것인가로 무척 고심했던 것으로 보인다. 그때 마침 베니스의 상인이었던 니콜로 폴로와 마페오 폴로 일행이 몽골인들과의 거래를 위해 킵차크칸국에 왔다가 전쟁으로 인해 돌아가지 못하고 원나라의 수도였던 대도, 즉 북경에까지 이르게 되었다. 자신에게 서방의 여러 가지 문물을 소개하고 신기한 문명 이야기를 들려준 폴로 형제에게 황제는 엄청난 선물을 주고 다시 돌아올 것을 요청한다. 아울러 이들 형제가 귀국할 때 자신의 사신을 동행하게 하여 로마 교황에게 보내는 친서를 맡겼다. "또 한 번 찾아오라. 그때는 그리스도교 학자로 칠예(수사, 논리, 문법, 산술, 천문, 음악, 기하)에 정통한 자를 100명 데리고 오라. 또한 예루살렘의 그리스도 무덤에 켜져 있는 램프에서 성유를 받아 오라." 이것이 쿠빌라이의 부탁이었다. 쿠빌라이는 뿌리가 없고 학식이 부족한 유목민 출신인 자신이 오랜 문명과 역사를 지닌 중국인들을 효과적으로 통치하기 위해 무엇인가 혁신적인 틀을 원하고 있었으며, 따라서 유목민들 사이에 퍼지고 있던 경교의 본산인 로마 교황과의 직거래를 통해 제국의 혁신을 이룰 수 있는 전기를 마련하기를 원했는지도 모른다. 즉, 쿠빌라이는 원제국의 황제로서 공식으로 서방세계 기독교 국가들의

황제인 교황에게 국제개발협력을 위한 전문가들을 파견해 달라는 요청을
했던 것이다.

　폴로 형제는 대칸의 명령을 받은 정식 사자의 신분이 되어 황금패를 휴
대하고 역전을 이용하면서 거침없이 탄탄대로를 달렸다. 이후에는 서쪽
으로 항해를 계속하여 고향인 베니스에 도착하였다. 교황을 알현하여 쿠
빌라이칸의 친서를 전달하였지만, 오직 세 명의 신부만이 중국 근무를 자
원하였고, 로마 교황(클레멘스 4세)이 죽은 뒤 다음 교황이 좀처럼 정해지지
않아 진행이 더뎠다. 요즘에도 국제개발협력 사업이 정치적인 상황과 당
사국의 여러 가지 내부적인 상황에 의해 늦어지는 것과 같은 원리로 몇
년의 세월이 흐르게 된 것이다. 폴로 형제는 대칸과의 약속을 이행하기
위해 칠예에 능한 천주교 수사들은 단념하였다. 예루살렘을 경유하여 그
리스도의 무덤을 밝히고 있는 성유만을 받아 17세가 된 자신의 아들 마
르코 폴로를 데리고 대도로 돌아왔다. 시간이 많이 흘러 결국 중국을 떠
난 지 15년 만에 다시 도착하게 된 것이다. 폴로 형제가 중국에 도착해
보니 이미 쿠빌라이칸은 폴로 형제 일행의 도착을 기다리지 못하고 티베
트와 개발협력 관계를 맺은 뒤였다. 라마교를 국교로 받아들이고 라마승
'파스파'를 쿠빌라이의 국부로 추대함은 물론, 파스파가 고안한 파스파
문자를 나라의 정식 문자로 채택하는 등의 개혁을 추진하고 있었다. 이
과정에서 티베트는 일방적으로 국제개발협력을 주도한 것이 아니라, 몽
골 황제로부터 티베트 불교의 수장인 달라이 라마를 인정받는 절차를 취
하였다. '달라이'라는 단어는 몽골어로 '영원'을 뜻하는 말로, 티베트 불
교의 최고지도자 역시 아직도 달라이 라마로 불리고 있다.

마르코 폴로는 중국에서 쿠빌라이칸의 암행어사로 활동하며 중국 각지를 누비면서 제도를 바로잡는 역할을 담당했다. 마르코 폴로의 《동방견문록》이 바로 그가 여행하면서 보고 느낀 중국의 문물을 기록한 책이다. 쿠빌라이칸은 천주교 수사 100명을 마르코 폴로와 같이 활동하게 하여 중국 전역을 다스리고 개발하는 데 활용하기를 원했던 것으로 보인다. 그러나 쿠빌라이는 결국 티베트의 도움을 받아 많은 개혁을 단행하였으며, 원나라의 관리들은 명조 이후 세력을 잡은 청조에서도 중용될 정도로 그 영향력이 오래 지속되었다고 한다. 결국 교황은 쿠빌라이의 요청을 기억하고 몽테 코르비노의 수사 한 사람을 파견하였는데, 그가 천신만고 끝에 원조의 수도 대도에 도착한 것은 세조 쿠빌라이가 죽은 바로 그해였다. 몽테 코르비노의 수사는 후에 황제의 도움 없이 포교에 힘써 아시아 최초의 교구를 건설하여 주교로 즉위하게 된다. 쿠빌라이칸과 교황의 국제개발협력이 성사되었더라면 아마 지금쯤 세계의 역사가 많이 바뀌었을지도 모른다.

원제국과 티베트의 이러한 국제개발협력의 사례는 단지 두 나라에 그친 것이 아니었다. 원제국의 황제를 알현했던 수많은 사람 중에 태국 수코타이 왕조의 첫 번째 임금인 '라마'를 기억하지 않을 수 없다. 그는 중국 서남부의 소수민족 중의 하나인 타이족을 이끌고 서쪽으로 이동하여, 그 지역을 점령하고 있던 크메르인들과 북으로는 란나 왕국을 밀어내고 인도차이나 반도의 중심부를 장악하기에 이른다. 정령숭배와 샤머니즘에 가까웠던 토속신앙의 세계관으로는 큰 나라를 이룰 수 없다는 것을 깨달은 라마는, 원제국을 방문하여 황제를 알현한 뒤 소위 진륜성왕의 개념을 받아들였다. 즉, 불교를 국가의 핵심적인 통치사상으로 받아들인 것이다.

그리하여 자신들의 문화와 습성에 보다 잘 조화되는 스리랑카에 사신을 보내 불교 승려들을 받아들이게 된다. 종교는 (기독교에서 보듯) 신자들과 포교 목적을 가진 선교사들이나 전도자들에 의해 전래된 뒤 그 영향력이 지배층에 확산되어 국교가 되는 것이 보통이지만, 태국의 경우는 특이하게 정치 지도자에 의해 통치철학으로 받아들여진 것이다. 태국이 아시아에서 매우 강력한 불교 국가가 되고, 아직도 강한 왕정통치를 이어 가고 있는 것도 이에 기인한 것이 아닌가 하는 생각이 든다.

제3장

한국의 핵심 경쟁력, 사람

지금 많은 개발도상국들은 한국의 빈곤극복 경험과 보건의료 산업 관련 경험을 전수받아 자신들의 나라를 발전시키길 원하고 있다. 한국이 비교적 단기간에 집중적인 성과를 도출해 냈으며, 개발이 시작될 때의 상황이 자신들의 현재 상황보다 훨씬 열악했었다는 것에 격려를 받기 때문이다. 우리보다 못하던 한국이 성공했다면 우리라고 못할 리가 없다고 믿게 된 것이다. 공적개발원조 분야에서 한국의 리더십은 개발도상국뿐만 아니라, 그동안 공적원조 사업을 진행해 오면서도 뚜렷이 제시할 만한 사업의 성과를 나타내지 못한 소위 선진국들로부터도 주목을 받기 시작했다. 한국 보건의료 분야의 발달은 쇄국정책을 버리고 문호를 개방하면서 처음으로 개발이 시작된 분야라는 점도 무시할 수 없다. 하지만 보건의료 산업의 특성상 특히 인적자원의 개발이 요구되는 점을 감안할 때, 한국의 우수한 민족성과 더불어 130년 동안 보건의료 분야에서 인적자원 개발 및 역량강화 사업이 지속적으로 이루어진 결과라는 점에서 매우 특기할 만하다. 즉, 한국은 우수한 인적자원을 바탕으로 다양한 지적산물이 축적되어 형성된 보건의료 산업의 발전을 통해 국제적인 경쟁력을 확보하였으며, 이제 그러한 인적자원 개발과 발전의 노하우를 개발도상국들에 전수하고 있다. 한국국제보건의료재단에서 시행하고 있는 '이종욱펠로십' 장기연수 사업은 이러한 인적개발의 노하우가 집약된 사업이다. 한국인 최초로 세계보건기구 제6대 사무총장을 역임한 이종욱 박사와 같은 지도자들을 배출해 내는 것을 목표로 하고 있다. 반기문과 김용, 신영수 등 보건의료 개발 분야의 국제적인 지도자들이 모두 한국 출신이라는 것은 한국이 배출한 인적자원의 우수성을 입증하는 결과라고 할 수 있겠다. 세계는 지금 한식, 케이팝 등 한국인의 정서 및 문화의 산물들을 즐기고 있으며, 아울러 앞으로 한국이 창조하게 될 또 다른 지식기반의 산물들을 손꼽아 기대하고 있다.

2013년 9월 탄자니아를 다시 찾았다. 몽골에 거주하던 1995년 9월, 국제기아대책기구의 연례 지도자회의 참석차 케냐를 방문했다가, 킬리만자로 산기슭에 위치한 '모시'라는 곳에서 지역사회를 기반으로 보건교육과 개발 사업을 추진하고 있던 닥터 에벤에셀 음와샤Ebenezer Mwasha를 만나기 위해 탄자니아를 찾았던 이래, 탄자니아는 아프리카의 여러 국가 중 내 마음 깊숙이 자리 잡은 나라가 되었다. 사실 탄자니아는 딱히 내가 좋아할 만한 이유가 없는 나라였다. 나이로비처럼 발전되거나 여행자들의 마음을 끌 만한 시설을 갖춘 것도 아니고, 에티오피아처럼 오랜 역사와 많은 문물이 구비된 나라도 아니었다. 하지만 나는 유독 탄자니아를 여러 번 방문하게 되었다. 경제수도인 다르에스 살람, 케냐와의 접경 지역에 위치한 아루샤, 행정수도인 도도마 등 비교적 탄자니아의 여러 지역을 방문하였다.

이번 탄자니아 방문의 목적은, 한국국제보건의료재단에서 시행하고 있는 '이종욱펠로십' 사업을 통해 한국에서 1년 동안 연수를 받을 탄자니아 의사 선발에 있었다. 한국 기획재정부 산하의 수출입은행에서 탄자니아 정부에 무힘빌리 의과대학 부속병원을 건설하기 위한 재원을 공적개발원조 차원에서 장기저리로 대부해 줌에 따라 병원 건설이 시작되었다. 이와 더불어 재단에서는 초현대식 병원으로 새롭게 출발하게 될 무힘빌리 의과대학 부속병원에서 근무할 전문의들과 의과대학 교수요원들에게 한국에서 1년 동안 장기연수를 받아 기술과 지식을 발전시킬 수 있는 기회를 제공하는, 소위 유상원조와 무상원조가 결합된 형태의 사업을 진행하고 있었다. 탄자니아 무힘빌리 의과대학과 협력하여 연수 사업의 실무를 진행할 한국 측의 합작 대상자는 연세대학교 의과대학이었다. 재단은 연세의대와 협력으로 연수 사업을 시행하고 있었고, 나는 이 사업이 어떻게 진행되고 있는지를 현장에서 점검하는 차원에서 연수생들의 선발 과정에 참여하게 된 것이었다. 이미 연세의대와 무힘빌리의대와의 협력은 여러 해 동안 진행되어 이미 한국에 연수를 다녀온 졸업생들이 배출되어 있었다. 다르에스 살람에 도착하던 날 밤, 한국에 다녀온 이 20여 명의 졸업생들을 위한 동문회가 개최되었다.

한국 공적개발원조의 역사는 약 20년 남짓으로, 외무부 산하의 국제협력단과 기재부 산하의 수출입은행이 설립되면서 시작되었다. 국제협력단은 무상원조를 총괄하고 유상원조 즉, 장기저리의 대출 사업은 수출입은행에서 총괄해 왔다. 이는 한국이 1996년 OECD에 가입하면서 본격화되었고, 특히 2009년 개발원조위원회의 회원국이 되면서 그 규모와 방법이 본격적으로 발전하기 시작하였다. 한국국제보건의료재단은 보건의료 분야의 전문성을 강화하기 위해 보건복지부 산하의 공공기관으로 2006년에 설립된 신생 기관이지만 자체의 조직법을 가진 법적기관이다. 한국에 이러한 기관은 국제협력단과 수출입은행 및 재단 등 세 기관뿐이다. 국제보건의료재단이 설립되기 전 보건의료 분야의 공적개발원조는 주로 병원 건립 사업이나 장비 지원을 중심으로 진행되었다. 많은 병원들이 남미와 아프리카 및 아시아 지역에 설립되었지만, 병원 건물이나 장비를 지원해 주는 것만으로는 보건의료 분야의 개발이 순조롭게 이루어지지 못하였다. 병원을 경영하거나 장비를 사용하고 관리할 수 있는 인적자원에 대한 적절한 교육과 훈련이 이루어지지 못하여, 원조를 통해 설립된 많은 병원들이 몇 년이 지나지 않아 장비를 사용할 수 없게 되거나 기능

한국에 단기연수차 방문하여 재단을 찾은 에티오피아 건강보험공단의 간부들. 재단은 건강보험공단 및 심평원과의 협력으로 가나, 에티오피아 및 탄자니아 등의 아프리카 국가들에 건강보험 분야의 공적개발원조 사업을 진행하고 있다.

을 다하지 못하였다. 또한 적절한 경영을 통해 스스로 운영비를 감당하지 못함에 따라 폐쇄되어 흉물스럽게 방치되기도 하였다.

한국국제보건의료재단의 유상원조를 통해 병원 건설이 이루어지는 나라들에게 의료진 무상 해외연수를 통하여 기술과 지식을 훈련받을 수 있는 기회를 제공한다. 그뿐만 아니라 병원 경영을 맡을 행정책임자들에게 컨설팅을 제공함에 따라, 거액의 자금을 차관으로 빌려 병원을 설립하게 된 나라들이 스스로의 힘으로 보건의료 산업을 발전시킬 수 있는 역량을 갖출 수 있는 기회를 얻도록 유도한다. 우즈베키스탄의 국립아동병원 사업과 모잠비크의 켈리만병원 건립 사업에 재단이 참여하게 되면서, 대한민국의 공적개발원조는 새로운 차원의 원조 사업을 진행할 수 있게 되었다고 해도 과언이 아닐 것이다. 사실 한국도 80년대를 전후하여 여러 나라들, 특히 미국으로부터 많은 장비들과 연구비를 지원받았었다. 지금도 기억에 남아 있는 것은, 내가 의과대학을 졸업하고 해부학교실에 재직하고 있을 때 미국에서 온 수많은 장비들과 연구용 기기들이 복도를 채우고 있던 풍경이다. 장비들과 연구용 기기들이 복도를 채우고 있어 통행에 불편을 줄 뿐만 아니라 위험성도 있었다. 그럼에도 그 장비들이 복도를 채우고 있었던 가장 큰 이유는 각 교실에 배정된 공간이 부족하기 때문이라는 근본적인 원인 외에도, 그 기기들이 연구 과정에 빈번하게 사용되지 않는 사실상 쓸모없는 장비였기 때문이다. 받을 공간도 마련되어 있지 않은 상황에서 장비가 들어오게 된 것은, 장비를 받을 사람의 형편은 고려하지 않은 채 대부분의 장비들이 원조하는 쪽의 사정에 따라 무차별적으로 지원되었기 때문이었다. 대부분의 장비가 CMB China Medical Board 기금으로 지원되었다. 이 기금은 원래 중국을 지원하기 위한 재원이었으나 중국이 공산화되면서 그중 많은 부분이 한국으로 전용되었다. 한국의 실정에 맞지 않는 장비들과 기기들이 한국의 필요와 무관하게 도입되면서 사용되지 못하고 복도를 채우고 있었던 것이다. 사실 한국도 이 부분에서 미국과 유사한 전철을 밟고 있었지만, 재단에서 유상원조 사업에 더하여 무상으로 인적자원개발 사업도 진행하면서 비로소 제대로 된 원조를 진행할 수 있게 되었다.

다음 날 나는 한국을 방문하여 연수받기 원하는 지원자들의 인터뷰에 참여했다. 연세대학교 이종욱연수 사업의 책임을 맡고 있었던 이승구 교수와 이명근 교수 및 현지에서 사업을 진행하고 있던 안석진 박사 등과 두 팀으로 나뉘어 면접을 진행했다. 나는 외과계 분야의 지원자들과 인터뷰를 진행하였다. 한 사람씩 인터뷰를 진행하면서 내가 탄자니아를 마음에 품게 된 이유가 바로 '사람'이었다는 것을 깨닫게 되었다. 탄자니아 하면 떠오르는 것이 아프리카에서 가장 높은 킬리만자로봉이나 세렝게티국립공원이 아니라, 순박하지만 정직한 '사람'이라는 것을 이들을 만나 이야기하면서 깨닫게 된 것이다. 그런데 인터뷰를 통해 탄자니아의 충격적인 의료 현실을 접하게 되었다. 탄자니아의 인구는 한국보다 조금 적은 약 4천 7백만 정도 된다고 알려져 있다. 1인당 국민소득이 2,000불을 넘지 않는 가난한 나라다. 최근 석유가 생산되고 풍부한 지하자원이 매장되어 있다는 것이 알려지면서 미국 등 서방의 집중적인 원조 대상이 되고 있지만, 영국의 식민 통치 이후 오랜 사회주의의 영향으로 국가의 기반시설이나 인적자원 개발이 순조롭게 진행되지 못한 나라다. 특히 보건의료 분야의 발전은 인도의 영리병원들이 사실상 독점 체제를 구축하면서 많이 늦어졌다. 탄자니아에서 지출하는 보건재정의 대부분이 자국에서 해결될 수 없는 환자들을 이웃 나라로 후송하여 치료받게 하는 비용을 지불하는 데 사용되고 있다. 탄자니아 정부에서 차관을 들여와서라도 초현대식 병원 건설을 서두르는 이유가 바로 여기에 있었다. 탄자니아에서 인도에 지불하는 1년 의료비에 해당하는 재정이면, 매년 새로운 병원을 건설할 수 있다는 계산이 나오기도 했다. 그런데 문제는 의료인력이었다. 사회주의의 영향으로 1차보건의료 체제에 필요한 기초적인 인력은 비교적 양호한 편이었으나, 전문인력에 대한 투자와 양성은 이루어지지 못하였던 것이다.

연수후보생 인터뷰에는 정형외과 전문의 두 명이 참여하였다. 나는 별 생각 없이 단순한 호기심에 탄자니아에 정형외과 의사가 몇 명이나 있는지 물어보았다. 대답은 충격적이었다. 말끝을 흐리면서 다섯 명 정도라고 했다. 나는 놀라서 다시 물었다. 그랬더니 그중 두 명은 1년 내에 은퇴할 예정이라는 더 충격적인 대답이 돌아왔다. 그렇다면, 세 명의 정형외과 의사 중에서 한 명을 한국에 데려간다면, 탄자니아의 정형외과 환자들은 결국 인도나 독일 등의 다른 나라로 자신을 치료해 줄 의사를 찾아가야 할 수밖에 없을 것이었다. 나는 이러한 상황에서 과연 한국에서 1년 동안 연수를 받을 정형외과 의사를 선발하는 것이 옳은지에 대해 한참 동안 고민했다. 결국 '굿럭Goodluck'이라는 매우 인상적인 이름을 가진 의사가 선발되어 한국을 찾았다. 탄자니아의 현재 상황보다는 미래를 위한 투자에 가치를 둔 어려운 결정이었다.

탄자니아를 떠올리면 잊히지 않는 곳이 바로 바가모요다. 과거 탄자니아 노예무역의 중심지였던 바가모요는 잔지바르 섬을 마주 보고 있는 탄자니아의 해안선에 위치한 곳이다. 아프리카 각지에서 팔려 온 흑인노예들은 모두 바가모요에서 배를 타고 잔지바르 섬으로 건너가, 다시 배를 타고 최종 목적지인 미국을 비롯한 전 세계로 팔려 나갔다. 그래서 그 땅의 이름이 '바가모요 Bagamoyo'다. '바가'는 '묻다'라는 의미고, '모요'는 '마음'이라는 의미의 스와힐리어로, '바가모요'는 '마음을 묻고' 나라를 떠나간다는 의미인 것이다. 즉 바가모요는 탄자니아 사람들의 애환이 담긴 곳이다. 팔려 간 수많은 노예들의 마음이 묻혀 있는 그곳은 지금은 비록 관광지가 되었지만, 탄자니아 사람들에게는 눈물 없이는 방문할 수 없는 곳이다. 그 바가모요에서 얼마 떨어지지 않은 곳에서 한국에 가기를 원하는 연수생들을 선발하면서, 나는 그들이 단지 그곳에 마음을 두고 한국으로 떠나가는 것이 아니라, 마음속에 희망과 미래를 가득 담은 채 그곳으로 돌아올 수 있게 되기를 소망하였다.

훈련을 넘어 자기계발로

한국의 보건의료 산업이 세계적인 경쟁력을 갖게 된 것은, 구한말 흥선 대원군이 오랫동안 유지해 오던 쇄국정책을 버리고 서구의 문물을, 그것도 의료 분야를 위시한 교육 분야 등을 개방하여 과감하게 받아들인 고종의 결단이 매우 결정적인 역할을 했다고 해도 과언이 아니다. 특히 서양의학을 받아들임으로써 과학과 실제적인 학문이 전통적인 유학사상과 과거급제를 위한 학문 위주의 교육풍토를 개선하는 원동력이 되었다. 이러한 통치자의 결단으로 많은 선교사들과 자원봉사자들이 한국을 찾게 되면서, 한국의 개발과 문명화 과정이 시작되었다. 외부인의 관점에서 볼 때 한국은 할 일이 너무나 많고 도와야 할 것도 많은 나라였다. 마치 우리가 가난에서 벗어나지 못한 마음 착한 탄자니아 사람들을 바라보는 것과 같은 심정이었을 것으로 생각한다. 그리하여 많은 선교사들과 개발 및 원조에 관련된 사람들이 직접적인 봉사와 헌신적인 희생을 통해 한국을 돕는 사업에 뛰어들었다. 한국을 방문한 제중원의 의사들과 외국의 많은 개발 사업 일꾼들이 자신들의 손으로 직접 한국인들의 필요를 채워 주고자 노력하였던 것이다. 당시 한국에는 적절한 기술과 지식을 갖춘 인적자원이 구비되어 있지 않았으므로 본인들이 직접 환자를 진료하고, 처방하여 약을 나누어 주고, 필요할 경우 왕진을 가고, 또 생활형편이 어려운 사람들을 보면 자신의 소유를 나누어 돕는, 그야말로 일당백의 역할을 감당했다고 해도 과언이 아니다. 초기 한국 선교사들의 삶의 기록을 살펴보면, 한국에서 세상을 떠난 선교사들의 사망원인 1위는 단연 '과로사'다. 한국에서 사망한 최초의 외국인 의사 존 헤론John Heron이 격무에 시달려 건강을 잃고 당시 유행하던 설사병에 걸려 사망하자 정부에서 제공한 사대문 밖의 묘지가 바로 지금의 양화진외국인선교사묘원이다. 이후에도 수많은 사람들이 넘쳐나는 한국 보건의료의 필요들을 감당하고자 자신의 몸을 바쳤다. 전주 예수병원을 설립한 닥터 잉골드Ingold는 과로로 인해 여러 차례 업무를 중단해야 했다. 그 밖에도 많은 초기 선교사들이 과로 때문에 본국으로 돌아가거나 사업을 중단할 수밖에 없었다.

이렇게 자신이 직접 나서서 현지의 필요를 채워 주는 형태의 직접사업은 해당 나라에 필요한 역량을 키워 주거나 지속적으로 사업이 유지될 수 있는 기반을 마련하지 못한다는 단점이 있다. 그뿐만 아니라 그 사업에 관여하던 사람이 과로나 재정지원의 중단 등으로 더 이상 사업을 유지하지 못하게 되면 사라져 버린다. 따라서 이러한 사업이 고통을 당하는 나라들에 당장 필요한 것은 사실이지만 오랜 기간 지속될 수 없는 것이 부정할 수 없는 현실이다. 이 때문에 현지인들의 필요를 직접 채워 주는 사업을 진행하던 사람들은 곧 자신이 현지의 엄청난 필요들을 모두 감당할 수 없다는 것을 깨닫고, 자신과 함께 일하면서 자신의 역할을 나누어 감당해 줄 조력자를 찾게 된다. 그러한 조력자들에게 자신이 하던 일 중에서 비교적 단순하고 기계적인 작업들을 나누어 줌에 따라, 보다 효율적으로 고도의 집중력을 요하거나 전문적인 지식과 기술을 요하는 분야에 집중할 수 있게 된다.

감리교 선교사 윌리엄 스크랜튼William Scranton은 알렌의 요청으로 제중원에서 잠시 함께 일했다. 이후 부인과 모친이 한국에 도착함에 따라 독립하여 정동에 진료소를 개설하였다. 얼마 되지 않아 그는 많은 여성들이 진료에 있어 차별과 소외를 받고 있으며 아울러 남자 의사들로부터 진찰을 받는 것을 꺼리는 것을 발견하고는, 여성들만을 대상으로 한 진료소인 '보구여관'을 개설했다. 이 진료소의 책임을 맡아 근무하던 메타 하워드가 과로로 인해 본국으로 송환되고, 대신 로제타 홀Rosetta Hall이 내한하면서 본격적으로 한국에 의학교육이 시작된다. 이 로제타 홀이 키워 낸 인물이 바로 한국 여성 최초로 미국에서 의사면허를 취득한 김점동이다. 아펜젤러의 집에서 일을 도와주고 있었던 아버지 덕분에 영어에 능통하게 된 김점동은 '이화학당'에서 교육을 받을 수 있었다. 이후 졸업을 하면서 로제타 홀의 조수가 되어 함께 평양 지역으로 가서 통역을 하며 도왔다. 로제타 홀이 남편의 사망으로 귀국하자 김점동도 도미하여 볼티모어 의과대학에서 의학박사M.D. 학위를 취득하게 된다. 개인 차원이었지만 해외연수를 통해 한국 최초의 여자 의료전문인 의학박사가 탄생한 것이다. 한국에 돌아온 김점동은 광혜여원 건물을 신축하여 한국 최초의 간호사

양성소를 설립하였다. 이 광혜여원에서 김점동의 조수로 일하던 김배세가 세브란스 간호양성소에서 훈련을 받은 1회 졸업생이 되어 한국의 공식 간호사 1호로 등록되었다. 그러나 김점동 역시 밀려드는 한국 보건의료 현실의 필요들을 혼자서 감당하지 못하고 과로때문에 결핵에 걸려 요절하고 만다. 김점동의 죽음은 로제타 홀로 하여금 자신의 애제자를 기리며 크리스마스씰 사업을 통해 한국에서 결핵퇴치 사업을 시작하게 만드는 계기가 되었다.

  훈련이 단지 훈련으로 끝나서는 결실을 맺지 못한다. 교육 사업이 결실을 맺기 위해서는 삶의 현장에서 배운 지식이 활용되어 결과를 내기까지 지속적으로 지도하고 지원하는 과정이 요구된다. 훈련을 통해서 잠재력이 개발되고, 새로운 지식과 기술을 습득되며, 그것을 현장에 적용하여 결과를 창출해 내기까지 누군가가 지속적으로 격려하고 지원해 줄 때 비로소 자기계발이 일어났다고 할 수 있다. 한국을 찾았던 많은 선교사들과 보건의료 분야 개발 사업에 참여했던 일꾼들은 단지 한국인들을 위해 헌신적으로 봉사하여 직접적인 도움을 주는 데 그치지 않았다. 그들은 사업이 지속되지 못하고 단절되어 버리도록 방치하지 않았다. 시작된 사업이 직접적인 사업에서 훈련과 교육 사업으로 발전될 수 있도록, 자신의 뒤를 이어 적절한 훈련과 교육을 담당할 사람들을 불러와 사업이 이어지도록 하였다. 그렇게 배출된 한국의 보건인력들이 그들의 사업을 이어받아 그들이 본국으로 돌아간 이후에도 사업이 중단되지 않고 지속적으로 발전할 수 있도록 권한을 위임하고 전폭적인 지원을 했다. 알렌이 제중원을 개원하여 직접 환자를 치료함으로써 보건의료 분야의 개발이 시작된 이래, 캐나다 출신 에비슨이 내한하여 세브란스 의학전문학교를 설립하여 의학교육을 시작한 것이 바로 그 예이다. 이들은 그렇게 배출된 한국의 의료인력들에게 책임과 권한을 나누어 주었다. 비록 자신이 배출한 제자는 아니지만 한국인 오긍선이 학장으로 취임하여 사업을 유지 및 발전시켜 갈 수 있도록 한 일련의 과정은, 한국이 보건의료 산업 분야에서 세계 최고의 경쟁력을 갖고 성장할 수 있는 밑거름이 되었다. 오긍선은 서재필, 김점동에 이어 한국인으로서는 세 번째로 미국에서 의학박사 학위를 취득한 인물이다. 그는 남장로교 선교사로 파송되어 내한했을 때 고종 황제의 전의가 되어 달라는 요청을 정중하게 거절한 뒤, 군산 예수병원에서 일하다가 에비슨과 같이 한국 피부과학을 창설했다. 그리고 한국인 최초로 세브란스의학교의 교장이 되었다.

전후 미국은 국제개발처USAID를 통해 한국의 뒤떨어진 보건의료 체제의 개발을 지원하고자 소위 '미네소타 프로젝트'를 실행하였다. 한국의 의사들이 미국에서 연수받을 수 있도록 지원을 한 것이다. 서울대학교 의과대학과 미네소타대학교 의과대학을 중심으로 의과대학 교수요원을 비롯한 전문의 226명이 1954년부터 1961년에 걸쳐, 짧게는 3개월에서 길게는 4년까지 미국에서 연수를 받고 돌아와 자신의 분야를 발전시키는 데 지대한 공헌을 하였다. 같은 기간 동안 한국에는 59명의 미국 자문관이 상주하며 대학교육 체계 전반에 대한 자문과 지원을 아끼지 않았다. 이 사업을 통해 서울대학교 의과대학은 새로운 교육기관으로 변모하였고, 한국 의학교육의 발전에 선구자적인 역할을 했다. 한국국제보건의료재단의 이종욱펠로십 연수 사업은 바로 이 미네소타 프로젝트를 모형으로 개발되어 시행되고 있는 사업이다. 특히 서울대학교 의과대학은 라오스 국립의과대학과 협력하여 라오스 국립의과대학이 교육, 연구 및 임상 분야에서 라오스의 중추적인 역할을 감당할 수 있도록 지원하고 있다. 이 사업에는 미네소타 프로젝트를 통해 미국에 연수를 다녀온 경험을 가진 교수진들이 참여하고 있어, 자신이 과거에 경험한 것들이 다른 나라에서도 재생산될 수 있도록 돕고 있다. 이렇게 한 나라가 다른 나라들의 도움을 통해 발전을 이룬 후에 자신의 경험을 근거로 하여 또 다른 나라를 도울 때, 온전한 개발이 이루어졌다고 말할 수 있을 것이다. 단지 직접적인 지원과 도움을 받는 수준에만 머문다면, 완전한 개발이 이루어지지 못한 채 항상 도움이 필요한 나라에 머물게 될 것이다. 한국은 빈곤을 극복하였을 뿐만 아니라, 스스로의 힘으로 발전을 이루어 이제 다른 나라들의 개발이 이루어질 수 있도록 힘쓰는, 선진국이 되었음을 스스로 입증한 거의 유일한 나라다. 물론 그 과정에 수많은 나라들과 헌신적인 사람들의 도움이 있었다. 그러나 이러한 개발이 가능했던 것은 한국이 가진 최고의 자원인 인적자원 개발에 집중한 성과가 아닐까 생각한다.

두뇌유출 대국, 한국

한국이 비록 이종욱펠로십과 같은 연수 사업을 진행하고 있지만, 이 분야에서 과거에 좋은 모범만을 보였다고는 평가할 수 없을 것 같다. 서양의학의 불모지였던 한국의 개화 초창기에, 미국에서 의학박사 학위를 획득하고 귀국하여 선구자 역할을 담당한 사람들이 있었는가 하면, 선교사들을 통해 미국 유학의 기회를 잡아 미국에서 우수한 교육을 받았으나 한국으로 돌아오지 않은 사람들도 많았다. 소위 '두뇌유출'이 일어난 것이다. 한국의 장래를 짊어질 촉망받는 젊은이들을 선정해서 모든 비용을 부담하며 미국으로 유학을 보내 주었지만, 학업을 마친 뒤 한국에 돌아와 모범이 되는 삶을 살기보다는 기회의 땅 미국에서 직업을 찾아 정착해 버린 수많은 사람들이 있었다. 이는 한국에서만 찾아볼 수 있는 사례는 아니다. 많은 개발도상국에서 훈련을 받은 우수한 인력들이 조국의 개발과 발전에 사용되기보다는, 선진국의 단순 노동력으로 충원된 경우가 많았다. 단순한 두뇌유출뿐만 아니라 한국에서 훈련받은 전문인력을 의도적으로 탈취한 경우도 적지 않았다. 특히 미국이 의료인력 수급에 어려움을 겪었던 60년대에는 한국의 의과대학을 졸업한 우수한 인재들이 대거 미국으로 유출되어 미국 보건의료 산업 발전의 밑거름이 되었다. 여러 나라의 이민자들로 이루어진 미국의 특성상 다른 나라에서 유능한 인적자원을 확보하여 자국의 잠재력과 인적자원을 강화하는 것이 국가적 우선순위를 차지한다는 것은 감안한다고 하더라도, 한국의 경제발전과 산업발전의 초창기에 우수한 인적자원이 대거 해외로 유출된 것은 한국으로서는 치명적인 유실이었다고 생각한다. 60년대 중반 한국의 의과대학 졸업생들에게 미국 의사시험을 볼 수 있는 자격이 주어졌다. 그러자 미국 의사면허를 획득하여 수련의 과정에 지원해서 합격하면 비행기표를 제공받아 우수한 많은 인재들이 앞다투어 미국으로 향하였다. 당시에 미국으로 떠나갔던 인력들이 지난 5년간에 걸쳐 약 5천 명이 은퇴를 했다고 하니 그 규모를 짐작할 수 있을 것이다.

한국뿐만 아니라 영연방에 속하는 많은 나라들에서, 특히 아프리카의 국가들에서도 동일한 현상이 일어났다. 영국의 식민통치를 경험한 나라의 의대 졸업생들은 다시 의사면허를 취득할 필요가 없이 졸업장만 소지하면 영연방 국가들의 의료기관에 취직할 수 있었다. 탄자니아와 가나 등 영국 식민통치를 경험한 나라들의 의료인력 공백은 이러한 두뇌유출로 인한 결과라고 할 수 있다. 빈곤의 악순환을 경험하는 개발도상국의 우수한 인적자원이 안정된 수입을 보장하는 직장이 있는 선진국의 안락한 삶을 뿌리친다는 것은 사실상 불가능하다. 따라서 두뇌유출을 개발도상국 차원에서 방지하는 것은 거의 불가능하다고 할 수 있다. 그렇다면 개발도상국의 인적자원을 유출해 가는 선진국의 차원에서 이를 금지하고 자제해야 할 것이다. 그러나 사실 많은 선진국의 공적개발원조 속에 숨겨진 목적 중 하나가 개발도상국에 대한 영향력 확대에 있기 때문에, 우수한 인적자원을 상대적으로 저렴한 임금조건으로 해외에서 조달할 수밖에 없다. 공적개발원조에 있어 자국의 이익을 우선에 두는 전략을 견지하는 많은 나라들에서는 거부하기 힘든 유혹임에 틀림이 없다.

60년대와 70년대 초에 이르기까지 수많은 의사들이 미국으로 영원히 떠나갔음에도 한국 보건의료 산업이 발전하게 된 것은 사실 기적에 가까운 일이 아닐 수 없다. 어쩌면, 그렇게 많은 선배들이 미국에서 자리를 잡아 후배들을 이끌어 주고 자신의 모교에 기여하려고 했던 것이 한국의 보건의료 산업이 발전하게 된 계기가 되었는지도 모르겠다. 세브란스를 졸업하고 미국에 정착한 많은 동문들이 여러 번에 걸쳐 세브란스병원의 신축과 증축 과정에 후원금을 기부하였고, 후배들을 위해 장학금을 쾌척하였다. 더불어 개인의 이름으로 거액을 기부하여 실험실과 강의실을 설립한 것이 현재 세브란스의 발전에 많은 도움이 되었음은 굳이 언급할 필요도 없다. 아울러 자신이 택한 분야에서 성공을 거둔 이후에는 다시 모교로 돌아와 자신의 전문적인 지식을 쏟아부어 연세의대가 80년대에 급성장할 수 있는 밑거름이 되었던 것도, 두뇌유출을 단지 부정적인 현상으로만 볼 수는 없게 한다.

세계보건기구 특별상, 이종욱 기념상

2015년 1월 27일 독일의 프랑크푸르트에서 제네바행 비행기에 올랐다. 세계보건기구의 연례 집행이사회에 참석하기 위해서였다. 매년 1월에 개최되는 세계보건기구의 집행이사회 기간 동안 세계보건기구에서 제정한 특별상을 받게 될 수상자를 선발한다. 나는 2014년에 이어 2015년에도 수상자선발심사 참석차 제네바를 찾았다. 매년 1월 셋째 주가 되면 스위스는 각종 행사로 인해 호텔값이 평소의 두 배 내지 세 배로 치솟는다. 세계보건기구의 집행이사회와 맞물려 비슷한 시기에 개최되는 수많은 유엔 산하기구들의 이사회 때문이다. 항공료도 치솟는데, 한국에서 유럽으로 가는 비행기표를 구하는 것이 하늘의 별 따기일 정도다. 제네바에서 유엔 산하기구들의 이사회가 열리는 것과 같은 시기에 스위스의 다른 한쪽인 다보스에서는 세계경제포럼이 개최되기 때문이다. 2014년에는 이사회에 참석하기 위해 제네바에 도착해 보니 숙소로 예약된 호텔이 프랑스에 위치하고 있었던 적도 있었다. 프랑스라고는 하지만 공항에서 10분 거리였고, 시내에서도 10분 남짓한 곳이었다. 스위스 출장을 간다고 했는데 막상 가서 보니 프랑스였던 것이다. 아울러 그때 당시 인천을 출발하는 파리행 대한항공의 좌석을 구하는 것도 매우 힘들었다. 항공기에 탑승하여 자리에 앉고 보니 만석이었다. 비즈니스 클래스가 만석이 되는 것은 흔하게 있는 일이 아닌데 말이다. 텔레비전과 언론을 통해 낯이 익은 얼굴들도 발견할 수 있었다. 그러한 경험을 거울삼아 2015년에는 스위스에서 보내는 시간을 최소한으로 했다. 대신 독일 프랑크푸르트를 중심으로 출장 일정을 잡아 제네바에서는 공항 근처에서 하루만 머물었다. 독일에서 시행 중인 파독 간호사 및 광부들의 의료지원 사업과 의료인력연수 사업에 관련된 현장조사와 실무자 면담 및 협의 때문에 독일에서의 시간이 더 필요했기 때문이다.

세계보건기구 사무총장인 홍콩 출신의 마거릿 챈은 첫 번째 임기를 성공적으로 마치고 두 번째 임기를 수행하면서 이사회의 준비를 총괄하였다. 집행이사회의 이사장은 매년 이사국의 이사 중에서 선발하여 봉사하도록 되어 있는데, 2014년에는 호주의 보건부 장관이면서 이사였던 줄리 비숍Julie Bishop이 집행이사장을 맡아 탁월한 지도력을 보여 줬다. 2015년에 참석한 호주의 신임 보건부 장관인 마틴 보울스Martin Bowles에 의하면, 줄리는 보건부에서 외무부로 자리를 옮겨 맹활약 중이었다. 작년에 재단의 의견을 존중하여 전폭적으로 지원해 주었던 기억이 있어 안부를 물었더니 의외의 대답이 날아온 것이다. 그 말을 들으니 그도 그럴 만하다는 생각이 들었다. 하루 종일 이사회를 주재하면서 수많은 안건을 처리하고 지친 상황에서도 일정의 마지막 순서였던 수상자선정 미팅에서 번뜩이는 지도력을 나타냈었기 때문이다. 2015년 세계보건기구 집행이사회 이사장은 몰디브 보건부의 모하메드 후세인 샤리프Mohamed Hussain Shareef 장관이 맡았는데, 젊은 나이에도 매우 유능하고 능숙하게 회의를 진행하는 사람이었다. 이사회장에 도착하니 많은 사람들의 입에서 그의 지도력에 대한 칭찬이 오가고 있었다.

세계보건기구 이종욱 기념상 수상자 선발을 위한 심사위원은 나를 포함해 이렇게 세 사람이었다. 호주 보건부 장관이 회의를 시작하기도 전에 중국에서 추천한 후보가 마음에 든다면서 적극적으로 지지를 표하였다. 중국에서 추천한 후보는 중국이 기니에 세운 병원의 의사였다. 에볼라가 확산되지 않도록 중국인들을 보호하고 예방 사업을 잘 진행했다는 것이

추천된 이유였다. 나는 고개를 갸우뚱거리며, 집행이사장 비서의 신분이지만 사실상 이사장 이상의 영향력을 가진 파올라에게 의사를 물었다. 파올라는 에볼라 사태로 인해 누군가에게 상을 주어야 한다면, 그것은 '국경없는의사회'가 되어야 할 것 같다고 대답하였다. 몰디브에서 당뇨병 예방 사업을 펼쳐 온 NGO가 2013년 이종욱 기념상을 수상한 경력이 있었으므로, 나는 도움을 청하는 입장에서 샤리프 장관을 쳐다보았다. 집행이사장은 나를 바라보면서 우선 내 의견을 말해 보라고 하였다. 나는 주저하지 않고 재단의 입장에서 상을 줄 만한 자격을 갖춘 기관은 지중해국제빈혈연맹 외에는 없을 것 같다고 하였다. 우선 정부나 다른 어떤 기관의 도움도 받지 않고, 세계 100여 개국에 자원봉사자들과 환자의 가족들로 구성된 지부를 개설하여 이 병에 대해 적극적으로 홍보를 하고 질병 퇴치를 위해 노력했기 때문이다. 더불어 이러한 업적을 시상함으로써 이 단체가 앞으로 더욱더 발전하기를 바란다고 덧붙였다. 샤리프 장관은 내 의견에 적극적으로 동조하면서 자신의 생각과 정확히 일치한다고 하였다. 그리고 중국은 수년 전에 이미 상을 받은 적이 있으니 이번에는 양보를 해도 좋을 것 같다고 하였다. 중국의 로비를 받은 것이 아닌가 하고 의심을 했던 호주 보건부의 마틴 보울스 장관은 다행히 자신의 중국 지지를 철회하고 지중해국제빈혈연맹을 순순히 지지하겠다고 하였다. 회의는 30분도 안 되어 끝이 났다. 비록 재단이 지원하고 있는 소아마비퇴치 사업을 담당하는 부서와의 사업 협의가 있었다고 하지만, 이종욱 기념상 수상자 선발을 위한 30분의 회의을 위해서 한국에서 15시간 이상을 날아온 셈이었다. 그러나 나는 가벼운 마음으로 호텔로 돌아가 식사를 하고 다음 날 아침 다시 독일로 갔다.

세계보건기구에서 특별상을 제정한 이종욱 박사는 한국인 최초로 유엔 산하기구인 세계보건기구의 6대 사무총장으로 선출된 인물이다. 한국국제보건의료재단은 이종욱 박사가 세계보건기구의 사무총장에 당선이 되면서, 이종욱 박사를 포함한 국제보건의료 사업을 지원하고 국제무대에서 대한민국의 국제개발협력 사업을 활성화하기 위해 사단법인 성격의 국제보건의료지원재단으로 출범하였다. 그러다가 이종욱 박사가 2006년 뇌출혈로 급거 서거하면서 보건복지부 산하의 국제보건의료재단으로 정식 출범하였다. 세계 여러 나라의 보건부를 방문하여 재단에 대해서 소개를 하면 많은 사람들이 이름을 처음 들어본다면서 고개를 갸우뚱거리는데, 재단이 이종욱 박사의 유지를 계승하기 위해 만들어졌다고 소개를 하면 금방 얼굴에 화색이 돈다. "아, 이종욱 박사님, 제가 그분을 만나 뵙고 많은 감명을 받았습니다."라고 말할 정도로 이종욱 박사는 보건의료 분야에서는 국제적인 인물이다. '아시아 백신황제'로 불리면서 소아마비 박멸을 주도하였고, 김용 세계은행 총재를 등용하여 에이즈 사업의 책임자로 일하도록 배려했을 뿐 아니라, 2015년 현재 세계보건기구의 사무총장인 마거릿 챈 박사를 자신의 후계자로 삼아 키운 사람이 바로 이종욱 박사다. 2012년 가을 한국을 방문한 마거릿 챈은 그때를 회상하면서, 이종욱 박사께서 어느 날 자신을 찾아와 이렇게 설득했다고 말했다. "마거릿, 이제 제네바에 와서 나와 같이 일합시다. 홍콩은 당신이 일하기에 너무 좁아!" 그 한마디에 닥터 챈은 이종욱 박사와 일하기로 결심했다고 한다.

많은 사람들이 기억하는 이종욱 박사는 단지 많은 업적을 이루거나 일을 많이 한 사람이 아니라, 상대방을 격의 없이 대하고 자신의 인간성을 여과 없이 드러내며 친밀함을 표시한 거의 유일한 인물로 그려진다. 이종

이종욱 박사를 이어 세계보건기구 사무총장으로 선임된 홍콩 출신 마거릿 챈 박사. 2012년 재단에서 주최한 이종욱기념강연회 연자로 한국을 방문하였을 때 나는 보디가드를 겸하여 길 안내를 맡았었다. 뒤로 신영수 서태평양 지역 사무처장님과 현 심평원 원장이신 손명세 교수님이 보인다.

욱 박사는 2015년 현재 유엔 사무총장을 맡고 있는 반기문, 세계은행의 김용 총재, 그리고 세계보건기구 서태평양 지역 사무처장을 맡고 있는 신영수 박사 등 한국을 대표하는 세계적인 지도자의 한 사람이다. 특히 한국이 그간 인적자원의 개발에 집중하고 투자하여 얻은 결실의 상징적인 인물 중 한 명이다. 한국은 이런 국제적인 지도자들을 배출해 냄으로써 세계가 인정하는 영향력을 가진 나라가 되었고, 한국의 핵심 경쟁력은 다름 아닌 인적자원이라는 것 또한 드러내게 되었다. 세계는 한식을 비롯하여 케이팝, 한국의 성형외과 의사들이 창조한 새로운 미의 기준 등으로 인해 놀라고 즐거워하고 있다. 한국인들이 창조해 낸 산물들이 세계를 즐겁게 하는 시대가 온 것이다. 우리는 다시 한번 보건의료산업 분야에서 과거의 경험과 한국적인 정서 및 가치관이 녹아져 있는 새로운 산물을 창조해 냄으로써 세계를 놀라게 하고 세계인들의 삶을 풍요롭게 하게 될 것이다.

제4장

중국은 왜 아프리카를
전폭적으로 돕고 있을까?

한국이 공적개발원조 분야에서 선진국과 개발도상국 모두의 관심을 모으게 된 것은, 한강의 기적으로 불리는 빈곤극복과 개발신화의 창조라는 자체적인 요인과 함께 지금까지 원조를 통해 빈곤을 극복하고 성공적으로 선진국에 진입한 다른 예를 찾아볼 수 없다는 점 때문이다. 많은 나라들이 원조를 통해 문제가 해결되고 필요가 채워져 개발이 이루어진 것이 아니라, 원조에 의존하는 경향이 증가하여 원조 없이는 경제성장을 이루지 못했기 때문이다. NGO의 천국으로 불리던 케냐의 나이로비가 아직도 빈민촌들의 기하급수적인 증가로 치안 유지가 어렵고, 수많은 개발원리와 개발협력의 메카로 여겨지던 네팔이 아직도 빈곤 상태에서 벗어나지 못하고 무정부상태에서도 헤어나오지 못하는 것은, 지금까지 이루어진 공적개발원조와 국제개발협력의 원칙과 전략에서 뿐만 아니라 실행에 있어서도 문제가 있었다는 것을 짐작하게 한다. 원조를 통해서 필요가 채워지고 문제가 해결되기보다는 오히려 빈곤이 심화되어 양극화가 더욱 진행된 경우들도 많이 볼 수 있다. 원조가 인적자원 개발과 지식공유에 초점을 맞추어 원조수원국의 필요를 채우기보다는, 다른 동기와 목표들에 의해 수행되어 왔음을 드러내는 것이다. 아프리카는 이러한 공적개발원조의 대표적인 실패 사례로 볼 수 있다. 아프리카의 많은 나라들이 엄청난 영토와 풍부한 지하자원을 자국의 경제발전을 위한 재원으로 활용하지 못하고 도리어 다른 나라의 경제발전을 위한 지하자원 획득의 각축장이자 미래의 식량부족을 대비하기 위한 땅따먹기 전쟁의 무대가 되었다는 슬픈 현실은, 공적개발원조 무용론을 주장하는 이들의 외침을 더욱 설득력 있게 만들고 있다.

시바 여왕

2015년 6월 말 에티오피아에 파견되어 한국국제보건의료재단의 현지 사업을 총괄하고 있는 김태훈 전문위원으로부터 갑자기 연락이 왔다. 7월 10일경에 예정된 오로미아 주 통합모자보건 사업의 기초선조사완료보고회에 재단의 고위층이 참석해 줄 것을 보건부로부터 요청을 받았다는 것이었다. 보건부에서 차관이 참석하기로 결정함에 따라 재단에서도 최소한 본부장급 이상의 고위층이 참석해 줄 것을 보건부로부터 요청받았고, 그래서 가능하다면 사무총장이 참석해 주면 좋겠다는 전갈이었다. 나는 일정표를 살펴보았다. 7월 중순부터는 이미 새로 부임하신 총재님을 모시고 우즈베키스탄과 캄보디아에서 현지 사업보고 및 아시아 지역 사업책임자들이 참석하는 현지 전략회의가 계획되어 있었다. 출장을 두 번 가기에는 여러 가지 면에서 무리였다. 시간도 여의치 않았고, 또 출장이 너무 많다고 지난번 국정감사에서 주의를 받았었기 때문에 출장 횟수를 늘리기에는 부담스러웠다. 에티오피아에서 재단의 건강보험 분야 협력 사업은 예상과 달리 매우 진전이 빨랐다. 하지만 통합모자보건증진 분야에서는 사업을 시작한 지 2년이 지났음에도 여러 가지 이유로 아직 사업형성조사가 마무리되지 못하고 사실상 표류해 왔기 때문에 반드시 한 번은 현장을 방문하여 점검을 해야 할 형편이었다. 나는 한동안 고민하다가 묘안을 생각해 냈다. 이스탄불을 경유하면 그곳에서 타슈켄트행 직항이 있으므로, 우즈베키스탄 출장에서 3일 정도만 연장하면 큰 무리 없이 에티오피아를 일정에 추가할 수 있을 것으로 생각한 것이다. 그리하여 총재님과는 우즈베키스탄의 수도 타슈켄트에서 랑데부하기로 하고, 예정보다 사흘 먼저 인천에서 이스탄불을 경유하여 아디스아바바로 날아갔다.

에티오피아는 성경에 나오는 '시바 여왕'의 나라이다. 이스라엘을 방문하여 솔로몬을 알현한 후 (여러 가지 측면을 고려한 결과인지 관계가 발전한 때문인지는 정확히 파악하기 힘들지만) 솔로몬의 아들을 낳았다는 시바의 나라로, 솔로몬이 돌아가는 시바에게 언약궤를 선물했다고 전해지는 전통적인 기독교 국가이다. 실제로 에티오피아 사람들은 시바의 아들 메네릭 1세를 에티오피아 최초의 황제로 신봉하고 있으며, 메네릭 왕조는 수천 년을 이어 1974년 셀라시에 황제 때까지 존속한, 아프리카에서는 유일하게 식민통치를 경험하지 않은 국가라는 자부심을 갖고 있는 나라다. 청년장교 멩기스투에 의해 공산혁명이 일어나고 소련의 지원을 받기 시작하면서 경제적인 어려움에 봉착하게 되어 빈곤의 길을 걷게 되기 전까지는, 아프리카에서 가장 발전된 나라였을 뿐만 아니라 근래에 결성된 아프리카연합의 본부가 위치한 곳이기도 하다. 6·25 전쟁에 파병할 당시만 해도 1인당 국민소득이 3,000불이 넘는 나라였지만, 현재는 1,000불도 넘지 못하는 가난한 나라가 되었다. 시바 여왕이 다스리던 시절에는 아라비아 반도를 포함하여, 현재의 예멘까지도 통치했다고 한다. 오랜 내전으로 원래 하나의 나라였던 에리트레아가 독립하면서 해안선이 없는 내륙국가가 되고 말았다. 시바는 한때 지금의 수단에 위치한 누비안문명의 쿠스를 점령하여 영토를 확장하였고 그 덕에 누비안이 기독교를 받아들였으나, 이슬람의 확장으로 인해 다시 이슬람으로 개종하였다고 한다. 이렇게 다양한 역사와 오랜 문명을 가진 나라가 바로 에티오피아다.

내가 수도 아디스아바바에 도착한 날은 마침 한국의 명성교회에서 설립한 명성병원의 2차병동이 완성되어 기증식이 거행된 날이었다. 나 역시 행사에 초청을 받아 참석하였다. 병동기증식에는 2015년 당시 에티오피아 대통령과 전 대통령 그리고 정치적 영향력이 가장 크다고 하는 티그리스 주지사 등 최고권력자들이 참석하여 한국에서 설립한 명성병원의 위상을 빛내 주고 있었다. 명성병원은 에티오피아에서 가장 시설이 뛰어나고 유능한 의료진을 갖춘 최고의 의료기관으로, 이때 개관한 병동은 에티오피아 최초로 전 병동이 중앙공급식 시스템을 구비하고 첨단장비가 갖추어진 병원이었다. 아디스아바바 시내는 다른 때에 비해 교통체증이 매우 심각했는데, 이틀 뒤에 아프리카원조총회가 아디스아바바에 소재한 아프리카연합 본부에서 개최되어 많은 부속 회의들이 진행되기 때문이라고 했다. 이 때문에 평소의 두세 배 높은 가격을 주고 간신히 방을 구할 수 있었다. 특히 원조총회에 미국의 오바마 대통령이 참석한다고 하여 곳곳에 경찰관과 군대가 배치되어 있었고, 명성병원 기증식에도 특수부대 요원들이 파견되어 행사장을 통제하는 모습이 눈에 띄었다. 원조총회가 개최되는 아프리카연합의 국제회의센터는 중국으로부터 2억 불을 원조받아 최근에 완성한 초현대식 건물로, 아프리카에 진출한 중국의 위상을 드러내는 매우 상징적인 기념물로 평가되었다. 이는 2013년 중국의 국가주석 시진핑이 권력을 이어받자마자 아프리카를 방문하여 아프리카에 200억 불을 지원하기로 한 약속의 일부였다. 아프리카를 방문한 시진핑 주석은 향후 3만 명의 인재를 육성하고 2만 명에 가까운 인재들에게 장학금을 지급하겠다고 밝힘으로써 인적자원의 육성에도 앞장설 것을 시사하였다. 시진핑은 에티오피아뿐 아니라 탄자니아에도 잠비아를 연결하는 '타자라' 철도개보수 사업을 지원하였고, 그 밖에 아프리카 많은 나라의 공항들과 도로들을 정비하는 사업들 역시 중국의 지원을 받아 이루어졌다. 시진핑 주석이 천명한 중국의 아프리카 지원은 정치적인 의도가 없는 순수한 원조이며 단지 친선을 위한 것임이 강조되었다. 실제로 중국은 원조수혜국의 내정에 절대로 간섭하지 않는다는 원칙을 고수하고 있다. 중국이 원하는 것은 원조를 통한 무역의 확대로, 중국은 아프리카의 나라들로부터 천연자원을 수입하고 대신에 중국의 공산품을 이 나라들에 수출한다는 것이었다. 그 결과로 중국의 값싼 공산품이 아프리카에 밀려 들어 오면서 제조업 기반이 약한 많은 나라들에서 그 기반이 와해되고 있다. 2014년에 케냐를 방문하여 슈퍼마켓에 갔는데, 케냐에서 생산된 제품들은 거의 없고 대체로 중국산이었다. 그 이유를 물으니 중국 수입품을 구입하는 것이 자국에서 생산한 공산품을 구입하는 것보다 약 세 배 가까이 저렴하여 결국 케냐의 공장들이 모두 문을 닫았기 때문이며, 이로써 제조업 기반이 사실상 무너졌다고 탄식하는 소리를 들었다. 공장을 돌릴수록 치솟은 전기료와 물가 때문에 오히려 손해를 본다는 것이 사람들의 이야기였다.

2년 전 아디스를 방문했을 때는 전화가 걸리지 않아 많은 사람들이 낮은 입찰가로 이동통신 사업자에 선정된 중국 화웨이통신에 대한 불평을 늘어놓았었는데, 2년이 지난 후 그럭저럭 통신 상태가 많이 안정화되어 전화통화에는 별 불편이 없었다. 아마도 사람들의 불평에 못 이겨 기지국과 통신망을 정비한 모양이었다. 이미 아프리카 여러 나라의 많은 도시들에서 중국 음식점을 발견할 수 있는 것은 물론이고, 중국 병원과 대략 수만 명 이상의 중국 노동자들이 거주하는 것도 볼 수 있다. 한국 교민들의 숫자가 수백 명 정도인 것과는 엄청난 대조를 이룬다. 이는 중국이 적극적으로 아프리카를 공략한 결과다. 중국의 원조로 시작된 각종 도로 및 공항 등의 건설 사업을 대체로 중국 기업들이 수주하면서, 많은 중국 노동자들이 아프리카에 진출하게 된 것이다. 이렇게 많은 수의 노동자들이

에티오피아 명성병원의 병동기증식에 참석한 한국 내빈들. 강원희 선교사님과 김영훈 선교사님을 오랜만에 뵙고 식사를 나눌 수 있었던 뜻깊은 자리였다. 아프리카미래재단의 박상은 대표님을 비롯한 재단 식구들은 짐마까지 동행하여 재단의 사업을 돌아보았다.

아프리카에 진출함에 따라 중국 식당과 병원 및 중국인들을 대상으로 한 기업들이 아프리카에 뿌리를 내리기 시작하면서, 시진핑 주석이 강조한 것과는 달리 아프리카 대륙은 중국의 막강한 영향력 아래 놓이게 되었다. 중국은 2006년을 '아프리카의 해'로 선정한 이래 2010년까지 약 30회에 달하는 국가주석과 총리급의 정상외교를 펼쳤고, 이로 인해 2000년 초 100억 불 수준에 머물던 아프리카의 대중국교역량이 2013년에는 약 20배 성장한 2,000억 불 수준으로 증가하였다. 이는 아프리카의 대미교역량 1,000억 불의 두 배에 달하는 수준이다. 이제 아프리카가 중국의 영향력에서 자유로울 수 없을 것이라는 것은 누구나 짐작할 수 있을 것이다.

이러한 중국의 적극적인 아프리카 원조의 결과로 수단은 자국에서 생산되는 원유의 60%를 중국에 수출하고 있으며, 중국의 수단 원유 의존도는 10%에 달하게 되었다. 중국이 수단에 대통령궁을 신축해 주고 정유공장을 설립하는 등의 경제적 지원을 약속하는 것은 물론, 유엔의 수단 제재에 앞장서서 반대하는 등 정치적인 지원도 아끼지 않은 결과다. 앙골라도 전체 원유의 40%를 중국에 수출하고 있는데, 이는 사우디 다음으로 많은 양이다. 콩고도 생산되는 원유의 50%를 중국으로 수출하고 있으며, 콩고민주공화국은 구리와 코발트의 (거의) 전량을 중국으로 수출하고 있다. 이 나라들은 일본이나 미국 등의 전통적인 강대국과의 경쟁이 필요 없는 소위 신흥국들로서, 대체로 정권의 기반이 약한 나라들이다. 중국의 상대국 내정에 간섭하지 않겠다는 전략이 이들 나라들에게 뿌리치기 어려운 유혹으로 작용한 것이다.

21세기 랜드러시, 아프리카

미국 캘리포니아에서 금광이 개발되면서 많은 사람들과 나라들이 금을 찾아 서부로 몰려드는 소위 '골드러시'의 현상이 일어났었다. 이로 인해 미국의 서부 개발이 탄력을 받았지만, 그 과정에서 많은 부작용도 있었다. 지금 많은 나라들이 아프리카의 풍부한 지하자원을 선점하기 위해 아프리카로 몰려들고 있는데, 이를 과거의 '골드러시'에 비유하여 21세기판 아프리카 '랜드러시', 즉 '땅따먹기 전쟁'이라 부르고 있다. 중국을 비롯한 많은 나라들이 아프리카에 진출하여 빈곤에 허덕이는 나라들로부터 토지를 임차받았다. 당사국에서는 엄두도 내지 못하는 토지개발을 통한 농업개발과 농업기술 전수를 통해 빈곤을 극복할 수 있도록 도움을 주겠다는 것이 표면적인 이유였지만, 사실상 향후 지구상에 불어닥칠 식량부족의 위기에 대비하는 차원에서 농토를 확보하기 위한 전쟁이 일어난 것이다. 단지 농지확보뿐만 아니라 아프리카 대륙에 매장되어 있는 엄청난 양의 천연자원을 선점하기 위한 공공연한 전쟁이 아프리카의 여러 나라에서 벌어지고 있다.

아프리카의 총면적은 약 3,000만 제곱킬로미터로, 지구 육지 면적의 약 20%에 해당한다. 이는 남한의 300배에 달하며, 미국·중국·인도 및 유럽의 면적을 합한 것보다 넓다. 남쪽 끝에서 북쪽 끝까지는 약 8,600킬로미터로, 비행하는 데 약 10시간이 소요된다. 이렇게 어마어마한 땅덩어리에 매장된 지하자원은 그 종류와 양에 있어 어느 국가나 대륙과도 비교할 수 없을 정도다. 최근에 그 존재가 알려진 모잠비크의 가스유전 매장량은 가스를 수입하기 위하여 눈독을 들이고 있는 세계 최대의 에너지 수입국가 일본에서 전량을 수입할 경우 약 35년 동안 사용할 수 있는 양이라고 한다. 문제는 이렇게 엄청난 천연자원을 개발해서 자국의 경제를 발전시킨 사례가 아프리카에 거의 존재하지 않는다는 것이다. 많은 학자들과 전문가들은 천연자원의 많은 매장량이 국가의 발전이나 경제부흥에 오히려 걸림돌이 되고 있다고 지적한다. 지하자원을 개발하여 활용하려고 하기보다는, 손쉽게 원재료 상태에서 수출하거나 아예 개발권을 양도함으로써 부패한 정권을 유지하는 수단으로 사용하려 하기 때문이다. 아프리카에 만연한 종족갈등과 내전은 국가개발이 안정적으로 이루어질 수 있는 정치적인 안정성을 보장하기 어렵게 만들고 있다. 이로 인해 불법적인 무기 구매와 보급이 늘어나면서 치안이 더욱 불안해지고 곳곳에서 소요사태가 일어나 종족분쟁으로 이어지고 있다. 한때 세계 최대의 모바일폰 제조업체였던 핀란드의 노키아는 콩고를 비롯한 아프리카 국가들에서 생산되는 탄탈륨 등의 광물을 '분쟁광물'로 분류하고, 이를 수입하지 말 것을 각국의 모바일 제조업체에 호소하기도 하였다. 이 분쟁광물들이 부패한 정권과 결탁하여 무기 구입에 불법적으로 사용되어 이들 지역에서 분쟁을 야기하는 직접적인 원인이 되고 있다는 이유에서였다.

아프리카에서 체계적인 국토개발과 종합적인 농업개발이 이루어지지 못하는 이유는, 많은 나라들이 유럽의 식민통치에서 독립할 당시 토지의 소유권이 식민통치정권과 유착된 개인들에게로 이전되었기 때문이다. 일례로 남아프리카공화국의 경우 독립 당시 전국의 90%에 해당하는 토지를 7%의 부유층이 소유하고 있었다. 땅을 차지하게 된 이들은 유럽에서 이민 온 전통적인 지주세력들이었다. 이후 국가 차원의 노력을 통하여 개인이 소유한 토지의 비율이 75%까지 감소하긴 했지만, 아직도 많은 아프리카의 농부들은 소작농으로서 자신이 경작할 수 있는 토지를 소유하고 있지 못하다. 아울러 국가적인 토지관리제도나 등기제도의 부재로 소유권을 주장할 수 있는 방법이 전무한 나라도 상당수를 차지하고 있다. 소수가 독점하고 있는 상황을 변화시킬 수 있는 가장 효과적인 방법이 바로 쿠데타이다. 아프리카에 종족갈등과 분쟁이 끊이지 않는 것도 이와 무관하다고 볼 수 없을 것이다. 아울러 농업개발 분야에서 많은 원조가 이루어졌지만 농부들에게 새로운 농업기술과 지식을 전수함으로써 생산량을 증가시키려는 시도는 많았던 반면, 개개인의 농부들에게 농토를 구입할 수 있도록 도와주려는 시도는 거의 이루어지지 않은 것도 문제로 지적된다. 사실 아프리카에서 토지를 구입하는 비용은 다른 대륙에 비해 상대적으로 저렴해서 마음만 먹으면 개발단체들에서 소자본대부 형식이나 그밖의 다른 방법으로 지원이 가능함에도, 농업기술의 발전에 초점을 맞추어 곡물의 생산과 그에 따른 수출을 늘리는 방향으로만 개발이 이루어졌다는 분석도 있다. 결국 많은 원조들이 아프리카 국가들과 개인들에게 도움을 주기보다는 매장된 지하자원을 선점하기 위한 수단이나 향후 지구상에 불어닥칠 식량부족에 대비하기 위한 토지의 확보 또는 농산물의 수입원 확보 차원에서 이루어졌다는 분석이 힘을 받는 것도 이 때문이다.

공적개발원조의 동기

중국의 공적개발원조는 앞에서 살펴본 것처럼 정치적인 동기에서라기보다는 경제적인 측면에서 진행된다고 봐도 무리가 없을 것이다. 중국은 자국에 필요한 지하자원과 식량의 확보를 위해서 공적개발원조를 선행하고, 이어 중국에서 생산된 각종 공산품을 수출함으로써 무역수지를 통한 이익도 거둬들이고 있다. 따라서 공적개발원조는 궁극적으로 중국의 이익을 창출하기 위한 직접적인 투자의 성격을 띠고 있다고 봐도 과언이 아닐 듯싶다. 궁극적으로 중국의 국제개발협력은 경제협력을 증진시키고 이를 통해서 국익을 극대화하기 위한 장기적인 전략의 하나로 간주할 수 있을 것이다. 중국은 이러한 전략을 구사함에 있어, 서방과 정치적인 관계가 단절되었거나 경쟁이 비교적 치열하지 않은 나라들을 대상으로 선별적인 지원을 함으로써 거의 독점적인 관계를 구축하면서 그 영향력을 넓혀 가고 있다. 앞서 예로 들었던 수단, 콩고, 앙골라 등이 그런 나라들에 속하며, 최근에는 탄자니아, 케냐, 에티오피아 등으로 그 영역을 넓혀 나가고 있는 추세이다. 시진핑 주석은 공개적으로 "중국은 G2에 해당하는 경제규모를 가진 나라이지만, 실제적으로는 개발도상국에 속한다."라고 인정함으로써 아직 다른 나라의 개발을 도울 수준의 기술과 지식을 확보하지 못했음을 시인하였다. 중국이 근래에 아프리카에서 발생한 에볼라 상황을 돕기 위해 대규모의 의료인력을 파견했을 때, 안타깝게도 중국의 인력은 아프리카에 흩어져 있는 중국 노동자들을 지원하는 데 국한되었다. 중국인들이 거주하고 있는 나라의 보건의료 상황을 개선하거나 의료물자를 지원하거나 방역체계를 개선하는 데에는 기여하지 못했다. 아프리카의 여러 도시에 설립된 소위 국제진료소 또는 친선병원Friendship Hospital들도 현지에 파견되어 건설 사업에 종사하는 중국인들을 대상으로 한 영리병원의 성격을 띠고 있을 뿐 현지 보건의료 지원이나 역량 강화 차원에서는 이루어지지 못하고 있다.

그렇다면 미국은 어떤 동기에서 공적개발원조를 수행하고 있을까? 미국은 공적개발원조에 있어 가장 모범적인 사례를 만들어 냈고 이 모델은 이후 수많은 선진국들에게 모범이 되었다. 제2차 세계대전 직후 미국의 국무장관을 지낸 마샬은 유럽의 동맹국들이 전쟁으로 인해 산업기반이 무너져 경제적으로 어려움을 겪자, 1947년부터 4년에 걸쳐 약 130억 불의 원조를 당시 냉전 상대국 소련과 패전국 독일을 제외한 모든 유럽 국가들에 제공하였다. 의회의 반대를 무릅쓰고 내린 결정이었지만, 이는 엄청난 성공을 거두어 4년 후 동맹국들의 경제는 제2차 세계대전 이전의 수준으로 회복되었다. 소위 미국의 유럽부흥계획으로 불리는 '마샬 플랜'으로 미국은 소련에 대항하는 서방진영의 리더로서의 위치를 확고히 할 수 있었고, 전쟁 중에 유럽에 제공한 차관을 상환받을 수 있게 되었다. 그뿐만 아니라 대규모의 건설경기 회복으로 미국 기업들과 미국 경제의 부흥이라는 세 마리 토끼를 잡는 결과를 이루었다. 이처럼 미국의 원조는 정치적인 면과 경제적인 면 그리고 자국의 이익을 면밀히 따져 결정되는 것이 보통이다. 통계자료에 의하면 아프리카 국가 전체에 대한 미국의 공적개발원조는 대체로 이스라엘 한 나라에 대한 원조와 비슷한 규모로 이루어지고 있다고 한다. 그리고 아프리카 내에서는, 이집트 한 나라에 대한 원조와 아프리카 대륙에 있는 다른 모든 나라에 대한 원조의 규모가 대략 같다고 보면 된다고 한다. 이는 미국 공적개발원조의 우선순위를 명확하게 파악할 수 있는 통계자료다. 미국이 아프간 전쟁을 치르면서 우즈베키스탄에 기지를 임차하여 사용하고 그 보상으로 대대적인 원조를 지원했다거나, 러시아의 중앙아시아에 대한 영향력과 균형을 맞추는 한편 중국을 견제하기 위해 키르기스스탄을 전략적으로 지원한 것 등은, 미국 공적개발원조의 동기가 순수한 인도주의와 박애정신에서 기인한 것이라기보다는 정치적인 목적과 힘의 균형 차원에서 이루어지고 있음을 알 수 있게 한다.

영국을 비롯한 서구의 국가들은 대체로 직접적으로 수원국 정부의 재정지출을 지원하는 형태를 취하고 있는데, 이는 경제적인 이득이나 정치적인 목적에서 벗어나 외교 차원에서 공적개발원조를 진행하고 있다는 것을 보여 준다. 스칸디나비아 3국의 경우 6.25 전쟁이 발발하자 군대를 파견하고 병원선을 지원함으로써 전쟁에 참가하였는데, 휴전이 선언되자 군대가 철수하면서 병원 건물을 지원하고 간호학교를 설립하여 대한민국에 최초로 국립의료원이 설립될 수 있도록 도왔다. 국립의료원이 설립되었지만 이를 통해 스칸디나비아 3국이 한국으로부터 경제적인 이득을 취하거나 정치적인 영향력을 행사하려고 했던 경우는 없었다. 이들이 병원선을 지원하고 이의 연장선상에서 국립의료원이 설립되도록 도왔던 것은 박애정신과 인류애에 근거한, 순수하게 외교 차원에서 이루어진 공적개발원조라고 볼 수 있다.

최근 에볼라 바이러스에 의한 감염이 아프리카에서 문제를 일으키는 것은 물론, 국가의 경계를 넘어 다른 나라에까지 영향을 주는 일이 빈번히 발생했다. 한국에서도, 중동호흡기증후군을 야기하는 코로나 바이러스의 전염이 유행하면서, 사우디에서 유래한 전염병이 한국을 거쳐 홍콩과 중국에까지 영향을 주는 사태가 발생했다. 직접적인 피해는 없었지만, 한국의 방역망에 문제가 생겨 코로나 바이러스에 감염된 환자가 홍콩에서 발견 및 격리되는 일이 발생하자 홍콩의 일부 시민들이 이러한 사태를 야기한 한국 정부를 비난하는 사태가 일어나기도 하였다. 말라리아, 뎅기열 등의 전염병을 비롯하여 중국에서 발생해 인근 국가에까지 영향을 준 비전형적폐렴SARS 및 조류독감과 같은 인플루엔자의 유행 등의 전염병이 발생할 경우, 자국민 보호 차원에서 감염원을 차단할 수 있도록 상대국가에 약품을 지원하거나 방역체계를 강화하기 위해 긴급하게 자원을 지원하는 경우가 빈번하게 일어나고 있다. 이런 경우에 공적개발원조의 동기는 명백하게 보건안보 차원에서 자국민의 건강을 지키기 위한 것이라고 할 수 있다. 물론 이러한 도움을 받는 나라들의 방역체계가 강화되고 의약품을 지원받아 문제를 해결할 수 있지만, 근본적인 동기는 다른 나라의 상황이라기보다 자국민의 보호 차원에서 이루어지게 되는 것이다.

이렇게 공적개발원조가 원조를 받는 나라의 필요나 우선순위와 관계없이 자국의 경제적인 이익과 정치적인 영향력을 위한 의도에서 원조가 이루어지면, 수혜국들이 원조를 통해서 도움을 받기보다는 원조로 인해 더욱더 회복될 수 없는 상처와 타격을 받을 수도 있다. 즉 원조에는 공짜가 없고 반드시 값을 치르게 되는 것이다. 이는 천연자원을 선점하기 위한 각축장이 되어 버린 나라들에서 나타나는 현상 중 하나로, 원조를 받은 나라의 경제성장이 원조에 의존하는 경향을 나타내게 된다. 현재 아프리카 대부분의 국가들은 지난 10년간 5~10%의 경제성장률을 나타내면서 다른 대륙에 비해 최소 1% 이상의 높은 성장률을 기록하고 있다. 얼핏 보면 아프리카가 빈곤에서 벗어나 경제발전을 향해 나아가는 것처럼 보일 수 있다. 그러나 아프리카에 거주하는 7억 명에 달하는 사람들의 절반 이상이 아직도 하루에 1달러 이하로 생활하는 빈곤층에 속한다. 이들의 삶은 과거에 비해 나아지기는 커녕 더욱더 빈곤의 늪에 깊이 빠져드는 추세이다. 이와 같은 아프리카 국가들의 경제성장률은 전적으로 지하자원의 수출 증가에 힘입은 덕이다. 무역수지 흑자를 기록한 대부분의 국가들의 재정지출에 있어 해외원조의존도 역시 증가하는 추세를 나타내고 있다. 잠비아에서 태어난 담비사 모요는 옥스퍼드에서 박사학위를 받고 여러

권의 베스트셀러를 출판한 경제학자이다. 최근에는 다보스포럼에도 초청되어 차세대 지도자로 평가를 받는 인물인데, 그녀의 베스트셀러《죽은원조^{Dead Aid}》는, 서방의 마샬플랜 성공에 고무된 잘못된 원조정책이 오히려 아프리카를 더욱더 깊은 빈곤으로 인도하고 있으므로 당장에 원조를 중단해야 한다는 '원조무용론'을 주장하고 있다.

질병과 빈곤의 악순환

해외원조가 어떻게 아프리카의 농업개발에 영향을 주는지 간단한 예를 들어 살펴보도록 하자. 아마도 현재 지구상에서 가장 극심한 기아와 가뭄의 악순환에 시달리는 지역은 소위 '아프리카의 뿔'에 해당하는 소말리아, 지부티, 케냐 북부, 에티오피아의 남부 등 약 1억 2천 명 이상의 인구가 거주하는 지역일 것이다. 소말리아 사태로 빚어진 무정부상태 속에서 서방세계의 원조가 제한됨에 따라 많은 생명들이 기아로 목숨을 잃는 곳이다. 이 지역의 기근과 자연재해에 버금가는 가뭄은 어제오늘 일이 아니다. 무려 10여 년에 걸쳐 나타나는 현상이다. 이 지역 주민들은 헤어나올 수 없는 빈곤의 늪에서 허덕이고 있다.

자연재해로 인하여 기아가 발생하면 해당 국가에서는 국제사회에 긴급구호를 요청하게 된다. 이 소식을 접한 국제사회에서는 긴급 식량지원을 결정하게 되고, 유엔 식량기구를 비롯한 다자기구 등과 기아대책기구나 유니세프 등의 비정부구호단체에서 식량을 공수하여 어려운 상황을 해결하도록 돕게 된다. 그런데 구호식량이 도착하면, 현지의 시장에서는 자국에서 생산된 농산물과 곡물 가격의 하락이 일어난다. 식량원조를 받게 된 가정들이 의약품을 구입하거나 보다 긴급한 생활고를 해결하기 위해 원조받은 농산물을 시장에 내다 팔기 때문이다. 이렇게 원조로 유입된 식량이 시장을 포화시킴으로써 해당국의 농부들은 애써 수확한 농산물을 제값에 팔 수 없게 된다. 따라서 파산하는 농부들이 생기게 되고, 빚을 내서 종자를 구입하는 농부들이 늘어나기 마련이다. 이미 빚을 내서 종자나 비료 등을 구입했다면, 그 다음 해에는 아예 농사를 지을 수 없게 된다. 따라서 원조를 받은 다음 해의 농산물의 수확은 줄어들게 되고, 가뭄이나 자연재해의 영향이 장기화되면 결과적으로 해당국의 농업은 회생할 수 있는 기회를 잃어버리게 된다. 현재 '아프리카의 뿔' 지역에 거주하는 사람들의 형편은 이보다 훨씬 더 열악한 것으로 평가된다.

여러 전문가들과 학자들은 대체로 사하라 이남 아프리카 아동들의 성장환경이 정상적인 건강을 유지할 수 없는 상황이라는 것에 동의한다. 우선 한 방에 다섯 명 이상이 함께 거주하여 전염성 질환에 취약한 가정이 전체의 60% 이상을 차지하고, 수질검사가 이루어지는 상수원을 공급받는 가정이 거의 전무하여 안정성이 확보되지 못한 지표수에 식수를 의존하는 가정이 50%를 넘는다. 또한 어떠한 형태의 화장실도 구비되어 있지 않은 집이 30% 이상을 차지한다고 한다. 이러한 거주형태에서 건강을 지키는 것은 사실상 불가능하다고 할 수 있다. 이들에게 필요한 의사나 의료시설의 80%는 부유층이 밀집한, 국민 전체의 20%가 거주하는 지역에 집중되어 있다. 의사가 절대적으로 필요한 80%의 인구가 거주하는 지역에는 단지 의료인력의 20%만이 배치되어 있어 의료접근성에 엄청난 제한을 안고 있다. 깨끗한 물만 공급해 주면 수인성 질환의 70% 이상을 예방할 수 있다는 유니세프의 구호가 그리워진다. 아울러 정규적인 학교교육을 받아 본 적이 없는 집이 30%에 달하며, 라디오·전화·신문·티브이 등을 접하지 못함으로써 정보에서 차단된 가정도 30%에 이른다. 이들 가정의 25%는 한 번도 예방접종을 받아 본 적이 없으며 만성적인 영양실조에 시달리는 집이 거의 20%에 달하고 있다. '아프리카의 뿔'에 해당하는 지역들에서는 이러한 현상이 더욱 심화되고 있다.

이렇게 빈곤과 질병은 상호적 영향을 주고받는 관계에 있다. 만성적인 영양실조는 신체의 면역력을 약화시켜 전염성 질환에 쉽게 이환되는 결과를 낳는다. 이런 상태에서 수인성 질환인 콜레라나 장티푸스가 유행하면 마을이 초토화되는 현상이 발생한다. 질병과 기아는 가족구성원을 전부 노동으로 내몰아, 학령기의 아동들이 학교교육을 받지 못하고 노동착취를 당하게 만든다. 교육을 받지 못했기 때문에 결국 평생 적절한 기술이나 지식도 취득하지 못한 채, 단순노동을 통해 생계를 유지할 수밖에 없게 된다. 이들 중에서, 의욕적으로 자기계발을 위해 노력하고 삶의 질을 높이기 위해 능동적으로 기회를 찾는 사람은 거의 초인적인 의지를 가진 소수에 한정될 수밖에 없는 상황이다. 이러한 상황에서 병에 걸리면 치료비를 감당할 수 없어 질병이 더 악화되거나 이웃 또는 친척에게 의존할 수밖에 없게 되고, 더 나아가 이런 상태가 장기화되면 빈곤은 더욱 심화되어 인간관계의 제한이나 단절까지 초래된다. 다른 이에게 부담을 지우기 싫어서 스스로 연락을 끊거나, 부담받기를 원하지 않는 친척들이나 지인들과 관계가 단절되는 것이다. 빈곤퇴치와 질병의 예방 및 치료가 제각기 이루어질 것이 아니라 통합적으로 이루어져야 하는 이유다.

이러한 빈곤의 악순환에서 벗어나기 위해서는 어떤 특별한 전기가 마련되어야 한다. 기근상태를 해결하기 위한 일시적이고 단기적인 구호 차원의 도움을 통해서는 장기적인 빈곤의 악순환에서 벗어날 방편이 마련되지 못하기 때문이다. 이러한 지역에 난민촌이 설립되고 국제사회를 통한 지원이 시작되면, 해당 지역 사람들의 형편은 단순히 현상유지 차원에서 상황이 더욱 악화되는 것을 방지할 뿐, 대부분의 경우에서 성공적인 개발이 이루어지지 못하게 된다. 난민촌이 성공적으로 임무를 수행하고 지역 주민의 개발과 재활이 완료되어 스스로 문을 닫기로 결정했다는 보고를 우리가 접해 본 적이 없는 이유다. 많은 난민촌이 철수하는 근본적인 이유는 재정이나 자원의 고갈로 인해 더 이상 지원을 유지할 수 없기 때문이지, 근본적인 필요가 해소되어 난민촌의 필요성이 없어졌기 때문이 아니다.

짐마대학교 의과대학 통합모자보건사업팀

아디스에서 하룻밤을 머물고 명성병원 제2병동 봉헌식에 참석한 뒤 나는 일행들과 비행기로 에티오피아 남서부의 관문이자 오로미아 주의 주도인 짐마로 향하였다. 그런데 놀라운 것은 원래 오전에 출발하기로 했던 항공일정이 그날에 한하여 오후로 변경된 것이었다. 그 다음 날 짐마대학교 농과대학 강당에서 개최된 사업형성조사보고회에서 짐마대학 부총장 코라 박사는 인사말을 통해 공식적으로 에티오피아 항공에 감사를 표하였다. 보고회에 참석하는 귀빈을 위해 항공일정을 변경해 준 것을 공식적으로 거론한 것이었다. 나는 깜짝 놀랐다. 아울러 짐마대학교의 영향력과 위상에 대해 다시 평가하게 되었다. 만일 외국인이 그러한 요청을 했다면, 아마도 에티오피아 항공에서는 거액의 지원금이나 뇌물을 요청했을 것이다. 짐마공항에 도착했을 때는 작은 소요사태가 발생했었다. 아디스아바바에서 겨우 한 시간 남짓 걸리는 오로미아 주의 주도 짐마에 도착했는데, 공항에 세관직원을 자처하는 사람이 나타나 여권검사를 하겠다고 하면서 일행의 여권을 회수하기 시작한 것이었다. 나는, 같은 나라에서 세관검사를 하고 여권검사를 위해 여권을 회수한다는 것은 있을 수 없는 일이라 상황이 매우 심각하게 돌아간다고 생각하였다. 누군가가 세관원을 사칭해 우리 일행을 납치하려고 시도할 수도 있기 때문이었다. 그래서 나는 인권침해이기 때문에 여권을 주지 않겠다고 선언하고, 누군가 책임 있는 사람이 나와서 상황을 설명해야 한다고 버텼다. 그러자 세관원을 자칭한 사나이는 공항을 경비하던 소총으로 무장한 군인을 불러들여 나를 총으로 위협하며 당장 타고 온 비행기를 통해 다시 아디스로 돌아가라고 위협하였다. 오래전 비자 없이 예멘을 방문했다가 사나공항에서 입국을 거절당하고 타고 온 비행기 그대로 카이로로 돌아갔던 기억이 머리를 스쳤다. 그렇다고 해서 이런 위협에 굴복할 내가 아니었다. 사태는 더욱 험악해지게 되었다. 다행히 보다 못한 현지인들이 상황을 개선하고자 참여하여 극적인 충돌은 피할 수 있었다. 아울러 공항에 도착해 우리 일행을 기다리고 있던 짐마대학교 부총장과 의과대학 학장도 안으로 들어와 적극적인 노력을 한 덕에 겨우 사태가 수습되었다. 나중에 들은 이야기로, 오로미아 주는 에티오피아에서 독립을 원하고 있으며, 자체적으로 세관검사를 시행하는 등 독립을 위한 행보를 이미 시작하고 있다는 것이었다. 다음 날 인사말을 통해 공개적으로 현지의 제도를 존중하지 못한 나의 행동에 대해 사과함으로써 사태는 일단락되었다.

짐마대학교에서 이루어진 다음 날 보고회는 내가 참석한 다른 사업형성조사보고회나 현지인들이 참여한 어떤 형태의 공동연구나 학술발표회보다 뛰어난 발표회였다. 발표의 내용이나 수준은 당장 국제적인 학술지에 게재할 수 있는 수준이었고, 발표자들의 태도나 영어의 능숙도나 슬라이드의 완성도 등 어느 하나 흠잡을 데 없는 훌륭한, 그야말로 국제적인 수준이었다. 에티오피아 사람들의 잠재력과 인적자원의 수준을 인정할 수밖에 없는 발표회였다. 나는 전날의 소동은 모두 잊고 (그러한 발표를 이끌어 내기 위해 세 번의 예행연습을 하는 등) 사업형성조사 과정에서 현지의 연구진들과 하나가 되어 사업을 진행해 온 재단의 파견직원에게 감사를 표했다. 그동안 코라 부총장의 지도력에 대해 조금은 색안경을 끼고 보았던 것에 대해서도 후회했을 뿐만 아니라, 앞으로는 짐마대학교 의대와의 사업을 전폭적으로 후원하기로 결심하였다. 재단은 짐마 의과대학과 협력으로 오로미아 주에 지역사회 기반의 통합모자보건 사업을 진행하고 있으며, 중국 차관에 의해 설립된 짐마 의과대학 부속병원에 대한 경영컨설팅도 진행하고 있다. 그렇다. 세계 커피의 원산지 짐마에도 중국 원조의 손길이 이미 뻗쳐 있었다. 짐마 의과대학은 중국으로부터 차관을 지원받아 부속병원을 신축하였는데, 향후 병원의 경영과 발전에 대해서는 중국 측으로부터 지원을 받을 수 없어 한국에 도움을 요청하였다. 재단은 2014년부터 짐마 의과대학 부속병원의 경영에 대한 자문과 의료진에 대한 훈련을 담당하고 있다.

내가 향후 재단의 에티오피아 통합모자보건 사업이 성공적으로 진행될 것을 믿어 마지않는 이유는, 코라 부총장을 비롯한 현지의 뛰어난 인적자원들이 주인의식을 갖고 재단에 전향적인 자세로 활발한 참여와 제안을 하면서 사업이 진행되어 가고 있기 때문이다. 아울러 한국에서 소아외과

짐마에서 사업형성조사보고회를 마치고 코라 부총장님과 함께. 옆에 앉은 여성은 재단에서 파견되어 근무를 마치고 지금은 영국에 유학 중인 노유미 대리다. 인도네시아에서 선물받은 바탁을 입고 아프리카에 앉아 있으니 마치 추장이 된 느낌이었다.

분야의 전문의로 이름을 날리던 김태훈 전문위원을 비롯하여 보건학 석사학위를 취득한 행정인력 및 현지 행정보조원으로 구성된 탄탄한 현지 사무소가 지원을 아끼지 않기 때문이다. 더불어 의사 출신으로 인류학을 전공하여 박사학위 논문을 위해 사업에 참여한 박영수 박사와 역시 통계학 박사학위 과정의 일환으로 사업에 참여한 권병국 박사 등 최고의 전문가들이 동원되어, 현지의 사정에 정통한 자체인력과 국제적인 협력이 가능한 지도자들의 이상적인 조합을 통하여 현지 인적자원의 잠재력이 극대화될 수 있는 체계 또한 갖추었기 때문이다. 한 나라를 변화시킬 수 있는 연쇄적인 발전 과정의 시작은 (재정지원이라기보다는) 현지의 인적자원 개발이 점화되어 지속적이고 연쇄적인 반응을 통해 주민운동의 차원으로까지 승화될 수 있는 일종의 현지 인적자원의 각성이라고 믿는다.

내가 방문한 에티오피아의 짐마 지역은 세계 최초로 커피가 발견된 소위 커피의 고향으로, 아직도 세계 최고의 커피가 생산되는 지역이다. 커피는 한 목동이 염소들이 빨간 열매를 먹고 나면 흥분상태에 도달하는 것을 이상히 여겨 끓여 마시기 시작한 것에서 유래되었다. 앞서 말한 것처럼 예멘도 한때는 시바 여왕의 통치를 받은 에티오피아의 속국으로, 짐마에서 발견된 커피나무를 수입하여 재배하기 시작하였다. 이러한 커피 재배의 중심지 중 한 곳이 바로 '모카'다. 모카는 예멘의 중부 해안에 위치한 도시다. 에티오피아의 산악지방에서 발견된 커피가 왜 아라비카 커피로 불리게 되었는지를 설명해 준다. 나를 비롯한 발표회에 참석한 손님들이 짐마 의과대학으로부터 받은 선물이 바로 짐마대학교 농과대학에서 심혈을 기울여 재배한 유기농 커피원두였음을 굳이 말하지 않아도 짐작할 수 있는 일이리라 믿는다.

제5장

필리핀이 선물한 통일벼,
한국의 빈곤문제를 해결하다

국제개발협력이란 한 국가가 다른 국가를 정치적으로 식민화하려는 야심을 숨긴 채 호의를 베풀어 자원 및 노동력을 탈취하려는 과정이 아니다. 또한 장기적인 관점에서의 에너지 선점이나 식량확보를 위한 투자가 아닌, 순수한 마음으로 협력을 통해 다른 나라가 빈곤을 극복해 가도록 경험과 지식을 공유해 가는 과정이다. 과거 필리핀이, 보유하고 있던 세계 최고의 농업기술을 통해 통일벼를 발명할 수 있도록 한국에 지원해 준 덕분에 한국은 5,000년 역사상 처음으로 식량 자급자족을 통해 빈곤극복의 발판을 마련하였다. 이러한 필리핀의 지원에 감사하는 마음으로 한국은 필리핀이 결핵관리의 강화와 진단율의 증가를 통해 결핵을 퇴치할 수 있도록 지원하고 있다. 필리핀이 한국에게 전수한 농업기술은 필리핀이 보유한 당대 최고의 지식이었으며, 한국이 필리핀에 전수한 결핵관리 기법도 한국의 발달된 첨단 보건의료산업 분야의 지식과 기술이 집적·융합된 한국의 핵심경쟁력 분야다.

기적의 쌀, 통일벼

2014년 5월 13일, 한국국제보건의료재단이 사회복지공동모금회의 재원으로 필리핀에서 수행하고 있는 실명예방 및 개안수술 사업의 착수식이 마닐라에서 개최되었다. 이 사업은 재단에서 실로암안과병원에 위탁하여 진행하고 있는 사업으로, 실로암안과병원은 필리핀 현지에서 막사이사이재단을 통하여 빈민촌인 톤도 지역에 위치한 메리존스톤병원과 협력하여 사업을 진행하고 있다. 재단이 직접 사업을 수행하기에는 사업의 규모가 크지 않고, 또 개안수술을 위해서는 안과 분야의 전문성을 갖춘 전문의료진의 참여가 불가피했다. 따라서 한국에서 수년간 이동개안수술 사업을 진행해 온 실로암안과병원이 재단으로부터 사업을 의뢰받아 진행하기에 적합한 기관으로 판단되었다. 실로암안과병원은 이미 중국과 베트남 등지의 해외에서 사업을 진행해 온 경험이 있었고, 필리핀의 막사이사이재단과 좋은 관계도 유지하고 있었다. 따라서 막사이사이재단의 산하기관이라고 할 수 있는 메리존스톤병원을 기반으로 개안수술과 지역주민 및 학교를 대상으로 하는 실명예방교육을 진행하기로 결정했고, 이미 수술팀이 파견되어 수술을 진행하고 있었다. 실로암안과병원에서는 수술현미경 등의 새로운 안과 장비를 비롯한 안과검사용 진단 장비를 구입하여 메리존스톤병원에 지원해 주었다. 더불어 현지의 안과 전문의를 한국에 초청해서 장비 사용법을 교육하여 현지에서 사용할 수 있도록 하는 것은 물론, 실로암병원의 전문의들로부터 새로운 기술을 전수받아 현지에서 새로운 지식과 기술을 활용할 수 있도록 두 달간의 연수도 마친 상태였다. 이제 현지에서 메리존스톤병원의 의료진과 협력하여 약 50여 명에 이르는 실명자들에게 다시 빛을 선물하기 위해 극빈자들 가운데 무료로 수술을 받을 대상자들을 선발하여 수술을 진행하고 있었다. 그날의 착수식은 이미 기증한 장비들을 공식적으로 메리존스톤 병원에 기증하고, 아울러 사업의 성공적인 진행을 축하하기 위한 자리였다.

　나는 인사말을 할 차례가 다가오면서 무슨 이야기를 나눌까 고민하고 있었다. 상투적인 인사말은 질색이라, 직원들이 준비해 준 인사말을 그대로 읽을 것인지 아니면 다른 이야기를 나눌 것인지를 한참 고민하였다. 사실 내 마음속에 꼭 나누고 싶은 이야기가 있었기 때문이다. 내 차례가 되자 나는 먼저 필리핀 사람들에게 고맙다는 인사를 하였다. 착수식에는 막사이사이재단 이사장과 관계자들을 비롯하여 메리존스톤병원장 등의 의료진 및 톤도 지역의 국회의원이 참석하였다. 또한 한국에서도 시각장애인으로 소아마비를 극복하고 국회의원에 선출되어 국회 보건복지위원회에서 왕성하게 활동 중이신 최동익 의원을 비롯한 실로암병원의 관계자들이 참석하였다. 내가 밑도 끝도 없이 필리핀 사람들에게 감사하다는 인사를 하자 사람들은 상투적인 인사말로 생각을 했던 모양이다. 나는 오래전부터 필리핀 사람들에게 한국 국민을 대표하여 감사의 인사를 전하고 싶었던 마음을 표현했다. 내가 그렇게 거창하게 한국 국민을 대표하여 감사를 전하려는 이유는 바로 필리핀 사람들이 통일벼를 한국 사람들에게 선물해 준 덕분에 한국 역사상 최초로 식량 자급자족이 이루어졌고, 더불어 빈곤을 탈출할 수 있었다는 점 때문임을 요약해서 설명했다. 그리고 바로 이 자리를 과거 필리핀에서 준 도움을 조금이라도 갚기 위한 자리로 인정해 주기를 요청하였다. 사람들은 그제서야 내가 한 이야기를 이해하고 박수를 보내 주었다.

　한국은 전통적인 농업국가로서, 한국인의 대다수가 지난 5,000년 동

필리핀의 마닐라 빈민촌인 톤도 지역에서 실로암병원과 협력으로 진행된 실명예방 및 개안수술 사업의 착수식에서 인사를 하고 있다. 열심히 설명해도 반응이 시큰둥한 걸로 봐서 아마도 나의 영어 실력이 형편없는 듯하다.

안 농사를 지어 왔다. 한국 사람들은 오랫동안 벼농사에 종사해 왔다. 벼는 논에 물을 대는 수경재배를 통해 자라는 식물이다. 마른 땅에 물을 주어 자라게 하는 밭농사와는 비교도 되지 않는 고도의 경작 방법으로, 게으른 사람들은 절대로 시도해 볼 수도 없는 손이 많이 가고 복잡한 과정을 통해 이루어진다. 벼농사는 중국에서 유래된 것이 아닌 우리 고유의 농사법이다. 중국에서는 밀을 경작하여 빵이나 만두를 주식으로 삼았고, 벼농사는 주로 한반도와 한국의 고대 영토인 만주 지방에서 이루어졌다. 비록 한국이 5,000년 이상 벼농사를 지어 왔지만, 항상 소출이 풍성했던 것은 아니다. 벼농사는 그 과정의 복잡성은 물론 때를 맞춰 논에 물을 대야 해서 홍수와 가뭄의 영향을 많이 받는 까닭에 대체로 생산량이 백성들에게 필요한 수요를 채우지 못했다. 그래서 쌀이 부족해질 때를 대비하여 보리농사를 지어 춘궁기에 대처하였고, 이에 '보릿고개'라는 말도 생겨났다. 해방이 되고 6.25 전쟁을 겪으면서도 상황은 더 악화되었을 뿐 별로 달라지지 않았다. 정부에서 쌀 수확을 늘리기 위해서 각종 방법을 동원하고 비료와 관개수로를 정비하는 등의 많은 노력을 기울였음에도, 매년 약 15% 정도의 쌀이 부족해서 수입해야 했다. 당시는 달러가 매우 귀한 시기였으므로, 국가에서 분식이나 잡곡과 쌀을 섞어서 밥을 짓는 혼식을 장려하였다. 내가 초등학교를 다니던 시절에는 흰 쌀밥을 먹어 본 기억이 거의 없다. 요즘에는 건강을 위해서 잡곡과 혼식을 하지만, 과거에는 쌀이 없어서 보리밥을 먹거나 하루에 한 끼는 의무적으로 국수나 빵 등의 분식을 해야 했다. 이러한 상황은 80년대에 이르러서도 별로 나아지지 않았다.

그러던 중 서울대학교 농과대학의 허문회 교수가 필리핀의 쌀연구소로 유학을 가게 되었다. 필리핀은 당대 세계 최고의 농업기술을 보유했던 나라였다. 쌀연구소는 쌀 연구와 전문가 훈련의 '메카'로 그 세계적인 명성을 인정받고 있었다. 허문회 교수는 쌀연구소에서 새로운 쌀 품종의 개발에 심혈을 기울였다. 쌀은 만주와 일본 등지의 날씨가 선선한 온대지방에서 잘 성장하지만 수확이 많지 않은 자포니카종과, 동남아의 열대기후에서 잘 자라며 수확이 많은 인디카종 등 크게 두 가지로 나뉘었다. 허 교수는 한국의 기후에서 잘 자라면서도 수확이 많은 새로운 품종을 개발하기원했다. 그리하여 자포니카종과 인디카종을 교배해 새로운 품종을 개발하는 시도를 하였다. 연구소의 직원들과 학자들은, 이미 여러 번 이를 시도해 보았지만 두 품종은 서로 섞일 수 없는 것으로 불가능하다고 말하였다. 그러나 허 교수는 그러한 부정적인 견해에 굴하지 않고 끊임없는 시도 끝에 자포니카종과 인디카종의 교배에 성공하였다. 그렇게 탄생된 쌀이 바로 '통일벼'이다.

통일벼는 즉시 효과를 나타내었다. 70년대까지 350만 톤에서 400만 톤에 그치던 한국의 쌀생산량이 80년대에 이르러 500만 톤을 넘겼고, 90년대 초에는 600만 톤에 이르러 자급자족이 가능해졌을 뿐 아니라 수출까지 할 수 있게 되었다. 한동안 금기시되던 흰 쌀밥이나 쌀막걸리가 다시 등장하였고, 쌀 수입을 위해 지불하던 달러를 다른 용도로 사용할 수 있게 하여 80년대 경제발전의 밑거름이 되었다. 통일벼로 인해 한국은 식량 자급자족의 시대를 맞게 되었고, 이를 기념하여 한국 50원 동전의 한 면에는 통일벼의 형상이 새겨져 있다. 통일벼의 발명 이후로 한국의 농업기술이 급격하게 발전했음은 굳이 언급하지 않아도 되리라 생각한다. 그러나 현재 통일벼를 재배하는 농가가 많지는 않다. 이미 한국이 빈곤의 굴레에서 벗어났기 때문이다. 아울러 쌀생산량도 90년대를 정점으로 차츰 감소하기 시작하여, 현재는 450만 톤 내외에 머물고 있다. 통일벼의 발명과 이를 통한 빈곤극복이 비록 필리핀이 의도적으로 한국에 준 도움은 아니었지만, 한국은 당시 세계 최고의 기술력과 경쟁력을 갖고 있던 필리핀의 농업기술 덕분에 빈곤극복의 실마리를 풀 수 있었다. 허문회 박사가 필리핀 유학시절 통일벼를 개발하기까지, 수많은 실패와 어려움을 극복하고 마침내 새로운 품종을 개발할 수 있도록 연구환경을 제공하고 지지를 보내 준 필리핀 국민들에게 내가 항상 감사하는 마음을 갖고 있는 이유다. 또한 필리핀을 방문할 기회가 생길 때마다 현지인들에게 이러한 마음을 드러내고자 하는 이유이기도 하다. 비록 이를 공적개발원조로 표현할 수는 없겠지만, 국제개발협력 분야의 좋은 사례가 되리라 믿어 마지않는다.

원조효과성

'나쁜 사마리아인들'은 미국에서 유행한 코미디 시리즈의 이름이다. 아울러 장하준 교수가 저술한 책의 이름이기도 하다. 성경에 등장하는 '선한 사마리아인'을 패러디한 명칭이라고 할 수 있다. 선한 사마리아인처럼 강도를 만난 이웃에게 도움을 주는 줄 알았는데 결과적으로는 그러지 못했다는, 자유무역의 폐해와 공적개발원조의 이름하에 이루어지는 잘못된 관행들과 국제개발협력 분야의 부장용에 대해 비교적 균형 잡힌 시선으로 바라보는 책이다. 담비사 모요 Dambesa Moyo가 원조무용론을 주장했던 것과 같은 맥락에서, 왜 원조에도 불구하고 많은 개도국들이 빈곤을 극복하지 못하는가에 대한 근본적인 질문을 던지는 책이다.

보건의료 분야의 국제개발협력은, 1978년 9월 세계보건기구와 아동건강기금의 주도 아래, 지금의 카자흐스탄의 알마티에서 전 세계 134개국의 대표가 모여 채택한 '알마아타 선언'을 시작으로 이루어졌다고 해도 과언이 아니다. 1945년에 세계보건기구가 설립되면서 국제보건과 전 지구적인 차원의 건강에 대한 관심이 증가했지만, 알마아타 선언이 나오기 전까지 지구촌의 상황은 별로 나아지지 못하고 있었다. 제2차 세계대전 이후 산업화가 더욱 진행되었음에도 소득분배의 불균형은 오히려 심화되어 빈곤층이 증가하게 되었고, 의료서비스에서도 이러한 상황은 예외가 아니었다. 알마아타 선언이 발표되기 이전 전 세계 인구 중 8억 명 이상의 사람들이 절대빈곤 상태에 놓여 있었는데, 이 상황은 오히려 더 악화되어 지금은 약 10억 명 이상의 인구가 절대빈곤층에 해당한다. 당시 사망자의 3분의 1이 5세 미만의 아동이었다. 개발도상국의 5세 미만 아동 1,100만 명이 매년 기아와 영양부족, 감염성 질환으로 사망한다는 보고가 있는데, 이는 제2차 세계대전을 공포로 몰아넣었던 핵폭탄 20개의 파괴력에 해당하는 피해에 버금가는 수치다. 알마아타 선언은 이러한 지구촌의 상황을 타개하기 위해 모든 나라가 힘을 합쳐 공동의 노력을 기울일 것을 촉구한 최초의 국제회의로 인식되고 있다. 알마아타 선언은 "2000년까지 온 인류에 건강을Health to All by 2000"이라는 표어 아래 1차보건의료에 중점을 두어 국가적인 책임을 갖고 건강을 달성할 것을 목표로 정하였다. 아울러 건강의 정의에 대한 최초의 합의를 이끌어 낸 회의였다. 알마아타 회의에서는 건강을 "단순히 질병이나 장애가 없는 것이 아닌 육체·정신·사회적으로 완전한 안녕상태"로 정의하였고 이는 인류의 기본적인 권리라고 주장했다. 더불어 최상의 건강을 달성하는 것이 무엇보다 중요한 사회목표이며 이를 실현하기 위해서는 보건 분야뿐만 아니라 경제 분야 등

사회의 다른 분야 간에 연대가 필요함을 강조하였다. 그러나 알마아타 선언 이후 세계보건기구를 중심으로 한 초기 보건의료 분야의 공적개발원조와 국제보건협력 사업들은 '원조효과성'이라는 측면에서 많은 비판의 대상이 되었다. 사업을 담당하는 인력들과 사업의 전문성은 인정할 수 있지만, 효과성 면에서 많은 의문이 제기되었다. 특히, 소위 전문가들의 도덕성과 많은 비정부기구들이 지나친 행정경비를 지출함으로 인해 실제로 개발도상국에는 지원이 잘 이루어지지 않는다는 비판들이 있었다.

한국에서 시작된 월드비전은 6.25 전쟁의 결과로 발생된 수많은 고아들과 경제력이 충분하지 않은 편모 슬하의 아동들을 지원하기 위한 방편으로 '아동결연 사업'을 시작하여 수많은 구호 및 개발 단체에 새로운 패러다임을 제공하였다. 매달 일정한 액수를 기부하면 개발도상국의 아동을 지정하여 지속적으로 관계를 갖고 그 아동이 건강, 교육 및 복지 측면에서 소외되지 않고 성장할 수 있는 환경을 제공하도록 하였다. 월드비전은 한국에서 시작된 이 사업을 통해 세계 최대의 구호전문 비정부기구로 성장하였고, 이후 수많은 단체들이 '아동결연 사업', '아동생존 사업', 아동개발 사업'이라는 이름으로 사업을 진행하였다. 이 전략은 크리스마스와 부활절에만 집중되던 구호금과 지원금이 매달 안정적으로 확보될 수 있도록 함으로써 후원자 기반이 넓어지는 데 도움을 주었고, 이렇게 기금이 확보됨에 따라 단체들은 안정적으로 사업기반을 마련할 수 있게 되었다. 그러나 소위 복지 차원의 지원과 빈곤층에 대한 보호는 당사국에서 책임감을 갖고 시행해야 할 사안이며, 오히려 외부에 대한 의존도를 증가시킨다는 측면에서 사업에 대한 부정적인 이미지도 꾸준하게 발전되어 왔다.

그러던 중 구호와 개발에 새로운 패러다임이 등장하였다. 바로 '회전기금'을 통해 원조효과성을 극대화시킬 수 있다는 것으로, 이 패러다임의 선구자는 방글라데시에서 시작된 그라민은행이다. 그라민은행은 1976년 치타공대학교의 경제학자였던 무하마드 유누스Muhammad Yunus 교수가 자본금 27달러를 투자하여 설립한 은행으로, 무담보소액대출(마이크로 크레디트)을 통한 빈곤퇴치를 목표로 시작되었다. 그라민은행은 150달러 미만의 돈을 담보와 신원 보증 없이 소득 하위 25%의 사람에게만 대출해 주는 조건으로 영업을 시작했다. 낮은 이자로 돈을 빌려준 뒤 조금씩 오랜 기간에 걸쳐 갚아 나가도록 하는 소액장기저리 신용대출은행이었다. 그라민은행이 세상의 주목을 받게 된 것은 높은 상환율 때문이었다. 상환율은 설립 이후 연평균 90% 이상을 유지해 왔다. 나는 국제기아대책기구 아시아 담당 부총재로 재직하던 2005년 방글라데시를 방문한 적이 있다. 당시 그라민은행은 이미 대기업에 버금가는 그룹 차원의 기업으로 발전하여 있었고, 도시 곳곳에서 이제 막 영업을 시작한 그라민통신의 포스터와 홍보물도 볼 수 있었다. 당시 직원 수가 15,000명에 육박했으며 2,000지점 돌파를 눈앞에 두고 있었을 정도로 성공을 거둔 은행이다. 다음 해인 2006년, 유누스는 그라민은행을 통해 가난한 사람들을 도운 공로를 인정받아 노벨평화상을 수상하였다.

전통적으로 구호단체들은 일회성의 구호기금에 의존해 왔다. 즉 후원자들이 구호를 위해 지출하는 돈에 대해서 크게 관심을 두지 않았던 것이 전통적인 관점이다. 그러나 원조효과성에 대한 논의가 대두되기 시작하고 구호단체들과 개발기구들의 도덕성 문제가 불거져 나오게 되었다. 이에 따라 구호금이 일회성 구호에 그치지 않고 일부가 회수되어 다른 사람들에게도 지속적으로 도움을 줌으로써 더 많은 사람을 도울 수 있다는 '회전기금'의 개념이 생겨났고, 이는 많은 기금후원자들의 생각에 변화를 가져오게 만들었다. 그라민은행 이후로 수많은 소자본대부 전문기관들과 구호단체의 사업에 변화를 가져온 것이다. 동일한 액수의 기금을 사용하여 원조효과성을 높이는 데 그라민은행의 모델이 탁월한 모범을 제시했기 때문이다. 그러나 몇 가지 측면에서 부작용도 발견되었다.

첫 번째는 이자부과에 대한 점이다. 멕시코의 콤파타모은행도 그라민은행과 같이 소자본대부 형태를 띠고 있었는데, 과도한 이자부과에 따른 찬반논란의 소용돌이에 지속적으로 휩싸였다. 투자자들의 자금을 끌어와 영세한 자금수요자들에게 엄청난 수준의 이자를 부과했기 때문이다. 투자자들은 결과적으로 큰 자본투자이득을 보기도 했다. 따라서 콤파타모은행이 투자자들의 자금으로 저소득층에게 자금을 빌려 주기 때문에 스스로 사회적기업이라고 주장하고 있음에도 주위의 시선은 곱지 않았다. 멕시코의 다른 소자본대부은행인 크레모스의 소액대출 이자는 최대 125%에 이르기도 하였다. 멕시코의 소액대출 평균이자율은 70% 수준으로, 전 세계 평균인 35%의 두 배에 달한다. 그라민은행의 유누스 총재가 이러한 현상을 '약자를 이용한 돈벌이'라고 비판하기는 했지만, 그라민 자신도 이자부과에 따른 유사한 성격의 비판을 지속적으로 받아 왔다. 비록 유누스는 이자율이 15%를 넘어서는 안 된다는 기준을 제시했으나, 그라민은행 역시2001년 회사를 재정비하고부터는 40~50%의 이자율을 부과하기 시작했기 때문이다. 소자본대출의 이자율이 15%를 넘을 수밖에 없는 현실을 옹호하는 사람들은, 1,000달러짜리 대출 1건을 취급하는 비용보다 100달러짜리 대출 10건을 취급하는 비용이 더 많으며, 억지로 이자율을 제한하면 정말 가난한 사람들이 돈을 빌릴 창구를 잃어버릴 것이라고 우려한다. 문제는 은행들이 운용비를 줄이려는 노력을 하기보다는 사실상 '고리대'를 챙기는 데 적극적이라는 것이다. 이자가 많게는 100%까지 붙는 상황에서 대출금을 상환할 수 있을 정도로 이윤을 내는 대출자는 거의 없다. 따라서 소자본대부기관으로부터 받은 대출금의 대부분은 갑작스러운 손실이나 부도를 막기 위한 용도로 사용되고 있다. 즉 소자본대부기금의 대부분이, 원래 목표였던 가난한 사람들을 위한 기업가정신 발휘에 사용되는 것이 아니라 소비에 사용되는 셈이다.

두 번째로 제기되는 문제점은 사실 이자율보다 더 심각하다. 소자본대부은행들에서 대부자를 심사할 때, 대부금을 회수할 수 있는 가능성이 높은 사람들을 선별하기 시작한 것이다. 가난한 약자들을 위해 담보 없이 대출을 했던 소자본대부은행들이, 점점 여러 가지 방법들을 동원하여 대부금을 회수해 회수율을 90% 이상으로 유지하려고 노력하기 시작했다. 따라서 자연스럽게 은행의 초점은 대부를 받은 이들의 삶에 어떤 긍정적인 변화와 개발이 이루어졌는가보다는 대부금의 회수로 옮겨지게 되었다. 원조효과성이 바로 회수율에 직접 비례하기 때문이다. 회수율이 높아질수록 원조효과성이 높아지는 것이다. 아울러 소자본대부은행들은 대출자들을 연계해서 순위를 정하여 대출을 받도록 함으로써 다른 대부희망자들로부터 서로 압력을 받도록 하였다. 매주 이루어지는 대출금의 상환이 한 번이라도 늦으면 압박이 가해지도록 한 것이다. 즉 이웃의 압력에 못 이겨 대출금을 억지로 갚도록 시스템을 만든 것이다. 인도에서는 소자본대부업체들의 무리한 빚독촉과 30%를 넘는 고금리에 견디다 못한 사람들이 자살로 내몰리게 되었다. 2010년 인도 남동부 안드라 프라데시

주에서 소자본대부은행의 압력에 못이긴 채무자 56명이 자살한 사건에 대해 주정부가 진상조사에 착수하기도 하였다.

그런데 더욱 충격적인 것은, 그라민은행이 초기에 적정 수준의 이자율을 적용할 수 있었던 것은 "오로지 아무도 모르게 방글라데시 정부와 해외원조기관들에게서 보조를 받았기 때문"에 가능한 일이었다는 점이다. 영국 케임브리지 대학교 장하준 교수는 《그들이 말하지 않는 23가지》라는 책을 통해서 이러한 내막을 비교적 소상하게 전하고 있다. 그라민은행과 달리 보조금을 받지 않은 소자본대부은행들은 대체로 40~50%에 달하는 대출이자를 부과해야 했으며, 1990년대 말 보조금을 포기하라는 압력을 받은 그라민은행도 2001년 회사를 재정비하고부터는 40~50%의 이자율을 부과하기 시작하였다. 장 교수는 그라민은행에서 자영업 지원에 사용되었던 자금들의 대부분이 가난한 사람들을 빈곤에서 벗어나도록 돕는 데 실패했다고 설명하였다. 개발도상국의 빈곤층 시민들이 시작할 수 있는 사업의 종류에 한계가 있기 때문에, 어떤 사업이 수익성이 있다고 알려지면 곧바로 이 시장은 포화상태가 된다. 포화상태가 되기 전에 신속하게 다른 사업으로 전환할 수 있어야 하지만 쉽게 전환할 수 없다. 그렇기 때문에 손해를 보면서도 사업을 지속할 수밖에 없고, 결국 이자도 갚지 못하는 신세로 전락하고 만다는 것이다.

가치관의 변화가 개발의 시발점

그라민은행이 원조효과성 분야에서 두각을 나타내었던 것은, 독창적이었기 때문이라기보다는 기존의 은행제도를 빈민층을 위한 개발 성격으로 변형시켰기 때문이라는 데에서 의의를 찾을 수 있다. 사실 빈민을 위한 소자본대부의 개념은 그라민은행을 통해 알려졌지만, 그 이전에도 수많은 소자본대부전문은행들이 있었다. 1946년에 문을 연 세계은행이 그 시초라고 할 수 있다. 한국 정부도 수출입은행을 통해 장기저리로 개발도상국에 병원 설립 비용, 고속도로 건설 비용 등을 지원해 주고 있다. 그러나 그라민은행과 같은 소자본대부 사업들이 개발원조와 구호 분야에 진출하게 된 것은, 현재 세계의 경제가 부채를 기반으로 하고 있는 것과 무관하지 않다고 말할 수 있다. 소위 신용사회로 되어 가면서, 돈을 빌려서 상품을 구입하거나 신용으로 자동차를 구입하거나 또는 주택을 먼저 구입한 뒤 평생 갚아 나가는 등의 형태로 변하게 되었다. 이는 결국 개발도상국을 지원하는 방법에 있어서도 부채를 기반으로 하는 사업을 진행하게 되었음을 의미한다. 그러나 이러한 지원이 원조효과성이라는 명목 아래 개발도상국의 사람들을 빚쟁이로 몰아가게 되는 것이 아니기를 간절히 소망한다. 이러한 관점에서 볼 때 그라민은행을 필두로 한 부채 기반의 사업과 소자본대부 사업보다는, 앞서 방글라데시 기아대책기구에서 시행하고 있는 인적자원개발 사업과 같은 저축장려 사업 형태로 시작되는 것이 보다 바람직할 것으로 생각된다. 한국에서 오랫동안 시행되어 온 '계' 역시 이러한 개념의 상호부조 체제였다. 그동안 계의 부작용 때문에 많은 부정적인 인식이 우리들의 마음에 자리 잡고 있지만, 투명한 운영과 적절한 체계를 갖춘다면 부채를 기반으로 한 소자본대부 사업보다는 훨씬 더 부작용이 덜한 사업이라고 생각한다.

저축장려클럽과 같은 사업은, 자발적인 노력에 의해 저축이 시작되고 나아가 서로가 독려하여 더욱더 저축하는 공동체적인 문화가 형성된다는 점에서 매우 바람직한 사업이 아닐 수 없다. 내가 기아대책기구 방글라데시의 저축클럽을 통해 경험한 바에 의하면, "최빈곤층에 속하는 내가 오늘 하루 끼니를 연명하기도 힘든데 과연 어디서 저축할 돈이 생겨날 것인가?"라고 반신반의하며 비관적으로 생각하던 이들의 사고관이 저축을 시작하면서부터 서서히 긍정적으로 변화하기 시작한다. 즉 소자본대부 사업에서는 자신들이 도움을 필요로 하고 돈이 필요한 사람이라는 의식이 변화될 기회를 갖기가 매우 힘들지만, 저축장려클럽을 통해서는 스스로를 누군가의 도움을 받아야 할 사람이라고 생각하던 이들이 저축을 통해 자원을 소유하게 됨으로써, 다른 사람을 도와줄 수 있고 돈을 빌려줄 수도 있는 사람으로 변화될 수 있게 되는 것이다. 한국이 경제부흥 과정 가운데 경험한 것이 바로 이러한 발상의 전환이었다. 한국은 원조를 받던 수원국 시절에도, 단지 외부원조에 의존하기만 하는 것이 아니라 적극적으로 사업을 개발하고 차관을 도입하여 스스로 자원을 창출해 냈다. 다른 나라들에서는 상상할 수 없는 과학기술원과 같은 사업에 차관을 도입하는 등 주인의식을 갖고 적극적으로 자원개발에 앞장섰던 것은, 한국 사람들이 단지 도움을 필요로 하는 빈곤국가의 정신상태에서 벗어나 적극적으로 자신의 잠재력을 개발하기 위해 노력하는 방향으로 사고관의 변화를 경험한 덕분이었다.

방글라데시 사업에서 주민들의 사고관을 바뀌게 하는 데 결정적인 도움을 주었던 것은, 자신이 저축한 돈의 액수에 집중하는 것이 아니라 마을 전체가 저축한 마을저축총액을 바라보고 희망을 갖게 하려는 노력이었다. 자신이 저축한 액수는 하찮지만 저축총액이 마을금고에서 자신이 빌릴 수 있는 액수라는 생각으로 희망에 부풀게 된다는 것이다. 실제로 마을에서 저축한 기금을 활용하여 마을공동토지를 구입해서 단체로 소작농의 신세에서 벗어난 경우도 있었다. 이렇게 마을사람들이 공동체 의식을 갖게 되고, 공동소유를 통하여 주인의식을 갖는 것은 물론, 무엇인가를 자발적으로 시도하게 되는 것은 매우 특별한 경험이 된다. 소위 지난 역사를 통하여 거의 시도되지 않았던 마을의 공동체적 잠재력이 발휘되는 계기가 마련되는 것이다. 외부자원의 유입과 외부전문가의 투입, 그리고 외부주도형의 사업을 통해서는 좀처럼 사고관의 근본적인 변화가 일어나기 어렵다. 의도적인 방법을 통하여 피동적으로 외부인에 의한 작용을 수용하던 사람들의 생각을 능동적이고 자기주도형으로 변화시키는 것은 많은 노력을 필요로 한다. 사실, 인적자원을 비롯하여 재정이나 기술 등의 외부자원에 대한 의존형 사업에서 벗어나, 지역사회 주민들에게 주인의식을 심어 주고 자발적인 참여를 독려하여 지속가능한 사업을 창조해 내는 것은 매운 드문 일이 되어 버렸다.

필리핀 결핵관리역량강화 사업

　실명예방 사업과 개안수술 사업 점검차 마닐라에 다녀온 한 달 뒤, 나는 다시 필리핀행 비행기에 몸을 실었다. 필리핀의 가장 서쪽에 위치한 팔라완 섬에서 진행 중인 재단의 결핵관리역량강화 사업의 1단계 (2011~2013) 사업이 마무리되고 2단계 사업이 시작됨에 따라, 사업의 합작 대상자인 팔라완 주정부 및 푸에르토프린세사 시의 보건국과 계약을 연장하고 그 착수식을 거행하기 위해서였다. 원래는 총재님께서 참석하셔야 할 자리였지만 다른 사정 때문에 불가능하여 내가 대신 참석하게 된 것이다. 1박 3일의 짧은 일정으로, 마닐라에 도착한 뒤 바로 푸에르토프린세사 시로 날아가 그 다음 날 행사를 치르고, 당일 마닐라를 거쳐 인천으로 돌아오는 여정이었다.

필리핀은 세계보건기구에서 중점적으로 관리하는 결핵고위험국가 22개국에 포함되는 나라이자, 인구 중 결핵환자의 비율이 아홉 번째로 높은 나라이다. 필리핀 내 결핵환자의 인구는, 약 1억 명의 인구 중 5%에 해당하는 50만 명 내외로 추산된다. 매일 평균 80명가량이 결핵으로 사망하고 있어 결핵이 필리핀의 많은 보건의료 문제 중 우선순위를 차지하고 있다. 필리핀 보건당국은 상대적으로 낙후된 결핵환자의 조기 발견에 관련된 분야에서 한국과 협력을 희망하였다. 필리핀의 결핵환자 치료율은 비교적 높은 편에 속한다. 팔라완 섬은 필리핀의 가장 서쪽에 위치하고 있다. 다른 도서지역과 마찬가지로 중앙정부의 행정력이 잘 미치지 않아 지원이 잘 이루어지지 못했다. 팔라완의 환자발견율은 약 74%, 치료성공률은 약 71%로 필리핀 평균보다 약 10% 정도씩 낮은 실정이었다. 아름다운 해변과 수려한 자연경관으로 한국의 많은 신랑·신부들이 신혼여행을 위해 찾는 섬이지만, 사실 이 섬은 결핵유병률과 말라리아로 많은 어려움을 겪는 지역이다.

재단은 결핵 조기 발견을 위해 세계보건기구와 협력을 통해 최첨단기법을 사용하기로 결정하였다. 결핵 진단은 통상 기침이나 미열 등의 증상이 지속되면 엑스선 가슴촬영을 통해 결핵 의심소견을 발견한다. 이후 가래나 타액도말검사를 통해 결핵균을 발견하거나, 배양검사를 통해 균의 성장 유무를 확인한다. 이 과정에는 대체로 한 달 이상의 기간이 소요되며 결핵으로 진단되면 항생제감수성검사를 통해 적절한 항생제를 선택하

팔라완 결핵관리역량강화 사업의 2단계 착수식을 마치고, 만찬에 초대해 준 바이런 푸에르토프린세사 시 시장님과 함께. 역시 필리핀 사람은 영어를 잘하는 듯하다. 농담으로 모든 사람들을 웃기고 있으니 말이다. 그런데 필리핀 사람들은 순혈주의가 아니라서 바이런 시장이 인기가 오히려 높다고 한다. 부시장으로 재직하던 중 선거를 통해 2014년 시장에 당선되었다.

여 치료가 시작된다. 항생제감수성검사도 결핵균 배양을 통해 이루어지므로, 제대로 된 치료가 시작되려면 약 2개월의 시간이 필요하다. 따라서 환자를 2개월 동안 붙잡아 두거나 소재를 파악해 두어야 제대로 된 치료를 할 수 있고, 아울러 요즘 심각한 문제로 떠오르고 있는 다제내성결핵도 예방할 수 있다. 다제내성결핵은 항생제에 내성을 가진 결핵균에 의한 부작용으로, 완치율이 절반도 되지 않는 매우 심각한 질병이다. 다제내성결핵이 발생하는 가장 큰 원인은 감수성검사 없이 항생제를 투입하거나 증상이 호전된다고 해서 치료를 중단하기 때문이다. 따라서 2개월의 검사기간을 단축하는 것이 결핵관리의 핵심이다.

재단에서는 진단에 소요되는 기간을 단축하기 위해 특단의 대책을 도입하였다. 우선 결핵진단에 필요한 장비들을 모두 이동진료차량에 설치하였다. 디지털 엑스레이와 일반 현미경보다 진단율이 뛰어난 형광현미경, 그리고 DNA 검사를 통해 결핵균의 유무와 동시에 항생제 내성을 확인할 수 있는 진엑스퍼트Gene Xpert 장비 등을 탑재하여, 환자를 기다리는 것이 아니라 교도소나 학교 등 상대적으로 결핵유병률이 높은 지역으로 이동하는 것이다. 아울러 현장에서 대상자 전원을 대상으로 임상검사를 포함한 선별적인 검사들을 조합하여 결핵의 유무를 바로 진단할 수 있게 한 것이다. 이렇게 해서 결핵진단에 소요되는 총시간은 두 시간 남짓으로, 두 달 이상의 검사기간을 획기적으로 단축할 수 있게 되었다. 이에 따라 팔라완 섬에 위치한 팔라완 주와 푸에르토프린세사 시의 결핵 조기발견율은 원래 목표로 했던 10% 상승을 훨씬 뛰어넘는 90% 이상의 진단율을 보여 주었다.

1단계 사업의 성공은, 필리핀 정부와 결핵 및 에이즈 치료에 전폭적인 지원을 아끼지 않는 글로벌펀드로 하여금 필리핀 내의 모든 보건소에 진엑스퍼트 장비를 설치하도록 하는 결정을 이끌어 냈다. 재단이 당시까지의 필리핀과 세계보건기구의 표준 결핵진단 가이드라인을 새롭게 변화시키는 결과를 만들어 낸 것이다. 우리는 단지 장비와 재정만을 지원한 것이 아니라, 사업과 관련된 인원들을 한국에 장·단기로 초청하여 연수를 받도록 함으로써 이 사업을 필리핀의 현지 의료인력들이 주인의식을 갖고 수행할 수 있는 기반을 마련하였다. 또한 사업기간이 종료된 이후에도 이어질 수 있도록 현지에서 지속적으로 사업을 공동으로 관리하고 평가하는 체제를 구축하였다. 2단계 사업은 이동검진차량을 통한 능동적환자 발견 사업뿐만 아니라 팔라완 섬 내의 거점병원에 디지털 엑스레이와 형광현미경, 진엑스퍼트와 같은 동일한 장비를 지원하여, 장기적인 측면에서 지속적으로 환자발견율이 증가할 수 있도록 하였다. 아울러 지역사회 중심의 직접관찰 결핵치료요법이 성공을 거둘 수 있도록 지역에 기반한 비정부기구와 사업 체제를 구축하는 것이 목표다.

비록 짧은 방문이었지만, 나는 결핵관리역량강화 사업이 공적개발원조의 새로운 모형을 창조해 내었다는 것을 스스로 대견스럽게 생각하고, 아울러 한국이 과거에 필리핀의 도움으로 개발해 낸 통일벼가 빈곤극복에 지대한 영향을 끼친 것에 대한 보답을 하게 된 것 같아 자랑스러웠다. 필리핀이 한국에 자신이 보유한 최고의 지식과 기술로 도움을 주었던 것처럼, 한국도 우리가 보유한 세계 최고기술인 이동진료, 디지털 엑스레이, 형광현미경 및 DNA 검사가 결합된 진단기법이라는 첨단의 기술을 활용하여 필리핀을 돕게 된 것이다. 이렇게 자신의 것을 아깝다고 생각하거나 숨기려 하지 않고 아낌없이 내어 주고 나눌 때, 서로가 서로의 경험을 공유할 수 있게 되고, 이를 통해 빈곤극복의 계기를 마련하거나 스스로의 힘으로 해결하지 못하던 질병이나 문제를 극복할 수 있다. 결핵은 단지 심각한 질병일 뿐만 아니라 노동력이 왕성한 청장년층을 무력화시킨다는 점에서 망국병으로 간주되는 질병이다. 한국도 전쟁 후에 많은 청장년들이 결핵으로 사망하였으며, 아직도 완전히 결핵을 정복하지 못한 실정이지만, 필리핀과의 협력사업을 통해 향후 결핵 관리 및 퇴치에 자신감을 얻게 되었다고 평가할 수 있을 것이다.

제6장

개발에 이르는 머나먼 길

하루에 1달러 이하로 생활하면서 빈곤의 악순환에서 벗어나지 못하는 사람들에게 '개발'은 너무나도 먼 목표일 뿐만 아니라 상상조차도 할 수 없는 거리감을 갖게 하는 단어다. 당장 굶주린 배를 채워 줄 누군가를 기다리는 이들에게, 미래를 위해 투자를 한다거나 자기계발을 위해 노력해야 한다는 이야기는 그야말로 공허한 구호일 뿐이다. 이들에게 당장 필요한 것은 빵 한 조각과 물 한 잔 그리고 더위를 피할 수 있는 쉼터다. 재난을 당해 모든 것을 잃어버린 사람들에게도 마찬가지다. 그러나 배고픈 사람에게 빵과 물을 나누어 주는 것은 그 사람이 그저 하루를 연명할 수 있게만 할 뿐이다. 그 하루가 지나면 또 다른 하루를 걱정해야 한다. 그렇기 때문에 장기적인 안목에서 가르쳐야 하고 그 기술을 통해 스스로 살아갈 수 있도록 하는 방안이 강구되어야 한다. 의존감만을 키우지 않게 하기 위해서는 의식과 가치관의 변화가 일어나야 한다. 물론 물질적인 지원이 없이 생각만 바꾸라고 할 수는 없는 노릇이다. 물고기도 공급해 줘야 하고 물고기 잡는 법도 가르쳐 줘야 한다. 아니 거기에 그쳐서는 안 된다. 물고기를 잡을 도구들, 낚싯대와 그물 그리고 필요하다면 고깃배까지 지원해 주어서 장기적으로 빈곤의 굴레에서 벗어날 수 있도록 도와야 한다. 이러한 노력이 지속되기 위해서는 반드시 외부인이 아닌 현지인들이 주인의식을 갖고 적극적으로 참여해야 한다. 그저 개발 사업에 그치고 삶이 나누어지지 못한 채 외부인의 주도에 의해서 사업이 종료된다면 그 사업은 지속될 수 없을 것이다. 지속가능성을 위해서는 필요한 도구들과 장비들을 갖추어 주어야 할 뿐만 아니라, 지역사회가 스스로를 조직하고 연합해서 무엇이 필요한지를 발견하고 가용한 자원을 최대로 활용하여 스스로 해결책을 찾을 수 있도록 훈련이 되어야 한다. 이 과정은 끝이 없는 것처럼 느껴진다.

세상의 끝 반다아체

2004년 12월 26일 샌프란시스코를 출발하여 인천으로 향하는 비행기를 기다리고 있었다. 내가 서울에서 타고 온 비행기를 다시 타고 서울로 돌아가는 길이었다. 11월 23일 캘리포니아 모데스토 시에 위치한 집을 출발한 나는 약 한 달에 걸쳐 한국과 중국, 몽골 및 네팔의 국제기아대책기구 지부들을 방문하였다. 당시 국제기아대책기구의 아시아 담당 부총재로 근무하고 있었기 때문에, 정기적으로 사업지를 방문하여 사업을 독려하고 향후 계획을 수립하는 것이 나의 중요한 업무 중 하나였다. 부총재가 된 이후 출장이 부쩍 늘어나 가족들과 지내는 시간이 줄어들었는데, 또 근 한 달 동안 집을 비운 것에 대해 가족들에게 미안한 마음이 들어 나는 가족들을 방콕으로 초청해 크리스마스 휴가를 함께 보냈다. 우리 가족이 10년 전에 몽골에서 우즈베키스탄으로 이주하기 전에 잠시 머물면서 좋은 추억을 만들었던 태국에 아이들이 항상 다시 한번 와 보기를 원했기 때문이었다. 모처럼 가족들과 즐거운 시간을 보내고 집으로 돌아가는 길에 인천공항 라운지에 들렀는데, 텔레비전에서 심상치 않은 뉴스가 방송되고 있었다. 태국과 인도네시아 등지에서 지진해일로 인해 피해가 속출하고 있다는 소식이었다. 아시아 담당 부총재의 역할 중 하나가 아시아 지역에서 재난이 발생하면 국제기아대책기구를 대표하여 긴급구호 사업을 총괄하는 것이었다. 그렇기 때문에 나는 재난 관련 뉴스를 그냥 지나칠 수 없었다. 자연재해나 급변사태로 인한 사망자가 100명이 넘어서면 일단 긴급구호팀을 출동시키는 매우 단순한 지침이 있는데, 샌프란시스코 공항에 도착하여 확인하니 이미 사망자는 100명을 훨씬 넘어서고 있었다. 1시간을 달려 집에 도착하니 벌써 자동응답기에 많은 메시지들이 녹음되어 있었다. 결국 내가 타고 온 아시아나 항공기의 한국회항 편에

좌석을 예약하고, 가족들을 남겨 둔 채 다시 서울로 향했다.

　12월 27일 서울에 도착하여 한국 국제기아대책기구 사무실에서 긴급회의를 주재하였다. 방콕 국제본부의 랜디 호그 총재와 전화통화를 통해 태국은 총재가 맡고, 나는 지진피해 평가조사팀을 이끌고 인도네시아로 향하기로 결정했다. 당시까지는 지진 피해 상황이 제대로 집계되지 않아 심각하지 않은 것으로 보도되고 있기는 했다. 하지만 우리는 진앙지와 근접한 인도네시아의 반다아체 지역의 피해가 심각할 것으로 예상했기 때문에 긴장의 끈을 놓을 수 없었다. 반다아체의 관문인 인도네시아 제2의 도시 메단으로 향하는 길은 쉽지 않았다. 수소문 끝에 항공권을 확보하여 싱가포르를 경유해 메단에 도착하니 진앙지 부근인 반다아체에 대한 흉흉한 소문들이 들려왔다. 아울러 많은 사람들이 반다아체로 들어가지 말 것을 충고하였다. 도시가 이미 절반 이상 파괴되고 수도와 전기가 끊어져 생존이 어려울 것이라는 이유에서였다. 겨우 비행기표 한 장을 구했고 다른 팀원들은 메단에 남겨 두기로 했다. 우선 내가 반다아체로 들어가 상황을 파악한 뒤 향후 구호계획을 수립할 생각이었다. 메단에 남은 다른 일행들은 현지에서의 물자조달 상황이나 다른 정보들을 수집하는 한편 후속팀의 파견에 대비하기로 하였다.

　반다아체에 도착하니 다행히도 수소문 끝에 연결된, 자신의 신분을 기독교인이라고 밝힌 어떤 사람이 나를 마중나와 있었다. 인도네시아 무슬림의 본산이며, 가장 경건한 근본주의자들의 사령부라 불리는 반다아체에 기독교인이 있다는 것이 믿기지 않았지만 나는 감사하다는 인사를 건넨 후 숙소로 향하였다. 도시 전체의 기능이 마비되어 상수도가 끊기고

반다아체의 관문인 인도네시아 제2의 도시 메단에 도착하여 현지의 전문가들과 상황을 협의하고 있다. 옆의 김상균 내과전문의는 현재 재단의 캄보디아 사업책임자로 근무하고 있는데, 르완다 사태, 터키 대지진 및 2013년 11월 필리핀 하이옌 태풍 구호에도 참여한 바 있는 베테랑이다.

전력도 공급되지 않았지만, 다행히도 노숙은 면할 수 있었다. 하지만 잠을 이룰 수가 없었다. 마치 지진이 다시 오는 것과 같은 강한 여진이 밤새 계속되었고, 그때마다 사람들이 비명을 지르며 방에서 뛰쳐나와 운동장에 모이는 일이 반복되었기 때문이다. 뜬눈으로 밤을 새우고 아침이 되자, 바다를 표류하던 사람들이 천신만고 끝에 구조되어 피난처로 몰려왔다. 사람들이 내가 의사라는 것을 알고 응급처치를 부탁하여, 정신 차릴 틈도 없이 상처를 치료하고 부상자들을 돌보았다. 그러나 대부분은 찰과상을 입은 환자들뿐이었다. 상처가 깊은 이들은 바다에 휩쓸려 들어가 살아 나오지 못했기 때문이었다. 이들이 들려준 이야기들은 매우 처참했다. 지진으로 피해를 입은 것이 아니라, 그 이후에 몰려온 해일에 대비하지 못하여 마을 전체가 휩쓸려 나갔다는 것이었다. 지진이 오자 산으로 대피했던 마을사람들이 지진이 끝난 후 안정된 것으로 생각하여 집으로 돌아온 순간 해일이 덮쳐 모두 휩쓸려 가 버린 것이었다.

낮이 되어 시내 중심가로 나가 보니 반다아체의 상황은 이루 말할 수 없을 정도로 심각했다. 바다로 연결되는 강가에 있는 고급 빌라들과 주택들이 강을 역류하여 밀려들어 온 해일로 인해 모두 쓸려 나가고 집이 있었던 흔적만 남아 있는 곳이 많았다. 열대 지역의 특성상 단단한 벽돌 대신 판자로 대충 지은 집들이 대부분이었기 때문에, 집에서 떨어져나온 나무판자들이 도시 곳곳에 쓰레기더미를 이루고 있었다. 승용차들은 여기저기에 아무렇게나 처박혀 있었다. 생존자들은 해일이 몰려올 때 10미터가 넘는 물기둥을 피해 달아나면서 '이제 세상에 종말이 임했구나.'라고 생각을 했다고 했다. 해일이 밀려들어 왔다 빠져나가기를 두 시간 이상 반복하면서 모든 집들과 자동차들을 삼켜 버렸다고 했다. 도로에는 아직도 수습하지 못한 시신들이 흩어져 있었고, 높은 온도 때문에 부패하기 시작하면서 악취로 정신을 차릴 수가 없었다.

　반다아체에 도착한 지 사흘째 되던 날인 2015년 1월 1일, 한국에서 재난구조 전문인력으로 구성된 첫 번째 긴급구호팀이 도착하였다. 긴급구호는 현지의 교회들과 성도들의 도움 덕분에 큰 사고 없이 진행되었고, 나는 메단을 거쳐 방콕으로 돌아와 국제본부를 중심으로 구호사역을 진두지휘하였다. 지진이 일어난 지 약 한 달쯤 되던 1월 24일 방콕에서 국제기아대책기구의 전략적 파트너십 미팅이 개최되었다. 국제기아대책기구의 5개 파트너국가들인 미국, 영국, 캐나다, 일본, 한국의 대표들과 국제본부의 리더들 및 이사들이 모여 남아시아 지진해일에 대한 긴급구호 상황을 평가하고 향후 대책을 논의하는 자리였다. 나는 긴급구호의 책임자로서 가장 성공적인 사례로 영국에서 자원하여 참여한 간호사에 대한 이야기를 보고하였다. 세 아이의 엄마였던 간호사는 지진 소식이 나자 바로 자원하여 약 한 달간 캠프에 머물면서 활동하였는데, 이 사람이 한 일은 지진해일로 인해 피해를 당한 캠프의 가족들을 찾아가 그들과 함께 있어 주는 것이었다. 통역 구하기가 하늘의 별 따기처럼 힘든 상황이었으므로 말이 통하지는 않았지만, 그저 가족들을 찾아 손을 잡고 이야기를 들어주며 같이 울어 주고 안아 주고 위로해 주었다. 구호사역을 평가하는 설문지에서 가장 도움이 되었던 사역으로 많은 이들이 이 영국 간호사를 꼽으며 다시 보내 달라는 요청을 할 정도였다. 그래서 나는 긴급구호를 하는 데 있어 반드시 많은 재정이 필요하거나 수많은 인력이 파견되어야 하는 것이 아니라, 따뜻한 마음과 헌신적인 태도가 더 중요하다는 것을 강조하였다.

나는 솔직히 지지와 격려를 받을 것을 기대했는데, 그들의 반응은 내 생각과는 아주 달랐다. 가장 큰 문제가 된 것은 각국의 지부에서 기증받은 엄청난 액수의 긴급구호기금을 사용해야 하는데 그 부분에 대한 대책을 제시하지 않았다는 것이었다. 즉 내가 지진으로 피해를 입은 도시들의 기능을 다시 되돌릴 수 있는 대형 프로젝트를 기획해 주기를 기대했는데, 그러한 기대에 부응을 하지 못한 것이었다. 논의 끝에 서부 해안가에 위치한 멜라보 시의 재건 사업을 진행하는 것으로 결론을 내렸지만, 내가 생각했던 것처럼 지역 주민들이 주인의식을 갖고 지속적으로 사업을 유지해 가는 형태가 아니었다. 전형적인 외부주도형 사업으로 최신 장비들과 전문가들을 동원하여 주도면밀하게 계획에 따라 한 치의 오차도 없이 진행되는 도시재건 사업의 형태였고 막대한 예산이 지출되었다. 인도네시아 정부에서는 대대적인 환영 의사를 표시했고, 지역 주민들의 칭송과 매스컴의 주목을 받았다. 물론 일부 회원국에서 지역 주민들이 주인의식을 갖고 장기간에 걸쳐 개발의 주역이 되어 지속성을 갖는 형태의 사업에 동의하였지만, 나는 많은 상처를 받고 말았다. 긴급구호라는 이름 아래 진행되고 있는 사업이 피해를 당한 이들의 필요에 의해 계획되고 그 필요를 채워 주기 위한 가장 효율적인 방법을 찾기 위해 고민하는 것이 아니라, 외부인의 의도와 자원에 의해 결정되어 불필요한 자원 낭비와 적정기술을 넘어서는 과시적인 방법이 동원되는 것이 옳지 않다고 생각했기 때문이다. 아울러 만성적인 재정 적자에 허덕이던 조직들이 재난으로 인해 구호금이 늘어나면서 재정 기반을 확보하여 국제적인 기관으로 성장하는 것을 바라보면서, 자연재해와 재난이 늘어나야 구호단체들이 성장할 수 있는 것이 아닌가 하는 불편한 진실을 깨닫게 되었기 때문이다.

구호와 개발

국제기아대책기구의 부총재로 일하기 전 나는 10년 이상 중국을 비롯한 중앙아시아와 중동 및 북아프리카 지역의 여러 국가를 대상으로, 지역사회를 기반으로 한 보건의료교육 및 개발 사업을 진행했던 경험이 있다. 따라서 긴급구호 사업은 가급적 최소한의 규모로 해야 한다는 생각이 내 머릿속에 자리를 잡고 있었다. 긴급구호의 성격상, 갑작스럽게 많은 것을 잃고 피해를 당한 이들이 주인의식을 갖고 다시 자신이 살던 지역을 복구시켜 개발에 이르기까지는 많은 장애와 어려움이 따른다. 그렇기 때문에 대체로 외부주도형의 사업이 진행되면서 현지에서 외부의 원조에 의존하는 경향이 심화되는 것을 너무나 많이 봐 왔다. 배고픈 사람에게 생선을 주기 시작하면, 생선뿐 아니라 집도 요구하게 되고, 다른 편의시설도 갖추어 달라는 등 외부 사회에 끊임없이 의지하는 경향이 심해진다. 따라서 배고픈 사람에게 생선을 주되 고기를 잡는 법도 함께 가르쳐 주어야 한다는 것을 누누이 가르쳤고, 또 그렇게 실천하려고 노력해 왔다. 긴급구호는 재난을 당해 일상생활이 어려운 사람들을 정상 상태로 회복시키려는 목적을 가지고 진행되는데, 많은 긴급구호 사업이 대체로 목표를 달성하지 못하게 된다. 즉 재난 이전의 상태로 주민들의 상태가 회복되지 못한다는 것이다. 내가 피해자고 재난을 통해 모든 것을 잃었으니 누군가의 도움을 받아야 한다는 생각에 빠지기 시작하면, 항상 도움을 줄 누군가를 찾게 된다. 어떤 한 사람을 통해서 하나의 문제가 해결되면 다시 다른 문제를 해결해 줄 수 있는 제삼의 사람이나 단체를 찾게 된다. 따라서 긴급구호에 필수적인 도움은 재난을 당한 사람들의 가치관과 생각에 변화를 가져올 수 있는 전기를 마련해 주는 것이다. 재난을 당한 사람들이 극심한 정서적 상처에서 회복되는 데는 적어도 1년 이상의 기간이 필요하기 때문에, 사업을 시작하여 단기간에 성과를 보려고 할 것이 아니라 장기적인 관점에서 재활과 정서적인 상처의 회복까지 인내하고 기다려야 한다.

구호는 앞서 누차 언급한 것처럼 의존성을 심화시키기 때문에 가급적 단기간에 이루어지는 것이 좋고, 피할 수 있다면 더욱 좋다. 그렇지만 갑자기 일어난 자연재해와 재난으로 인해 많은 것을 잃고 상처를 받은 사람에 대한 올바른 태도를 잊어서는 안 될 것이다. 많은 사람들이 구호에 나서는 것은 사실 사람에 대한 안타까움 때문이다. 애통해하는 자들과 함께 울고 그들을 긍휼히 여겨야 마땅하지만, 계속해서 생선을 잡아다 줄 수는 없는 노릇이다. 적절한 교육과 훈련을 통해 개발이 이루어져야 한다. 개발은 단지 훈련을 통해 행위에 변화가 오는 과정이 아니다. 파블로프가 실험을 통해 증명한 것처럼, 개인의 행동은 외부적인 자극에 의해서 변화될 수 있지만, 외부의 자극이 사라지거나 다른 종류의 더 강한 자극에 의해서 다시 변할 수도 있기 때문이다. 개의 생리적인 현상까지 변화시킬 수 있었던 종소리와 먹이의 조합이, 다른 형태의 더 강한 자극에 의해서 개의 생리현상과 행동에 또 다른 변화를 줄 수 있다. 즉 행위나 행동의 변화를 요구할 경우 그러한 요구에 뒤따르는 보상과 2차적인 유익으로 인해 (일시적인 현상으로서) 변화가 나타날 수 있다. 연수 후보생을 선발하는 과정에서는 너무나 착실하고 믿음직스럽던 사람이 연수를 위해 자신의 나라를 벗어나서 환경이 변화하면 전혀 다른 사람처럼 행동하는 것은, 얼마든지 예측 가능한 일이다. 어쩌면 당연한 일일지도 모른다. 이렇게 외부 자극과 환경이 변함에 따라 쉽게 과거로 돌아가거나 오히려 퇴보되는 일이 일어나지 않기 위해서는 무엇인가 더 기본적인 것이 변해야 한다.

많은 개발 사업에서 간과되기 쉬운 것이 바로 이 점이다. 사업이 성공적으로 이루어지고 원하는 결과가 창출되었지만, 끝나고 나면 다시 원래의 상태로 회귀하는 경우가 너무나 많이 발견된다. 내가 의과대학에서 예방의학을 배울 때, 한국의 지역사회보건 사업의 모범사례로 거론되었던 수많은 지역사회가 지금은 흔적도 없이 사라졌다. 한국의 농촌과 나라가 발전했기 때문에 당연한 것으로 생각할 수 있지만, 실제로는 대부분의 사업들이 지역 주민들에 의해 주인의식을 통해서 유지되고 발전되지 못하였기 때문이다. 사업 과정에서 가치관이나 세계관의 변화가 없었기 때문이다. 구호 사업이 개발 사업으로 발전하기 어려운 것은, 구호 사업 중에 이러한 가치관의 변화가 일어나기 어렵기 때문이다. 한번 자신이 도움을 받아야 할 사람이라는 인식이 심어지고 누군가가 도움을 주기 시작하면, 다른 필요를 생각해 내고 조금이라도 안락한 환경과 삶을 추구하는 것이 사람들의 일반적인 습성이다.

나는 중국에서 소위 '지하교회'라고 부르는 가정교회 조직을 도운 적이 있다. 가정교회는 중국 농촌 지방의 어느 곳에서나 발견되는 기껏해야 열 가정 미만의 작은 교회들이다. 대다수의 주민들이 가정교회의 존재를 알고 있지만 별로 신경을 쓰지 않는다. 지역사회의 주변을 맴돌며 별로 영향력을 끼치지 못하는 비정상적인, 중국식 표현을 빌리자면 아직 문명화되지 못해 미신을 믿는 집단으로 여기기 때문이다. 나는 가정교회 지도자들의 요청으로 이들을 도와 '겨자씨 사업'이라고 부르는 겨자씨만큼 작은 규모의 개발 사업을 진행했던 적이 있다. 개발 사업이라고는 하지만 돈이 전혀 들지 않았다. 자신의 노동력을 이용해 마을의 불편한 부분들을 개선하는 일을 하도록 가정교회의 사람들을 훈련시켜, 이들이 자발적으로 마을을 위해 어떤 일을 할 것인지를 찾아서 그것을 실천할 수 있도록 도우는 정도였기 때문이다. 처음 가정교회 지도자들의 반응은 매우 험악했다. 자신들을 도와주겠다고 해서 돈을 주거나 성경지식을 가르쳐 주거나 무엇인가 이득이 되는 것을 받을 것으로 기대했는데, 오히려 자신들을 노력봉사에 동원하려 한다며 훈련을 받지 않겠다고 말하는 사람도 있을 정도였다. 그러나 훈련을 받은 사람들이 마을로 돌아가 장마로 엉망이 된 길을 보수하고, 부서진 다리를 고치고, 아무도 관심을 갖지 않던 쓰레기장을 정돈하기 시작하면서, 가정교회는 갑자기 마을 사람들의 주목을 받음과 동시에 지역사회 개발의 주역으로 떠오르게 되었다. 가정교회가 중심이 되어 마을 전체의 숙원 사업이었던 도로보수 공사가 시작되면서, 마을 전체가 변화의 원동력이 된 것이다. 이러한 변화의 핵심은 가정교회 사람들의 변화된 가치관과 스스로에 대한 인식이었다. 그동안 자신을 가난하고 도움을 받아야 할 사람으로만 생각했는데, 겨자씨 사업을 진행하면서 나도 다른 이들에게 도움을 주고 사회에 기여하는 유익한 사람이 될 수 있구나라는 가능성을 발견하게 된 것이다. 이러한 자신감과 변화된 의식은 더 큰 규모의 사업으로 나아가 마을의 공동 사업으로 발전되었다. 마을 전체가 버섯을 재배하거나 공동으로 돼지치기를 하면서 수입이 늘어나 긍정적이고 능동적으로 변화하는 마을로 거듭나는 경우가 늘어났다.

한 개인의 계발이 단순히 개인의 차원에서 끝나서는 안 된다. 물론 온전히 계발된 개인은 자신이 속한 지역사회를 변화시키고 사회에 공헌하기 마련이지만, 그러지 못한 경우도 많다. 대부분의 두뇌유출은 연수 기간이 종료되고 훈련이 마무리될 때에 일어난다. 다시 집으로 돌아갈 생각을 하다가 자신이 배운 지식이나 익힌 기술을 조국이나 지역사회에서는 활용할 길이 없다는 것을 발견하기 때문이다. 그래서 조금 더 기술과 지식을 획득하기 위해 기회를 찾다 보니 결국 주저앉게 되는 경우가 발생하는 것이다. 따라서 대부분의 개도국에서는, 위대한 잠재력을 보유한 개인이 스스로의 힘으로 그러한 잠재력을 계발시키는 것이 어렵다. 교육과 훈련을 받아도 습득한 지식과 기술을 마땅히 발휘할 수 있는 터전을 발견하기 어렵기 때문에, 그들에게 환경이 조성될 수 있도록 최소한의 기반이 마련되어야 한다. 즉 누군가가 잡아 온 고기를 그저 받아먹던 사람이 고기 잡는 기술을 배우고 난 뒤에는, 고기를 잡을 수 있는 적절한 도구와 배가 마련되어야 자신이 습득한 기술이 유지되고 발전될 수 있다는 것이다. 이것이 지역사회 개발 또는 자신이 속한 전문사회 개발의 영역이다. 재난을 당한 이들에게 다가가 상처를 치료해 주고 의술을 베풀어 주는 단계가 있고, 그 과정에서 발견한 잠재력을 가진 사람들에게 의학과 의술을 가르쳐 계발시키는 단계가 있으며, 그러한 수고가 헛되지 않고 지속될 수 있도록 의료기관이나 병원을 설립해 주는 단계가 있어야 한다.

주인의식과 지속가능성

지역사회 또는 공동체 개발에 있어 핵심은 개발 과정이 단지 사업으로만 끝나서는 안 된다는 것이다. 앞서 개인의 개발 과정에서도 단지 사업으로 끝나서는 안 되고 개인의 가치관이나 정체성에 대한 인식의 변화가 일어나야 한다는 것을 이야기했었다. 단지 사업을 통해 외형적인 변화나 목표를 달성하는 것은 장기적인 변화나 개발을 일어나게 할 가능성이 매우 낮다. 오래 지속되는 변화는 외부자원이 모두 소진되고 외부인이 모두 돌아가고 난 이후에 비로소 그 영향력과 의의가 평가될 수 있다. 다시 말

해, 사업 과정에서 공동체나 지역사회 구성원 중의 일부나 다수가 주인의
식을 갖고 사업을 발전시키기를 원하지 않는다면, 그 사업은 지속가능성
이 거의 없는 사업이 된다는 것이다. 수많은 공적개발원조 사업과 국제개
발협력 사업이 이러한 지속가능성을 갖지 못했다. 오직 해당 사업의 재정
이 허락하는 범위 안에서만 변화가 일어나고 외부 전문가의 도움이 지속
되는 한에서만 변화가 일어나다 중단되었기 때문이다.

　지역사회 개발과 공동체 개발의 핵심은, 동일한 지역적 또는 기능적 경
계를 가지며 많은 것을 공유하고 소속감을 갖는 집단이 스스로 발전해 갈
수 있는 기본적인 틀이나 기반을 마련해 주는 과정이다. 재난이나 재해로
인해 일상이 무너진 상태를 원상태로 회복시키려 하거나, 일상생활에 불
편함을 야기하는 질병이나 환경의 문제들을 구성원들을 대신해서 해결해
주는 과정이 아니다. 그에 관련된 지식이나 기술을 단지 전수해 주는 교
육이나 훈련이 아니라 스스로 문제점을 발견하고 해결책을 찾아 실행에
옮길 수 있도록 돕는 과정이다. 외부인들과 외부자원이 개입된 사업을 통
해 공동체에 소속된 구성원들의 가치관과 정체성에 변화가 일어나고, 최
소한의 도구들과 지식 및 기술에 의해 외부자원과 외부인들이 존재하지
않는 상황에서도 변화의 과정이 지속되며, 구성원들이 주인의식을 갖고
책임감과 아울러 자기결정권을 갖게 되는 과정이 이어지도록 하는 것이
공동체 개발의 핵심이다. 좋은 장비들과 좋은 건물, 선진화된 기술이 보
건의료 분야의 발전을 가져오는 것이 아니다. "침대는 가구가 아니다."라
는 유명한 광고 카피처럼 나는 "병원은 단지 건물이 아니다."라고 주장하
고 싶다. 지금까지 많은 보건의료 분야의 공적개발원조가 더 좋은 최신의
장비, 더 크고 멋진 건물, 첨단 의학과 기술로 무장한 의사들을 개도국에

공급하는 것을 목표로 이루어진 것은 아닌지 반성해야 할 필요가 있다.

'하얀 코끼리'는 코끼리를 신성시하는 인도차이나 사람들이 코끼리 중에서도 가장 신비하고 존귀하게 여기는 동물이다. 그러나 일반인들은 이 코끼리를 갖기 원하지 않는다. 너무나 귀하고 신성한 존재이기에, 일반인들은 도저히 그 비용을 감당할 수 없기 때문이다. 언젠가부터 선진국에서 개도국에 지어 준 병원을 '하얀 코끼리'라고 부르기 시작했다. 받아들이기에는 너무나 부담스러운 선물이라는 의미이다. 준다고 해서 받았는데, 막상 자신들의 힘과 능력으로는 도저히 유지할 수 없어서 이러지도 저러지도 못하는 애물단지. 그리고 한국에서 원조로 지어 준 수많은 병원들과 사업들.

장기적이고 지속적인 변화를 일어나게 하는 개발을 위해서는 다섯 가지 요소가 필요하다. 첫 번째는 비전이다. 개발이나 사업을 통해 무엇을 이루기 원하는지 분명히 알고 시작해야 중간에 돌아가거나 원하지 않는 방향으로 사업이 흘러가는 것을 막을 수 있다. 비전이 없는 나라는 망한다. 비전이 없는 조직은 그 무엇도 이룰 수 없다. 그래서 그러한 조직이나 사업에 연관되어 일하는 사람들은 항상 혼란스러워한다. 무엇을 하려는 것인지, 어디로 가는 것인지 알 수 없기 때문이다. 비전은 최고지도자나 리더들만 소유하는 것이 아니다. 사업에 참여하는 모든 사람들과 구성원에게 공유되어야 한다. 두 번째로 필요한 것은 동기 또는 인센티브다. 비전이 아무리 훌륭해도 나와 상관이 없으면 사람들은 움직이지 않는다. 그래서 사업이나 발전의 과정이 매우 더디게 진행된다. 우리는 그러한 수많은 예를 사회주의 체제의 조직과 사람들에게서 관찰할 수 있었다. 그것이 박애정신이나 전문가정신 등의 내적인 동기에서든, 보너스나 개발을 통한 변화로 자신이 누리게 되는 외형적 이득에서든, 자신에게 그 사업이 직간접적으로 연결이 될 때 모두가 힘을 합해 일할 수 있다. 세 번째 요소는 개발의 과정에 필요한 지식이나 기술이다. 대부분의 개발 사업은 전문적인 기술이 요구되지 않는다. 우리가 소위 상식이라고 생각하는 단순한 지식이 어떤 지역에서는 사람을 살릴 수 있는 필수불가결한 지식이 되기도 한다. 거창한 첨단기술이 아니라 현지에서 활용 가능한 적정한 기술이 필요하다. 외부에서 반입된 기술은 유지와 보수에 어려움을 겪게 만들어 지속가능성이 현저히 떨어지게 된다. 이러한 지식이나 기술이 없으면 사업의 진척이 어려워지고, 따라서 사업에 관여하는 사람들을 항상 불안하게 만든다. 사업이 제대로 진행되지 않고, 관여하는 사람들이 모두 불안한 마음에 신경이 날카로워져 있다면, 필요한 기술과 지식이 제대로 공급되고 있는지를 점검해야 한다. 네 번째 요소는 자원이다. 사업과 개발의 과정에는 필수적으로 자원이 요구된다. 그것이 인적자원이든 물적자원이든, 자원이 없는 개발은 이루어질 수 없다고 보면 된다. 비전이 있고, 동기가 부여되어 있고, 전문적인 지식과 기술도 있지만, 필수적인 자원이 없을 때 우리는 결국 절망하게 된다. 과정 자체가 시작되지 못하기 때문이다. 다섯 번째 요소는 실행계획이다. 앞의 네 가지가 모두 갖추어졌다면 반드시 계획을 수립해야 한다. 사업과 개발의 과정을 정하고, 자원의 활용계획 및 행정처리절차 등이 설정되어야 한다. 그래야 잘못된 출발과 시행착오를 줄일 수 있다. 한국 사람들이 대체로 잘 못하는 부분이다. 다행히 최근에는 많이 개선되었다.

중국 귀주성의 가장 변방에 위치한 지역의 조산사들을 대상으로 한 역량강화 훈련에서 촌극을 하면서 참여를 극대화시키는 강의를 하고 있다. 놀랍게도 조산사들 대부분이 남자였다. 처음에는 거의 반응이 없어 이 사람들이 도대체 지금 뭐하고 있는 것일까라는 생각이 들었지만, 훈련을 마칠 때쯤에는 완전히 다른 사람들로 변해 있었다.

콩고 지역사회보건개발 사업

2003년 4월 미국 캘리포니아의 모데스토 시에 위치한 국제의료대사선 교회Medical Ambassadors International 본부에서 매우 특별한 보고회가 개최되었다. MAI의 콩고 사업 외부평가 최종보고회로, 평가의 주요 책임자로 저명한 학자이자 개발전문가인 제임스 잉글James Engel과 평가에 참여한 샘 부르히 월드비전 부총재 등이 참석하는 미팅이었다. 당시 중국을 비롯한 중앙아시아와 중동 및 북아프리카 지역은 전통적인 개발 방법으로는 접근이 어렵다고 하여 창의적 접근 지역이라 부르고 있었다. 그 지역에서 MAI 사업을 총괄하고 있던 나도 평가보고회에 참석하였다.

1990년 초 MAI는 그 당시 '자이레'라고 불리던 현재의 콩고 중앙부에서 지역사회보건개발 사업을 시작했다. 1997년까지 MAI는 56개의 마을에서 사업을 유지하고 있었다. 얼마 후, 르완다 군부의 지원을 받아 격렬한 내전이 전국을 휩쓸었다. 내전 발발 후 4년 동안 MAI의 직원들은 콩고에 들어갈 수 없었다. 2001년에서야 단체의 서아프리카 담당자가 겨우이 지역을 방문하게 되었다. MAI에서 실시한 사업 전략에 있어 한 가지 중요한 사실은, 사업이 처음부터 지역 주민들에 의해 시작되고 주관되기 때문에 외부인이 없어도 사역이 지속된다는 점이다. 실제로 각 지역사회가 사업의 진정한 주인의식을 가지게 되었다. 그러나 외부의 도움이나 관리 없이 4년이 지났다. 과거에 엄청난 노력이 투여되었던 이 지역의 상황이 어떻게 변해 있을 것인지를 파악하기 위해 외부평가가 진행되었던 것이다.

평가 결과, 56개 마을에서 진행되던 사업이 113개 마을로 확장된 것을 알 수 있었다. 사역이 명맥을 유지하여 생존한 정도가 아니라 지역 주민들에 의해 지속되고 발전하여 그 수가 배 이상 늘어난 것이다. 일반적인 변화에 대한 자료들 중 백미에 속하는 것은, 사업을 시행하지 않은 마을과 비교해 볼 때 사업이 시행된 마을에서 어린이사망률이 반으로 줄었다는 사실이다. 실제로 사역을 실시하지 않은 마을의 어린이사망률은 사업을 실시한 마을에 비해 정확히 2.2배인 것으로 나타났다. 마을 주민의 수가 평균적으로 3,000명인데, 그들의 약 25%가 4살 이하의 어린이들이니, 113개 마을에서 걸음마 하는 아이들의 수가 84,750명에 이른다는 결론이 나온다. 그러므로 사망률이 7.14%에서 3%로 떨어졌다는 것은, 지난 5년 동안 영아들과 걸음마 하는 아이들 17,000명의 생명이 보존되었다는 의미가 된다. 다른 놀라운 결과들도 이어졌다. 사업을 시행한 마을들에서 예방접종을 실시한 가정의 수가 그러지 않은 마을에 비해 18% 높게 나타났다. 아울러 출산율도 18% 감소되었다.

보건교육 분야에서도 극적인 차이가 발생했다. 어머니들은 아이들의 질병을 인식하고, 예방하고, 치료하는 교육을 받았다. 예를 들면, 아이들의 설사병을 치료하기 위해 사업에 참여한 어머니들이 구강수액 공급과 물을 끓여 먹는 것에 대해 사업을 실시하지 않은 마을의 어머니들보다 세 배 이상 더 잘 알고 있었다. 음식을 먹기 전 손을 씻는 것과, 음식을 덮어서 저장하는 것에 대해서도 두 배 이상이나 많이 알고 있었다. 사업에 참여하는 가정에서 거의 두 배 이상 말라리아 예방에 대해 적절한 조치를 취하고 있었고, 화장실을 사용한 후 손을 씻는 사람 수도 다섯 배나 많았다. 실제로 두 배 이상의 사람들이 화장실을 만들어 사용하고 있었다. 감기나 후천성면역결핍증(에이즈)을 예방하는 면에서도 비슷한 정도의 지식

수준 차이가 관찰되었다. 그러나 사망률을 저하시키는 데 기여한 결정적인 인자는 영양상태였다. 팔의 둘레를 측정하여 비교한 결과, 어린이 급성영양실조가 사업에 참여하지 않은 마을의 어린이들에게서 여섯 배 이상 빈번한 것으로 관찰되었다. 사업에 참여한 마을의 가정들에서 두 배 이상 많은 가축을 기르고 있었다. 전날 먹은 음식 종류를 조사한 결과 사업에 참여한 가정들에서 전날 고기를 먹은 집이 세 배, 달걀을 먹은 집이 네 배, 우유를 마신 집이 세 배가 많은 것으로 조사되었다.

이러한 놀라운 결과가 나타난 것은 앞서 기술한 개발의 과정과 요소들이 이 지역에 충실하게 적용되었기 때문이다. 이러한 변화는 세계 어느 곳에서도 나타날 수 있다. 우리는 개도국 사람들을 만나서 동기를 부여하고, 교육하고, 훈련의 기회를 제공하고, 장비를 지원해 주고, 좋은 병원을 설립할 수 있는 재원을 빌려 주고, 의료인력들을 한국에 불러 훈련시켜 주고, 또 때때로 현지를 방문하여 전문인력들을 훈련시킴으로써 역량을 강화시킬 수 있다. 그러나 변화를 창출해 내기는 어렵다. 아니 그러한 과정에서 변화가 일어나기를 기대하지만, 우리가 다른 사람들을 변화시키기에는 한참 부족하다는 것을 인식하고 인정해야 한다. 도움을 받고 협력에 참여하는 나라와 지역과 공동체에 속한 구성원들이 주인의식을 가지고 적극적으로 참여할 뿐만 아니라 스스로 책임감을 가지고 결정권을 가질 때 진정한 변화가 시작된다. 현지를 누구보다 잘 알고, 현지의 문제점을 누구보다 잘 파악할 수 있고, 현지 자원에 정통한 이들이 적극적으로 참여하여 스스로의 방법을 개척할 수 있도록 돕는 것이 필요한 이유다. 우리가 경험했던 것을 그대로 현지에 적용할 수 없고, 한국적 사고방식과 한국에서 통했던 방법을 현지에 그대로 옮겨 놓을 수 없다. 한국 병원을 그대로 라오스에 옮겨 놓는다고 라오스 병원이 되는 것은 아니다.

제7장

역마살의 디아스포라,
의지의 한국인

한국은 왜 공적개발원조에 참여하고 있을까? OECD에 가입하여 선진국 대열에 동참했기 때문일까? 개발원조위원회DAC 회원국으로서의 마땅한 의무 때문일까? 아니면 한국도 다른 선진국들의 자원개발 외교전쟁에 본격적으로 뛰어들었기 때문일까? 한국의 정치력 위상을 제고하고 통치영역을 확대하여 국가경쟁력을 높이기 위한 시도일까?

원래 한국인은 천성적으로 남을 돕기 좋아하는 성격을 타고났다. 한 번도 다른 나라를 먼저 침략해 본 적이 없다. 경제적인 욕심이나 정치적인 야망 때문에 도를 벗어나는 이웃 나라들과 달리 자연과 벗하며 욕심 없는 삶과 베푸는 삶을 귀하게 여겨 왔다. 그것이 한국인의 천성이다. 아울러 유목민의 기질을 타고나 여행을 두려워하지 않으며, 어떤 척박한 환경에서든 적응하고 살 수 있는 생명력도 소유하고 있다. 한국은 불행했던 과거 때문에 비율적으로는 유대인 다음으로, 수적으로는 가장 많은 수의 국민들이 흩어져 사는 나라라고 한다. 현재 약 700만 명 이상의 한국인이 세계 각국에 흩어져 있다. 아울러 한국인 기독교 선교사의 수도 25,000명을 넘었다고 한다. 한국인의 진취적이고 유목민적인 기질이, 빈곤을 극복하고 경제발전을 이루게 만든 하나의 요인이 되었다는 데 많은 사람들이 의견을 같이한다. 세브란스 1회 졸업생부터 시작해 이태준으로 이어져 중앙아시아에 흩어진 디아스포라Diaspora들은 조국의 비극적인 상황 때문에 많은 고초를 겪었지만, 그들 나름대로 속한 사회에서 성장하고 생활의 기반을 닦아 이웃들의 모범이 되었다. 중앙아시아의 고려인 집단농장들은 소련연방을 대표하는 농장들로 성공하였다. 또한 우즈베키스탄을 면화산업의 중심으로, 우크라이나를 농업의 대국으로 변화시켰다. 한국인들은 자신이 고난을 당하는 가운데서도 다른 이들을 돕고자 했으며 자신이 가진 것을 조건 없이 나누고자 했다. 한국의 광부들과 간호사들은 독일의 사회와 제도에 적지 않은 영향력을 끼쳤다.

이태준 기념공원

2000월 7월 울란바토르 시 바양주르크 구역 '자이승 승전기념탑' 아래 톨 강변에서 조촐한 제막식이 거행되었다. 세브란스의학교 2회 졸업생으로 몽골에서 활동하던 의사^{養土} 이태준의 삶을 기리는 기념비가 세워진 것이다. 아울러 향후 조성될 기념공원의 기공식이 진행되었다. 나는 연세의료원의 하계몽골진료봉사팀의 일원으로, 1996년 몽골을 떠난 후 오랜만에 다시 울란바토르를 방문하여 봉사활동에 참여하였다. 아울러 이태준 기념비 제막식에도 참석하였다. 참석자의 수는 적었지만 매우 의미 있는 모임이었다.

이태준 선생님에 대한 이야기를 처음 들은 것은 1992년 한·몽합동고고학답사팀의 일원으로 몽골을 방문했을 때였다. 답사팀은 고고학자, 언어학자, 문학자, 복식학자, 인류학자 등의 다양한 배경을 가진 전문가들로 구성되어 있었다. 답사팀의 지도자 중 한 명이었던 상명대학교의 최 교수님께서 여운형 씨의 《몽고사막여행기》에 대해 언급을 하셨다. 그 문헌에 울란바토르를 방문하여 한국인 의사^{醫師}인 '이태준'의 무덤을 찾아 묘소에 헌화했다는 기록이 등장한다는 것이었다. 그래서 앞으로 혹시 몽골에서 살게 되면 기회를 봐서 의과대학 대선배이신 이태준 선생님의 무덤을 찾아보라고 부탁하셨다.

교환교수로 몽골에 거주하기 시작한 후 대사관을 방문할 기회가 자주 있었다. 대사님께서 한 달에 한 번꼴로 몇몇 사람들을 불러 식사를 대접해 주셨는데, 신선한 야채와 제대로 된 음식이 귀했던 몽골에서 대사관 만찬은 만사를 제쳐 놓고 가야 하는 필수 모임이었다. 식사 후에 북경에서 공수해 온 야채를 나누어 주셨기 때문에, 대사관 만찬은 단순한 식사 이상의 특권이었다. 물론 참석자들의 숫자가 제한되어 있어 나는 교민들로부터 부러움의 시선을 받기도 하였다. 어느 날 만찬 자리에서 최 교수님께 들은 이태준 선생님에 대해 이야기를 나누었다. 그런데 며칠 지나지 않아 대사관 서기관님으로부터 연락이 왔다. 몽골 정부의 기록보관소를 뒤져 이태준 선생님에 대한 기록을 찾아냈다는 것이었다. 서기관님은 몽골 정부의 훈장수여 기록을 찾아보았고, 거기에서 한국 사람의 이름이 있는 것을 발견하였다고 하셨다. 러시아식 발음으로 '이태윤'으로 표기되어 있는 것을 발견하여, 이태준 선생님께서 몽골 정부로부터 공식적으로 훈장을 받은 최초의 한국인이며, 몽골에서 선생님의 행적을 구체적으로 뒷받침해 주는 물증을 찾아낸 것이다. 그 후 나는 몽골을 떠났지만, 연세친선병원의 전의철 원장님께서 양국 정부를 설득하고 연세의료원의 후원을 이끌어 내 기념공원을 조성하게 된 것이었다. 이런 사실을 모르고 몽골을 방문했던 나는 정말로 운이 좋게도 이태준 기념공원의 기념비 제막식에 참석할 수 있었다.

이태준은 세브란스의학교 2회 졸업생으로, 1911년에 의사면허를 받았다. 학생 때, 세브란스병원에 입원한 도산 안창호를 자주 찾아 대화를 나누고 많은 감명을 받아서 적극적으로 독립운동에 가담했다. 의과대학 졸업과 함께 상해로 망명했다가, 당시에는 '고륜'이라고 불리던 지금 몽골의 수도 울란바토르로 이주하여 1921년 처형될 때까지 10여 년을 활동하였다. 1993년 연세의료원에서 몽골 국립의과대학으로 파견된 나는, 스스로를 몽골 최초의 한국인 의사라고 생각하고 있었는데, 착각이었다. 몽골에는 이미 80년 전에 명의로 이름을 날리던 세브란스 선배님이 계셨던

2014년 여름 국회 보건복지위원회 소속 의원님들과 몽골을 방문하여 이태준 기념공원을 찾았다. 몽골을 떠난 지 거의 20년 만이었다. 그동안 나도 우즈베키스탄, 영국, 미국 및 중국을 거쳐 한국으로 돌아왔으니 역마살이 끼었음에 틀림없다.

것이다. 이태준은 당시 몽골에 창궐하고 있던 화류병을 치유하여 명성이 자자했다고 한다. 화류병은 성병을 일컫는 말로 당시에는 매독을 비롯한 성병이 매우 흔했다고 한다. 내가 처음으로 몽골을 방문했을 때 의과대학을 졸업한 해부학자라고 소개했더니 교민들로부터 건강에 관한 많은 질문을 받았었다. 그중 절대적으로 다수를 차지했던 질문이 바로 성병이었다. 유학생들과 교민들 사이에서 성병의 무서움에 대한 유언비어들이 많이 퍼져 있었고, 그중 일부는 '카더라' 통신의 수준을 넘어 정설로 굳어지고 있었다. 모 대사관의 직원이 갑자기 사망했는데 그 원인이 성병과 관련이 있다고 믿고 있었다. 나는 성병에 걸려 즉사하는 경우는 거의 없다고 교정해 주었다. 교민들은 몽골의 성병은 풍토병화되어 내성을 가진 현지인들에게는 증상이 심각하지 않지만 그러지 않은 외국인들은 성병에 걸리면 즉사할 수 있다고 믿고 있었다. 나는 그렇게 두려움을 가지는 것이 긍정적인 역할을 할 수도 있겠다는 생각에서 적극적으로 해명하려 하지 않았지만 이 밖에도 성병에 대한 허황된 이야기들은 많았다.

몽골에 성병이 유행하게 된 데는 몇 가지 설이 있다. 그중의 하나가 러시아 스파이들에 의해 조직적으로 성병이 반입되었다는 것이다. 러시아는 몽골의 침략을 받았던 나라로, 동유럽의 노예민족이던 코사크가 동방원정을 감행하기 전까지는 몽골을 두려워하여 원동지방을 감히 쳐다볼수도 없었다. 그 때문에 몽골에 대한 특수작전을 감행했고 그중 하나가 금발의 미녀들을 대거 몽골로 투입했다는 것이다. 어떻게 그런 일이 가능했을지에 대해 추측하기 어려우므로 진위를 확인할 길이 없는 풍문으로 생각된다. 또 다른 풍설은 라마불교가 부흥하던 시기의 '초야세'이다. 티베트에서 라마불교가 유입된 이후 승려들에 대한 국가의 전폭적인 혜택으로 많은 젊은이들이 앞다투어 승려가 되었다. 승려가 되면 군역이나 노역을 면제해 주었고, 나라에서 땅을 나누어 주었으며, 아울러 백성들로부터 초야세를 받을 수 있게 했다는 것이다. 이 초야세初夜稅는 갓 결혼한 신부에게 승려가 특별한 은총을 베푸는 의식이다. 그러나 성병에 감염된 신부로 인하여 승려에게 성병이 옮겨지고, 다시 다른 신부들에게 전파되어 결국 몽골에 성병이 만연하게 되었다는 이야기이다. 이 역시 진위를 확인할 수 없는 이야기지만, 몽골에서 많이 듣게 되는 이야기 중의 하나가 성병과 관련된 이야기임에는 틀림이 없다. 이태준 선생님은 특히 황실에 만연된 화류병을 당시 성병치료에 탁월한 효능을 가진 새로운 약제였던 '살바르산'을 가지고 치료하여 명성이 자자하였다고 한다.

그런데 이태준 선생님이 몽골에 거주하게 된 배경이 매우 이례적이다. 그는 자신의 정체성을 의사라기보다는 독립군으로 삼았던 것으로 추정된다. 독립군과 러시아 및 동구권을 연결하는 연락책으로서 몽골에 거주하며 코민테른 자금을 지원받아 중국까지 운송을 책임졌다. 그러고는 당시 세계 최고의 폭탄 제조 기술을 보유하고 있던 헝가리의 기술자 마자르를 초청하여 독립군에게 인도하기 위해 다시 몽골에 갔다가 러시아군에게 붙잡혀 총살당했다. 군대의 규모가 열악했던 독립군의 항일투쟁 주요 전략은 게릴라전과 폭탄투여를 통한 요인암살이었다. 이를 위해 폭탄 제조 기술을 발전시키고자 위험을 무릅쓰고 헝가리로 갔던 것이다. 그가 자신을 사람의 질병만을 치료하는 의사로 생각했다면 그토록 위험한 여행을 떠나지 않았을 것이다. 그는 몽골과 한국의 민간외교를 개척하고 앞장섰던 국제개발협력의 선구자다. 동시에 당시 폭탄 제조 기술의 최고 선진국이었던 헝가리와의 협력을 통해 독립군의 전투 기술을 향상시키려 노력했던 개발협력의 일꾼이었다. 이태준 선생은 조국이 일제에 합병되고 많은 백성들이 고통받고 신음할 때 그들의 아픔과 상처를 모른 체하고 의업에만 종사하겠다고 생각했던 사람이 아니었다. 자신이 습득한 서양의학을 통해 부귀영화를 누릴 수도 있었지만 그 기술을 조국의 아픔을 돌보는 데 사용했던 '큰' 의사였다.

의지의 한국인

한곳에 정착하지 못하고 돌아다니는 사람들에게 우스갯소리로 "역마살이 끼었다."라고 말한다. 역마는 원제국에서 시작된 역전제도에서 사용되던 말이다. 역전제도는 말들이 모여 있는 '역'에서 영패를 보여 주면 목적지까지 계속해서 다른 말들로 갈아타며 신속하게 도착할 수 있게 한 제도다. 지친 말들이 역전에서 쉬면서 영양을 보충하여 회복된 후 다시 다른 역까지 갈 수 있게 한 제도로, 기마민족 몽골제국에서 시작되었다. 영토가 넓은 중국에서 혁명적으로 중앙정부와 지방 간의 의사소통 시간을 단축시켰다. 역과 역을 오가는 역마는 원래 자기가 떠나온 고향으로 돌아가지 못하고 영패를 쥔 사람의 목적지에 따라 여기저기를 정처 없이 돌아다니게 된다. 독립을 위해 한국을 떠나 상해와 울란바토르와 중국을 떠돌았던 이태준 선생은 자의로 역마와 같은 삶을 살았던 분이라고 할 수 있다. 일제에 나라를 빼앗기자 스스로 고향을 떠나 자신의 삶을 개척하려 했던 분들이 만주 지역으로 이주하였고, 그들 중 약 20만 명이 1937년 스탈린의 명령에 의해 중앙아시아의 카자흐스탄과 우즈베키스탄 국경 지방으로 강제 이주되었다. 아무 대비 없이 허허벌판에 버려진 사람들은 카자흐스탄과 우즈베키스탄에 흩어져 정착하여 지금까지 살고 있다. 그렇게 고려인들이 모여 살게 된 집성촌 중의 하나가 타슈켄트 주에 위치한 '시온고' 마을이다. 시온고가 무슨 뜻인지를 정확하게 아는 사람은 없다. 그저 만주 지방의 시온고 마을에서 온 사람들이 타슈켄트 근교에 다시 모여 살게 되어서 시온고라고 이름을 붙였다고 전해진다. 한때 시온고 마을에는 100가구 이상의 고려인들이 모여 살면서 우즈베키스탄, 아니 중앙아시아 최고의 집단농장을 건설하였다. 과거 수확률을 비교하여 집단농장을 평가하고 그 업적에 따라 배급에 차등을 두었던 소련의 정책이 시행되던 시절에는, 중앙아시아의 어디서도 구할 수 없는 우수한 보드카며 배급품들을 이 마을의 상점에서만은 구할 수 있었다고 한다. 따라서 멀리서 물건을 구하러 온 외지인들이 마을 사람들의 배급카드를 이용하여 웃돈을 주고 물건을 구입했다고 전해진다. 재단에서는 시온고 주민들을 위해 요양원을 지어 무연고 노인들에 대한 지원 사업을 수행하고 있다.

이렇게 고려인들을 중심으로 형성된 집단농장들은 우즈베키스탄 등 중앙아시아를 비롯한 전 소비에트연방의 많은 다른 집단농장들의 모범이 되었다. '김병화 콜호즈', '폴리타젤 콜호즈' 등과 함께 스탈린이 의욕적으로 추진한 소련 집단농장정책의 최우수 사례들로 선전되었다. 공항에서 이들 집단농장에 이르는 길이 아스팔트로 포장되어 수많은 사람들이 방문하는 학습장이기도 했다. 조국에서 살 수 없어 만주로 이주하여 낯선 곳을 일구어 정든 터전으로 만들었지만, 그곳에서 다시 쫓겨나 고행 속에서도 맨손으로 다시 일어나 신화의 주인공이 된 분들이 바로 우즈베키스탄의 고려인들이다. 고려인들의 후손들은 부모들의 학구열에 힘입어 정착한 나라에서 의사나 변호사 등 전문직에 종사하는 사회지도층으로 진입하였다. 최초에 정착한 우즈베키스탄과 카자흐스탄에서 더 좋은 직업과 환경을 찾아 중앙아시아의 각처로 떠나는 사람들도 생겨났다. 그야말로 '역마'와 같은 삶을 살았던 강인한 의지의 한국인들이었다. 이들은 자의로 혹은 타의로 소련 정부의 배치를 받아 가는 곳마다 신화를 만들어 냈다. 고려인들이 동경하던 소위 마지막 목적지는 소련 시절 농업 대국이었던 우크라이나였다. 우크라이나에는 지금도 약 3만 명의 고려인들이 살고 있는데, 이들 대부분이 전문직에 종사하며 사회지도층에 진입했다. 한때 소련 젊은이들의 우상이자 많은 인기를 얻었던 '빅토르 최'도 레닌그라드에서 출생한 고려인이다. 그가 결성한 록그룹 '키노'는 아직도 청장년의 마니아층에서는 전설로 여겨진다. 중앙아시아나 소련뿐만 아니라 미국으로 진출한 한국인들도 미국의 주류사회에 진입하는 데 성공하였다. 역시 한국인 특유의 교육열 덕분이었다. 세계은행의 총재로 봉사하고 있는 의사 김용도 이민자로서, 교육열을 강조한 부모의 의지 덕분에 미국의 주류사회로 진출한 한국인 중 한 명이다.

한국인들을 '의지적'인 민족으로 묘사를 한다면, 중국인들은 '사색적'이라고 지칭할 수 있을 것이다. 중국 사람들은 역사적으로 많은 철학자들을 배출하였다. 공자를 비롯하여 맹자와 노자 등 동양철학의 대가들을 배출했던 학파들이 지속적으로 명성을 이어 왔다. 중국 사람들은 생각을 깊게 하고, 충분히 생각하기 전까지는 움직이지 않는다고 한다. 이렇게 오랜 생각 끝에 나온 행동들은 규모나 깊이에 있어 어느 누구도 따라가지 못할 정도로 위대한 것들을 이루어 내었다. 그러나 '식자우환(識字憂患)'이라는 말이 있듯이, 인지하고 있는 것에 대한 두려움으로 쉽게 결정을 내리지 못하고, 그래서인지 우유부단한 측면도 드러낸다. 생각이 끝나지 않으면 움직일 수 없기 때문이다. 중국에 살면서 중국 사람들이 가장 싫어하는 말이 무엇인지를 배우게 되었다. 나는 단순하게 '쌍욕'일 것이라고 추측했는데, 놀랍게도 중국인들이 가장 싫어하는 말은 '불합리적'이라는 말이었다. 생각이 부족하다는 의미다. 이들은 신속한 변화를 창출해 내기보다는 깊고 오래 생각함으로써 항상 가장 합리적인 결과를 판단해 내려고 노력한다. 그래서인지 결국 이익을 얻고 효율을 극대화하는 사람들은 대체로 중국 사람들이다. 오래전부터 중국 사람들은 장사와 이익에 밝은 사람들로 여겨졌다. 그러나 우리는 지나치게 이익을 밝히는 사람들을 '떼놈' 같다고 욕하기도 했다. 한국 사람들은 자신의 이익을 밝히는 것을 강박적이다 싶을 정도로 피했다. 이득을 챙기려 하는 사람들을 천박하다고 여겼기 때문이다. 그래서 양반은 상업에 종사하지 않았다. 유익을 따지지 않고 봉사를 하며 사심 없이 나라를 섬기는 사람을 존경하였다.

일본 사람들은 생각이 치밀하고 매우 논리 정연하며, 논리를 서로 연결하여 틀을 구축하는 경향이 있다고 한다. 일본 사람들은 논리적인 생각과 틀에 기반하여 오랜 시간에 걸친 수많은 보완과 수정을 통해 작은 변화들을 창출하고, 그런 점진적이면서도 꾸준한 변화들을 통해 최고의 수준에 이르는 것을 높게 평가한다. 생각이 매우 '논리적'이고 틀에 따라 판단을 내리기 때문에 선악과 사리 분별이 비교적 정확한 특징을 가지고 있다. 그러나 확고한 틀을 구축하면 그 틀과 기준에 부합되지 않는 것들은 배제하는 경향이 짙으며, 따라서 자신이 세운 기준이나 생각의 틀을 쉽게 변화시키지 못한다. 그러한 틀을 세우기까지 오랜 시간 동안 수많은 질문들을 해결하고 시행착오를 거쳐야 하기 때문이다. 그래서 의심이 많다는 이야기를 듣기도 한다. 아울러 틀이 작으면 더 큰 틀을 세운 사람에게는 그것이 훤히 드러나 보여 '소견이 좁다'거나 '그릇이 작다'는 이야기도 듣는다. 나름대로의 틀을 세우기 때문에 다른 사람들과 자주 충돌할 수 있고 포용력이 크지 못하다는 단점이 있지만, 자신이 맡은 분야에서는 최고의 품질을 유지하면서 지속적으로 발전해 갈 수 있는 능력을 지니고 있다는 것이 장점이다. 의지적인 한국 사람들은 이런 일본 사람들을 보고 '작다'거나 '좁다'고도 말하는데, 자신이 세운 틀로 다른 이들을 바라보려 하는 경향을 과장하여 표현한 탓이다. 또 논리적인 전개와 치밀성에 큰 의미를 부여하여, 논리적인 전개의 결과가 절대적인 진리와는 배치되는 상황도 종종 발생하게 된다.

일반적이고 피상적이기는 하지만 의지적인 한국인들은 깊은 사고를 바탕으로 한 중국인들이나 체계적인 사고와 논리의 틀을 가진 일본인들과 논쟁을 하게 되면 대체로 이들을 당해 낼 수 없는 경우가 많다. 상대방이 한국인들은 '억지를 쓴다'고 말하기도 한다. 한국 사람들 스스로 생각이 없다거나 생각 없이 일을 저지른다고 자책하기도 한다. 비록 생각이 깊지는 않아도, 한국 사람들은 역사를 통하여 의지적인 결단과 직관적인 판단에 기반한 혁신과 창조적인 발명을 통해 최고의 결과들을 창출하여 그 우수성을 스스로 입증해 온 민족이다. 한국에서 수많은 창의적인 아이디어들에 기반한 세계 최초 및 최고의 발명품들이 탄생했음이 이를 드러내 준다. 한국의 전통문화는 이와 같은 한국인들의 의지적인 결정체요, 환경을 극복하기 위한 창조적 의지의 산물이라고 할 수 있다. 오랜 기간 생각을 깊이 해서 변화를 이루어 내거나 체계적인 사고를 통해 지속적인 개선을 이루어 낸 결과라기보다는, 도약을 통해 어려움을 뛰어넘은 결과인 것이다. 생각의 틀을 세우거나 깊은 사색을 통해서는 빠른 도약을 이루어 내기 어렵다. 혁신은 의지의 산물에 가깝기 때문이다. 우리 조상들이 생각에 사로잡혀 결정을 내리지 못하는 사람들을 보고 느리다고 답답해하거나, 세밀한 부분에 신경을 쓰고 지속적으로 작은 변화를 통해 큰 것을 이루는 것을 왜소하다고 낮게 평가했던 이유다. 우리는 의지를 통한 도약과 새로운 창조에 대한 나름대로의 신념이 있고, 이를 귀하게 여기는 전통을 지니고 있다. 이러한 의지가 우리 민족을 세계 어디에 흩어 놓아도 생존할 수 있고, 곧바로 터전을 일구어 자신이 처한 곳에서 위대한 업적을 이룰 수 있게 한 원동력이 된 것으로 생각한다.

　　동아시아 세 나라의 민족적 특성은 공적개발원조나 국제개발협력의 현장에서도 드러난다. 한국인들은 다른 나라 사람들을 도울 때, 우리의 생각으로 그들의 생각을 제한하거나 세세하게 따지려 하지 않는다. 믿고 맡김으로써 수원국 사람들 스스로 무엇인가를 이루어 내도록 돕고 격려하는 것을 좋아한다. 생각이 깊거나 자신의 틀을 가진 사람들은 다른 이들을 쉽게 믿지 못하거나 상황이 완전히 파악되기 전까지는 아무것도 위임할 수 없는 것이 일반적이다. 그래서 원조의 방법에 있어서도 다른 양상을 보인다. 한국 사람들은 의지를 통해 좌충우돌하면서도 무엇인가 새로운 것을 창조해 내고 혁신적인 결과를 이루어 냈다. 이것이 한국 민족이 가진 장점이고, 역사를 통해 입증된 우리의 유산이다. 극동 지방에서부터 시작하여 중앙아시아와 미대륙 등 전 세계로 흩어져서도 생존할 수 있을 뿐만 아니라, 자기가 속한 사회를 변화시키고 그 나라에 긍정적인 영향력을 끼쳐 온, 그래서 우리가 지키고 발전시켜야 할 아름다운 전통이다.

한국의 빈곤극복과 국가발전에 있어 특기할 만한 사실 중 하나는, 극성스러울 만큼 활발하게 이루어진 주민운동이라고 할 수 있을 것이다. 이러한 주민운동은 전 국민적 참여와 주인의식을 바탕으로 이루어졌다. 한국에서 새마을운동을 비롯한 대대적인 주민운동이 일어나 이를 통해 근대화 과정과 빈곤극복 및 경제개발과 부흥이 한층 속도를 내고 전국적으로 확산될 수 있었음은 많은 사람들이 공감하는 사실이다. 그렇다면 한국에서 주민운동이 일어나게 된 요인은 무엇이었을까. 결론적으로 말하자면 주민운동은 전 국민적인 각성에 기인한 것이라고 말할 수 있을 것 같다. 즉 어떤 시점에 한국 사람들이 동시에 깨어나서 상황을 변화시키기 위한 노력을 일제히 경주하게 된 것이다. 이러한 각성은 소수의 선각자들을 통해 시작되었고 일반대중에게 전파되면서 그 힘과 속도를 더했다. 결국 사회 각계각층으로 확산되어 나라를 변화시키는 원동력이 되었다. 그런데 이러한 소위 '눈사태 효과snowball effect'가 이루어질 수 있는 기후가 조성된 것은, 바로 전 국민이 공감할 수 있는 역사적인 사건들 때문이었다고 말할 수 있을 것이다. 눈사태가 일어나기 위해서는 눈이 뭉쳐지고 굴려지기 시작해야 한다. 여기에는 눈덩이를 뭉치기 시작하는 지도자들의 노력과, 눈을 굴리는 지역사회 주민들의 협동정신이라는 공동의 노력이 요구된다. 더불어 이러한 노력들과 시도들이 결과를 이루어 내기 위해서는 보다 근본적인 환경이 조성되어야 한다. 즉 눈이 와야 이 모든 것이 이루어질 수 있는 것이다.

일제의 식민통치가 시작되기 전에, 고종은 대한제국을 창설하고 황제로 즉위하였다. 고종은 덕수궁 앞에 환구단을 세우고 대한제국의 새로운 시대를 열었다. 조선의 왕들이 지금까지 제사를 지내 오던 사직단이 아니라 황제로서 하늘에 제사를 지내기 위해 새롭게 조성한 제단이다. 아울러 고종은 적극적으로 서양에 문호를 개방하고 헤이그에 밀사를 보내 독립 국가 한국의 존재를 세상에 알리고자 노력하였다. 고종의 이러한 노력으로 고취된 독립정신은 후에 이어진 동족상잔의 비극으로 인해 풀이 꺾이는가 싶었다. 하지만 전후 한국은 세계 역사에 유례가 없는 부흥을 이루었다. 어떻게 전쟁의 폐허에서 국가개발을 일구어 냈는가를 되돌아볼 때, 동족상잔의 비극이 한국인들의 의식 가운데 종족보존의 본능으로 되살아나도록 흔들어 깨운 것이 아닌가 하는 생각이 든다. '이렇게 살다가는 우리 민족이 흔적도 없이 사라지겠구나.'라는 강한 자결의식을 통해 대대적인 민족적 각성이 생겨나고, 그것이 주민운동으로 표현된 것으로 생각된다. 의지의 한국인들이 더욱더 의지를 강하게 할 계기가 마련된 것이다. 그리하여 전후 60년간 한국 사람들은 후손들에게는 절대로 이 비극적인 역사를 물려주지 않겠다는 각오로, 모든 것을 바쳐 일하겠다는 결심을 하였다. 이는 새마을운동을 비롯한 가족계획운동 등의 전 국가적인 주민운동을 통해 한반도에 개발이 확장되는 밑거름이 되었다. 동족상잔의 비극이 단지 비극으로만 끝난 것이 아니라, 한국 사람들을 흔들어 깨워 정신을 차리게 한 원동력이 된 것이다. 이러한 각성을 통해, 오랜 전통과 역사를 지키며 가꾸어 온 창조성과 근면성이 다시 살아나게 되었다. 이렇게 고난을 겪으면서 더욱 강해진 역사는 IMF의 경제위기 때 더욱 강해져 우리가 가진 잠재력을 극대화시키는 계기가 되었다.

한국인의 뿌리는 만주의 흥안령산맥 주변으로 이곳에는 유목민의 피가 흐르고 있다. 전 세계에 흩어져 사는 디아스포라가 많은 것도 이 때문이다. 유목민의 특성 중 하나는 변화에 저항하지 않고 오히려 변화를 추구한다는 것이다. 칭기즈칸의 몽골제국이 중앙아시아, 인도, 러시아 및 유럽까지 진출할 수 있었던 것은 유목민의 변화지향적인 성격 덕분이었다. 변화를 두려워하는 이들은 집에서 멀리 떨어지면 회귀본능을 갖기 마련이다. 그러나 유목민들에게는 이러한 회귀본능이 없다고 봐도 좋다. 칭기즈칸의 아들들은 중앙아시아, 인도 및 러시아를 점령한 뒤 다시 고향으로 돌아오려는 생각을 버린 채, 현지에 동화되어 새로운 나라들을 건설하고 융합된 문화를 창조하였다. 이미 오래전에 있었던, 역시 유목민인 돌궐족의 서진과도 맥락을 같이 하는 사건이다. 헝가리와 핀란드, 터키가 이런 돌궐의 서진으로 인해 생겨났다. 동족상잔의 비극은 우리 안에 흐르는 유목민의 기질을 다시 꿈틀거리게 만들었고, 위대한 창조의 여정이 다시 시작되게 하는 계기가 되었다. 최근 칭기즈칸이 발해의 후손이라는 조금은 받아들이기 어려운 가설이 발표되었다. 그러나 이 가설이 철저한 고증과 역사적인 자료에 근거한 건 분명한 것 같다. 칭기즈칸이 중국을 통일하고, 일본을 넘보며 유럽에 이르는 대제국을 건설한 것은 전형적인 유목민의 의지적인 결단에서 비롯된 것이다. 한때 영국은 대제국을 건설하여 영토에서 해가 지지 않는다는 것을 자랑스럽게 생각했다. 그렇다. 영국 사람들도 대표적인 유목민이다. 영국인들은 유랑목축업을 통해 양을 기르던 민족이다. 원래 소고기를 먹지 않던 사람들로, 로마인들이 소를 사육하는 것을 이상하게 여겨 '소 먹는 사람들beefeaters'이라고 놀렸던 전형적인 유목민이다. 영국인의 진취적인 유목민 기질은 아메리카대륙을 발견하는 원동력이 되었다.

아픔을 통해 깨어난 한국은 세차게 불어온 변화의 바람을 기회로 활용하였다. 위기는 위험과 기회라는 두 단어의 합성어다. 민족소멸의 위험을 지혜롭게 변화시켜 경제부흥의 기회로 삼았다. 이러한 변화와 발전은 한반도에 매장되어 있던 천연자원을 개발함으로써 이루어진 것이 아니며, 타국의 해외원조에 의존함으로써 달성된 것도 아니다. 한국인들이 스스로 깨어나 자신의 안에 잠자고 있던 무한한 잠재력을 일깨워 창조력으로 변환시키고 삶의 현장에 창의적으로 적용한 결과다. 전후의 심각한 빈곤을 경험한 한국인들은 독일 광부와 간호사가 되고, 월남파병 장병이 되고, 중동 열사 지방의 건설노동자가 되어 단 한 푼의 달러라도 모아 조국의 경제발전을 위해 헌신적인 노력을 다하였다. 이것이 한국을 발전시킨 원동력이요 출발점이다. 이렇게 스스로 깨어나지 못하는 나라는 빈곤극복과 경제발전이라는 긴 여정을 인내하고, 선진국에 도달하기까지의 기나긴 경주를 유지해 갈 원동력을 찾기 힘들지도 모르겠다.

고려인들의 활동 무대, 중앙아시아

2014년 12월 국회 보건복지위원회 위원장을 비롯한 양당 간사 국회의원들과 함께 중앙아시아의 우즈베키스탄, 카자흐스탄 및 키르기스스탄 3개국을 방문할 기회가 있었다. 2014년 봄, 대통령의 우즈베키스탄과 카자흐스탄 국빈 방문 후 우즈베키스탄에 국립치과대학이 신설되었다. 이에 타슈켄트 국립치과대학 총장단 일행이 국회 보건보건복지위원회를 방문하여 한국의 협조가 절실하다며 도움을 요청했다. 아울러 그해 10월에 개최될 아랄해국제콘퍼런스에 참석해 주기를 정식으로 요청하였다. 그리하여 국회 차원의 공식방문을 준비하다가 국정감사 일정이 길어지면서 무산된 적이 있었다. 그러나 해가 가기 전에 우즈베키스탄을 방문하자는 의견이 모아져 다시 여행을 준비하게 되었다.

일행의 첫 번째 방문지는 우즈베키스탄의 역사적인 도시 사마르칸트였다. 깊은 역사와 전통을 가진 명문 사마르칸트의대를 방문하여 의료 현황을 둘러보고, 현지에서 유학 중인 한국 학생들을 통해 양국 간 보건의료 분야의 교류를 확인할 수 있었던 것은 매우 의미 있는 일이었다. 사마르칸트 방문의 백미는 역사박물관 방문이었다. 박물관에는 이 지역에서 흥왕했던 고대 소그드왕국의 아프라샤프 궁정의 벽화가 전시되어 있었는데, 제작 연대가 7세기 중반인 것으로 추정된다고 했다. 이 벽화에는 각국에서 온 사절단의 모습이 표현되어 있는데, 놀라운 것은 그 방문단 중에 고구려에서 온 사신으로 추정되는 인물 두 사람이 그려져 있다는 것이었다. 연개소문이 활동하던 그 옛날에 이렇게 멀리 떨어진 나라에 사신들이 어떻게 방문하게 되었는지 매우 신기한 일이 아닐 수 없다. 당시 무슨 연고로 머나먼 중앙아시아 땅까지 사신들이 방문했는지가 궁금하였다. 확신할 수는 없지만, 고구려와 우즈베키스탄이 일종의 동맹을 이루어 당나라를 견제하려 한 것이라는 추측이 있다고 한다. 소위 배후이론으로, 중국의 압제에서 벗어나려 한 연개소문이 은밀하게 소그드왕국과 어떠한 연결을 갖고자 했다는 것이다. 실크로드가 통과하면서 중국과 국경을 접한 사마르칸트 지역을 포함하는 중앙아시아의 동쪽 지방은 '투르키스탄'이라고 불렸다. 역사적인 탈라스전투를 통해 중국과 중앙아시아가 격돌하는 등 오래전부터 수많은 문물과 문화의 교류가 있어 왔던 곳이다. 당시 중국에서 이 지역을 '서역'이라고 불렀다고 한다. 당나라 때는 이 지역을 복속시켜 장군으로 하여금 지방을 통치하도록 하였다. 그 당시 이 지역을 관할하던 장군이 다름 아닌 고구려 출신의 장군 '고선지'다. 이렇듯 중앙아시아는 고려인들이 이주하여 정착하기 시작한 1937년 이전부터 한국인들과 관련을 갖고 역사적인 사실들을 공유해 온 지역이다.

타슈켄트로 돌아와 박빅토르 고려인문화협회 회장과 조식을 같이하였다. 박 회장은 고려인 출신으로, 일주일 전에 치러진 국회의원 선거에서 당선되어, 국회에 입성한 최초의 고려인이었다. 1937년 극동 지방에서 강제로 이주당해 정착한 고려인 중에서 처음으로 우즈베키스탄을 대표하는 국회의원이 선출된 것이다. 아침식사를 마치고 우즈베키스탄에 살고 있는 고려인 무연고 노인들을 위한 시설인 아리랑요양원을 방문하여 이들의 아픈 상처들을 조금이나마 위로하고자 했다. 이분들에 따르면, 고려인들은 대체로 우즈베키스탄에서 성공한 것으로 평가받고 있다고 한다. 아울러 근래에 한국 기업들의 중앙아시아 진출이 많아지고 한국과의 무역이 활발해짐에 따라 고려인들에 대한 인식이 새로워졌다고 한다. 또한 우즈베키스탄의 수많은 노동자들이 한국에 취업하면서 한국의 위상도 높아졌을 뿐만 아니라, 고려인들이 한국과의 연결고리 역할을 더욱 톡톡히 하게 되었다고도 하였다. 마침 아리랑요양원을 방문한 시온고 마을의 노인들이 학교에서 배웠다면서 한국어를 더듬거리며 말하는 것을 듣는 매우 신기한 경험도 할 수 있었다. 그분들은 자신들을 '벡키'라는 고려인들의 용어로 지칭하면서 고려말을 조금 더 유창하게 하지 못하는 것을 죄송스럽게 여기기까지 했다.

카자흐스탄의 옛 수도 알마티에서는 알파라비국립대학교를 방문하여 연세의료원과 국립대학이 합작으로 설립한 검진센터와 앞으로 설립하게 될 부속병원에 대한 계획을 듣고 건설적인 의견들을 교환하기도 하였다.

타슈켄트 시내 중심가에 위치한 타슈켄트 국립치과대학에서. 대통령령으로 신설된 이 학교 총장 및
재무부 장관, 연세대학교 치과대학 학장이 자매결연을 체결한 뒤 향후 구체적인 협력 방안과 계획
에 대해 논의하고 있는 모습이다. 놀라운 것은 타슈켄트치대 교수들이 연세치대 교수들의 이름과
논문의 내용을 줄줄 외우고 있었다는 것이다. 우리가 예전에 서양 교수들의 이름과 논문을 외우느
라 고생했던 기억이 떠올랐다.

알파라비국립대학은 연세의료원과의 협력을 통해 대학부속병원을 건설하여 중앙아시아 최고의 초현대식 병원을 설립할 계획을 갖고 있으며, 그 일환으로 검진센터를 개설하였다고 말했다. 이러한 국가 간의 협력과 사업의 실제적인 진행 뒤에는 역시 어김없이 고려인들이 있었다. 특히 카자흐스탄에서 고려인들의 위상은 매우 높은데, 대통령의 자문을 담당하는 참모들의 핵심인사들이 고려인일 정도다. 방찬영 박사는 정부관리들과 엘리트들을 양성하기 위해 설립한 중앙아시아 최고의 대학인 키맵의 총장에 임명되어 카자흐스탄의 미래 인재들을 교육하는 책임을 맡은 분이다. 방 박사님은 카자흐스탄의 수도가 알마티에서 아스타나로 이전할 당시, 부총리급인 수도개발위원장으로 임명되어 이 나라의 새로운 수도를 건설하는 책임을 맡기도 하였다. 만주에서 중앙아시아의 벌판으로 강제 이주를 당했지만, 포기하지 않고 죽을 고비를 넘기고 고난을 딛고 일어서서 그 나라의 상류층에 진입한 것이다. 고려인들은 카자흐스탄의 중심 세력이 되었을 뿐 아니라, 대한민국이 카자흐스탄에 새롭게 진출할 수 있는 길을 열어 조국과 제2의 고향이 상호 교류와 협력을 통해 발전될 수 있도록 하는 촉매 역할을 감당하고 있었다.

키르기스스탄에서는 고려인문화협회의 간부들과 오찬을 나눌 기회가 있었다. 한국국제보건의료재단에서는 2015년부터 키르기스스탄의 동포들에게 의료지원을 제공하는 사업을 계획 중이었는데, 준비 차원에서 인사를 겸하여 자리를 마련한 것이다. 그날 가장 기억에 남았던 것은, 키르기스스탄 제2의 도시 오슈 지역의 국회의원을 지낸 고려인 동포께서 인사말을 하시면서 부끄럽지 않게 살려고 무척이나 노력을 했다며 눈물을 글썽였던 일이다. 이렇게 지구상 어디에 흩어져서도, 자신을 돌보아 주지 않는 조국을 원망하고 욕하기보다는, 그 나라에서 자수성가함으로써 조국과 민족의 우수성을 드러내야 한다는 마음으로 열심히 노력하는 것이 바로 한국 사람들이라는 것을 다시 깨달았다. 고유의 민족성을 지키며 조국을 욕되게 하지 않으려고 몸부림치면서 살아온 고려인들은, 우리가 이미 잊어버린 많은 것들을 아직도 가슴 깊이 소중하게 간직하고 계셨다. 키르기스스탄의 고려인 동포들은 모두 2차 이주를 한 분들이다. 그래서 대부분이 부유하고, 여생을 걱정 없이 살아갈 수 있는 분들이었다. 매년 소련의 곳곳에 흩어진 형제자매들을 비롯한 가족들과 휴가를 겸하여 한국을 찾아가 건강검진을 받던 분들이다. 그러다 최근 러시아 루블화의 가치 폭락으로 한국으로 가지 못하게 되었다. 현지에서 건강검진을 받을 수 있는 기회를 제공해 달라는 것이 이분들의 요청 사항이었다.

중앙아시아 여러 나라를 방문하면서, 강제이주라는 고난을 당하여 흩어진 고려인들이 좌절하고 주저앉은 것이 아니라, 오히려 그 고난을 자기 각성과 계발의 계기로 삼아 잠재력을 꽃피운 현장을 확인할 수 있었다. 1994년부터 매년 중앙아시아를 수차례 오갔지만, 이러한 시각으로 중앙아시아를 바라본 것은 처음이었다.

제8장

뿌리 깊은 미래, 주민운동

한국의 빈곤극복 과정과 사회경제 분야의 전반적인 발전 과정을 살펴보면, 각 분야 발전의 전개 과정에 있어 공통적인 요소로 간주할 수 있는 몇 개의 필수적 단계들이 발견된다. 보건의료 분야에서도 공통적 단계들이 관찰되며 크게 6개의 핵심 요소들로 정리할 수 있다. 첫째, 발전 과정을 주도하고 이끌 강력한 지도자의 의지에 따라, 핵심팀을 구성할 새로운 지도자의 임명 또는 조직 설립을 시행하여 책임 소재를 분명히 했다. 둘째, 역량 개발을 위한 법령과 체계적 기반의 마련이다. 이를 통해 재정을 비롯한 핵심 자원이 공급되는 길을 마련하였다. 셋째, 보건의료 발전에 관여할 인력을 교육하고 훈련시켜 인적자원의 역량을 개발하고, 전문가부터 일반에 이르는 인적자원의 층을 두껍게 한 것이다. 넷째, 장비와 건물을 현대화하여 전반적인 서비스를 향상시켰다. 다섯째, 보고 및 통계 체계를 정비하여 지식관리 체계를 구축했다. 이와 같은 노력들은 중앙정부에서 지역사회에 이르기까지 정부 조직 체계를 통하여 상명하달식으로 전달되고 진행되었다. 이런 하향식 관리 체계와 맞물려 지역사회로부터 중앙에 이르는 풀뿌리 주민운동이 자생적으로 일어나고, 그 변화가 다른 지역에 전파 및 확산되는 밑거름이 되었다. 아울러 자발적인 주민운동을 통하여 개발과 변화의 물결이 지속적으로 사회 각 계층에 퍼져 나갈 수 있게 되었다. 이러한 주민운동은 다소간 인위적인 성격으로 이루어진 것이었지만, 일단 궤도에 오르자 그 파급효과와 영향력은 가히 파괴적이라 할 수 있었다. 마치 산 위에서 뭉쳐진 눈덩어리가 산비탈을 타고 내려오면서 점점 무게와 속도가 증가하여 엄청난 파워를 가지다 못해 통제력을 상실하는 것처럼, 한국에서 일어난 발전과 변화는 한국인의 삶을 혁신적으로 변화시켰다. 가족계획운동과 같은 주민운동의 성격이 짙은 일부 사업들은 사실상 통제불능 상태에 이르렀고, 불과 수십 년이 안 되어 세계에서 출생률이 가장 낮은 나라로 변모되는 결과를 나타내기도 하였다.

르완다 학살의 아픈 기억

2013년 8월 8일 나는 르완다의 수도 키갈리 공항에 도착했다. 남수단 사업 현장을 방문한 뒤, 에티오피아를 경유하여 르완다를 방문한 것이다. 재단은 르완다에 이동검진차량 두 대를 지원하여 군병원을 중심으로 자발적인 이동검진이 이루어지도록 했는데, 생각보다 진척이 느렸다. 상황을 자세하게 파악하고 추후 사업의 변화를 계획하기 위한 차원에서 현지를 방문한 것이었다. 한편으로는 1994년 일어난 르완다 사태와 관련해 아픈 이야기들을 너무나 많이 들었기 때문에 개인적으로 꼭 방문해 보고 싶은 나라이기도 했다. 아울러 최근 아프리카에서 가장 발전 속도가 빠르다는 소문이 많은 것도, 일정에 무리가 있었지만 방문을 결심한 주요 이유가 되었다. 르완다는 공항부터 매우 인상적이었다. 내가 기억하고 있는 아프리카의 많은 공항들과 비교해 볼 때 규모는 크지 않지만 아마도 가장 깨끗하고 잘 정돈된 공항이 아니었나 싶다. 짐도 빨리 나왔고, 입국 심사를 위해 오랫동안 기다려야 하는 불편도 없었다. 르완다는 첫인상부터 과연 여기가 아프리카인가라는 의문을 갖게 했다. 더구나 인종청소의 아픔을 간직한 곳이라고는 도저히 믿겨지지 않았다.

르완다는 1994년 상류층의 대부분을 차지하고 있던 투치족이 후투족에 의해 100일에 걸쳐 100만 명 이상이 살해된, 소위 인종청소의 비극이 발생한 나라다. 당시 르완다의 인구가 천만을 헤아렸으니, 인구의 약 10%가 3개월 동안에 학살되어 증발해 버린 것이다. 르완다는 아프리카의 '뿔 지역'에서 이주해 온 에티오피아 계통의 투치, 콩고 지방에서 이주해 온 반투 계통의 후투, 키가 작은 피그미 계통의 트와 이렇게 세 종족이 모여 형성된 나라로 알려져 있다. 주로 투치가 왕족과 권력을 장악해 왔지만, 오랜 기간 섞여 살면서 이러한 전통은 차츰 사라져 거의 종족 구분이 없어졌다. 그러나 벨기에의 식민통치에 악용되어 의도적인 계층 구분이 다시 생겨났고, 엘리트인 투치가 독립운동에 앞장서서 정부와 대립하면서 갈등이 더욱 심화되었다. 반정부운동에 앞장 선 투치를 견제하기 위해 벨기에의 입장이 후투에 대한 지지로 선회하면서 두 종족 간의 갈등이 더욱 심각해졌다. 벨기에의 지원을 받은 후투족의 주도에 의해 반란이 일어나면서 투치에 대한 학살이 자행되었고, 독립 이후에도 후투가 정권을 장악하게 되었다. 후에 르완다 학살은 정권을 획득한 후투가 중심이 되어 정부 차원에서 준비되고 조직적으로 이루어졌음이 밝혀졌다. 하루에 만 명 이상의 무고한 시민들이 매일 3개월에 걸쳐 학살을 당했다. 두 종족 간에 대대적인 전투와 교전이 일어나고 이로 인해 사망자가 발생한 것이 아니다. 전혀 대항할 의도가 없는 시민들에 대해 정부의 사주를 받은 폭도들이 일방적인 학살을 감행한 것이다. 이 사태로 인해 약 40만 명의 고아가 생겨났고, 수를 헤아릴 수 없는 여성들이 강간을 당했다. 이 때문에 수만 명이 HIV에 감염되어 수십 년이 지난 지금까지도 고통을 받고 있는 실정이다.

그러나 르완다는 이 학살을 통해 깊은 잠에서 깨어난 것으로 보인다. 후투족과 투치족은 모두 유구한 역사를 지닌 민족들이다. 이 두 민족은 오랜 기간 섞여 살면서, 사실 종족 구분이 어려워졌을 정도로 사이가 좋았지만, 벨기에의 의도적인 분리정책으로 여권에 출신 종족을 표기하도록 강요받으면서 갈등이 야기되었다. 두 민족은 에티오피아의 찬란한 문화와 역사적인 전통을 이어받았을 뿐 아니라, 아프리카의 원주민이자 반투문화의 계승자로서 자부심을 갖고 있었다. 르완다는 여러 면에서 한국과 유사점이 많은 나라다. 이렇게 오랜 역사와 전통을 가진 나라라는 것이 첫 번째이고, 한 나라에서 오래 동거해 온 이웃들 사이에 인위적인 학살이나 골육상쟁이 일어났다는 것이 두 번째 유사점이다. 하루아침에 한 마을에서 공산주의자들에 의한 학살이 감행된 한국의 경험을 르완다 사람들도 경험하였다. 그 상처와 학살의 기억은 (비록 치유되었다고 하지만) 지금도 거의 모든 마을에 남아 있다. 르완다와 한국은 나라의 크기는 작지만 인구밀도가 높은 것도 비슷하고, 내세울 만한 천연자원이 없다는 점에서도 같다. 결국 두 나라가 믿고 의지할 수 있는 것은 오직 사람뿐이다.

르완다 사람들은 정말로 부지런하다. 르완다에 도착하여 호텔에 짐을 풀고 키갈리 시내에 나갔다가 놀란 것이 한두 가지가 아니었다. 우선 현대식 건물들과 깨끗한 시가지가 놀라웠다. 동아프리카의 어떤 나라에 가도 수도나 대표 도시의 중심부에 슬럼가와 빈민촌이 있기 마련이다. 그런데 키갈리에서는 그러한 슬럼가가 (있는지 몰라도) 최소한 눈에 띠지는 않았다. 그리고 도시가 매우 깨끗했다. 잘 정돈된 도로와 집들은 나로 하여금 아프리카의 한 나라가 아니라 유럽의 어느 나라에 와 있는 것이 아닌가 하는 착각이 들게 할 정도였다. 그러나 나를 정말로 놀라게 한 것은 사람들의 걸음걸이였다. 나는 한 번도 아프리카의 나라에서 사람들이 빠르게 걷는 것을 본 적이 없다. 번잡한 시내의 한복판에 가도 종종걸음으로 걷는 사람을 볼 수 없었다. '아프리카' 할 때 내 머릿속에 떠오르는 장면은 느릿느릿 힘없이 걷는 사람들과 표정 없는 얼굴들, 나무그늘에 힘없이 멍하니 앉아 있거나 하릴없이 누워 있는 사람들의 모습이었다. 그런데 르완다에는 우두커니 앉아 있는 사람들이 없었다. 모두들 분주하게 열심히 걷고 있었고, 그 걸음걸이가 무척이나 빨랐다. 심지어 어떤 사람들은 마치

경주라도 하듯이 걸어가고 있었다.

더욱 놀라운 것은 밤에 걸어 다닐 수 있다는 사실이었다. 아프리카에서 밤에 길거리를 돌아다니는 것은 거의 미친 짓에 가까운 위험한 일이다. 안전하다는 에티오피아나 탄자니아도 사실 마음 놓고 다니기에는 불안하다. 그러나 르완다의 치안은 아프리카에서 가장 안전한 것으로 정평이 나 있다. 군부독재로 인해 치안이 강화되었기 때문이다. 르완다의 대통령 카가메는 투치족 출신으로, 르완다 사태를 평정하고 정치인으로 변신한 민족해방전선 출신의 군인이다. 그는 15년 동안 장기집권을 하고 있으며 2017년 퇴임 예정이다. 그러나 카가메에 대한 르완다 국민들의 평가는 비판적이지 않다. 그는 담비사 모요가 아프리카에 필수적인 존재로 거론한 선한 독재자의 표상으로 여겨진다. 카가메가 닮고 싶어 하는 인물 중의 하나가 박정희라는 것은 새삼 언급하지 않아도 짐작할 수 있는 내용이리라 싶다. 지금 아프리카에서 가장 잘나가는 르완다는, 자원의 부국이 아니라 부지런한 사람들이 넘쳐나는 곳이었다. 그렇게 열심히 살아가는 사람들이 바로 르완다의 부흥을 일구어 내고 있었다. 르완다의 부흥을 주도하고 있는 대통령 카가메가 그렇고, 아울러 내분과 인종청소의 아픔을 통해서 깨어난 르완다 사람들이 그러하다.

내가 르완다를 찾은 목적은 보건부 장관인 닥터 아그네스를 만나기 위해서였다. 재단 사업의 르완다 측 파트너는 키갈리의 최고병원으로 인정받고 있는 '군인병원'이었다. 이 병원은 군인들의 치료와 정부의 주요 관리들의 건강을 책임지고 있을 뿐 아니라, 경기도에 해당하는 지역 주민들의 보건의료를 담당하는 소위 '도립병원'의 역할도 하는, 르완다에서 가장 유명한 병원이었다. 병원장이 대통령의 주치의고 정부 주요인사들이 이용하는 병원이니, 최고 수준을 유지하는 것이 당연한 일일지도 모르겠다. 재단에서 지원한 이동검진차량도 군병원 소속으로 매달 정기적인 검진을 실시했는데, 사실 정부홍보용으로 사용되는 것 같다는 인상을 받았다. 재단에서는 검진 횟수를 늘리고 더 많은 주민들에게 도움을 주기를 바랐으나, 군병원은 한 달에 한 번 정도만 형식적으로 사용하고 정부 공식행사 지원 등에 대비해 과도한 사용을 자제하고 있는 것처럼 보였다. 이러한 상황을 개선하기 위해 조만간 르완다를 방문해야겠다고 생각하던 참에 르완다가 지역사회기반 건강보험의 최고 선진국이라는 이야기를 듣게 되었다. 당시 재단은 가나 및 에티오피아와 건강보험 분야의 정책협력 사업을 진행하고 있던 터라 연계를 통해 새로운 사업을 개발할 수 있을 것으로 생각했다. 이에 향후 건강보험 분야에서 사업 연계의 가능성을 모색하기 위해 보건부 장관을 만나 협력 방안을 논의하고자 르완다에 간 것이었다. 이미 시작된 검진 사업을 지역기반의 건강보험 사업과 연결시키고자 하는 것이 내가 가진 숨은 의도였다. 나는 지역사회기반 건강보험의 가장 취약점인 재정기반의 약화를 보강할 수 있는 방안으로 검진차량을 통한 예방 사업의 확대를 생각했다. 검진을 통해 치료비가 많이 발생하는 중한 질병을 예방함으로써 건강보험 재정을 강화하는 것을 한국에서 경험한 바 있었기 때문이다.

장관이 마침 지역사회건강보험 현황을 시찰하기 위해 지방시찰 중이었으므로, 장관도 만나고 지역사회기반 건강보험의 실제 상황을 볼 수 있을 것이라는 기대를 갖고 수도에서 약 200킬로미터 떨어진, 콩고와 국경을 이루는 호숫가에 위치한 아담한 장소로 차를 달렸다. 장관은 30대 후반의 여성으로, 매우 활달한 성격의 사람이었다. 글로벌펀드Global Fund의 이사 중에서 아프리카를 대표하는 분이라고 소개받아, 으레 나이가 지긋하고 경험이 많은 사람일 것이라고 생각했는데 의외였다. 장관과의 만남은 편안한 분위기에서 진행되었다. 장관이 머무는 곳이 고급 호텔이 아니라, 시설은 낡았지만 관리가 양호한, 기독교재단에서 운영하고 있는 피정센터라는 것도 매우 흥미로웠다. 저녁식사를 하면서 소개를 한 뒤 장관에게 간단하게 재단 현황과 사업에 대해 슬라이드로 설명했다. 그리고 나서 내가 르완다를 방문한 목적에 대해서 밝히며 장관의 의사를 물었다. 장관은 조금은 갑작스러운 제안에 생각해 보겠다는 반응이었지만, 많은 질문을 하면서 사업에 대한 강한 관심과 의지를 드러내었다. 이후 사업은 다른 여러 가지 요인 때문에 진행되지는 못했지만, 르완다를 대표하는 우수한 인적자원의 모범인 아니타 장관의 모습은 지금도 잊히지 않는다.

　나는 르완다 학살의 기억이 가시기도 전에, 전 세계 지역사회기반 건강보험의 모범국가로서, 아프리카를 대표하는 글로벌펀드의 이사를 배출하며 성장하고 있는 르완다의 미래에 대해 매우 긍정적인 지지를 보내면서 키갈리를 떠나 아디스아바바로 돌아왔다. 참으로 한국과 공통점이 많은 르완다에서는 한국을 배우기 위해 많은 마을들에서 새마을운동이 일어나고 있다고 하였다. 코이카는 보건의료 분야의 공적개발원조 사업으로, 건강정보와 모자보건 사업에 SMS휴대전화문자메시지 기능을 이용하는 첨단ICT정보통신기술 융합 사업을 KT와 유니세프와의 협력으로 진행하고 있다고 하였다. 이번 방문을 통해 한국에서 6·25 전쟁이 그러했던 것처럼 동족상잔과 무차별 학살이라는 참혹한 비극이 르완다와 국민들을 깨어나게 했을지도 모르겠다는 생각을 더욱 확신하게 되었다. 그리고 앞으로 10년 뒤

르완다 군병원장의 소개로 만난 보건부 장관인 닥터 아니타. 30대 후반의 젊은 장관이었지만 학식이 높고 언변이 매우 뛰어났다. 글로벌펀드에서 아프리카를 대표하는 이사로 선임된 이유를 알 것 같았다. 르완다는 아프리카의 개발을 이끄는 선두주자다.

에 르완다가 어떻게 변화되어 있을지를 상상해 보는 즐거움을 누릴 수 있었다.

한국 보건의료 분야 발전의 단계들

동족상잔의 비극을 통해 각성된 한국에서, 마치 들불이 번져 나가듯 급속도로 확산된 전국적이고 동시다발적인 개발과 현대화 과정을 살펴보면, 그 발전 과정이 몇 개의 뚜렷한 단계를 거쳐 이루어져 왔음을 알 수 있다. 한국의 빈곤극복 과정과 경제발전 과정에서 빼놓을 수 없는 것이 최고지도자의 강력한 의지다. 박정희 대통령은 경제개발5개년 계획을 수립하고, 직접 관계장관회의를 주재하며 빈곤극복과 경제발전에 대해 매우 강력한 의지를 드러냈었다. 아울러 경제발전을 이끌어 갈 추진 체계를 정비하였다. 또한 사업을 담당할 조직도 신설하였다. 즉 중앙부처인 보건사회부와 시·도의 보건과, 시·군 보건소, 읍·면의 보건지소 및 진료소 간의 사업 진행과 관리 감독 및 보고 체계가 순조롭게 이루어지도록 하였다. 더불어 주무부서인 보건사회부뿐 아니라 행정자치부, 교육부 등과의 협조가 원활하게 이루어질 수 있도록 조치함으로써 정부의 모든 행정망을 총동원하여 사업이 순조롭게 이루어질 수 있는 기반을 마련하였다. 최고지도자의 이러한 의지로 인해 각 부처 내에서 업무 지침의 하달이나 보고 체계가 잘 이루어질 수 있게 되었고, 부처 간 협조로 관료주의의 장벽을 넘어설 수 있게 되었다. 모자보건 분야 개발의 첫 출발은, 1963년 당시 보건사회부의 조직상에 모자보건과가 설치되어 모자보건 사업이 전개되기 시작한 것으로 볼 수 있을 것 같다. 아직 조직이 정비되고 예산이 확보되지 않은 상황에서 가족계획 사업의 일환으로 산아제한 정책을 통해 모성사망률과 영아사망률을 낮추려는 가장 원초적인 방안을 추진하였다. 아울러 분만세트를 배포하는 수준의 매우 기초적인 활동이 시작되었다.

　사업의 추진 체계를 정비한 이후에는 수행을 위한 제도적·법적 기반을 마련하였다. 1973년 〈모자보건법〉이 제정됨에 따라 모자보건서비스 공급에 필요한 예산을 안정적으로 확보할 수 있는 기반이 마련되었다. 1980년에는 〈농어촌특별조치법〉이 제정되어 무의촌에 공중보건의사 및 보건진료원이 배치되었다. 이로 인해 도시 지역에 비해 의료진의 분포가 낮은 농어촌 지역에도 1차의료서비스를 원활하게 공급하여 국민들의 기본적인 보건의료 수요가 충족될 수 있도록 하였다.

　이렇게 제도적 기반이 마련된 이후에는 집중적으로 보건의료인력 교육에 힘을 썼다. 정규교육을 받은 의사와 간호사의 지역적 불균형이 해소된 이후에도 의료 취약 지역에 필요한 보건의료인력의 부족이 심화됨에 따라, 조산사 및 보건진료원을 따로 배치하여 전문인력의 역할을 감당할 수 있도록 조치하였다. 간호사들에게 보수교육을 실시하여 의료 취약 지역에서 의사를 대신하여 비교적 가벼운 질환들을 치료할 수 있게 한 보건진료원 제도는, 1차보건의료 체계 강화의 매우 중요한 기반이 되었다. 아울러 간호보조원을 양성하여 각 보건지소에 배치함으로써 보건의료 분야의 인적자원층을 탄탄하게 형성하여 그 기능을 상호 보완할 수 있도록 하였다. 이를 위해 조산사 및 보건진료원을 양성하기 위한 훈련기관이 설립되었고 정부예산도 확보되었다. 이는 보건의료서비스가 소수의 전문직종에 의해서만 제공됨으로 인해 서비스의 지연이 발생하지 않도록 예방했을 뿐아니라, 보건의료전달 체계가 순차적으로 이용될 수 있도록 하여 인적자원을 효율적으로 활용할 수 있게 한 것이다. 아울러 이러한 조치들을 통해 모자보건 사업과 1차보건의료 사업의 통합적인 접근이 가능할 수 있게 되었다.

보건의료 분야 인적자원에 대한 확충과 훈련이 이루어지면서 의료시설에 대한 개선도 이루어지기 시작하였다. 보건소 및 보건지소가 신축되거나 증·개축되었으며, 표준장비목록에 의해 장비들과 소모품들이 공급되고 관리가 이루어지기 시작하였다. 단지 시설만 개선한 것이 아니라 보건소, 보건지소, 모자보건센터 등의 기존 시설을 기반으로 모자보건 통합서비스를 제공하여 도농 간 서비스 형평성을 제고하고자 노력하였다. 이러한 노력 덕분에 농어촌에 무의촌이 사라지고, 안정적인 보건의료인력이 배치되었을 뿐만 아니라, 시설 개선과 서비스 향상이 이루어져 농어촌 주민들의 보건의료서비스 만족도가 향상되었다. 의료시설의 개선을 위한 재원 조달의 노력도 적극적으로 병행되어, 다른 개발도상국이 경험하는 것과 같은 삼중지연 현상이 한국에서는 사실상 일어나지 않았다고 보아도 좋을 것 같다. 적극적으로 재원을 확보하고, 외부 재원을 유치하는 노력이 이어졌기 때문이다. 모자보건 영역에서는 국제부흥개발은행의 차관을 통해 의료 취약 지역에 89개의 모자보건센터를 설치하면서 임산부의 산전관리 및 시설분만이 향상되는 결과가 나타났다. 자원이 지원되기를 수동적으로 기다리는 것이 아니라 능동적으로 재원을 확보하기 위해 많은 노력들을 함으로써 한국 보건의료 분야의 발전이 급속도로 이루어졌다.

1986년에는 〈모자보건법〉이 개정되어 '임신신고제'가 도입되었으며, 보건소에 임산부 및 영유아 건강진단 사업 등의 한 차원 높은 질적인 서비스가 제공되기 시작하였다. 이렇게 임산부 및 영유아를 등록하여 관리함에 따라, (사후처리 차원의 질병 치료에 국한된 사업이 아니라) 대상자들에 대한 지속적이고 종합적인 건강관리를 통한 예방 차원의 사업이 시작되었다. 아울러 모자보건수첩을 제작하여 산모들에게 배급함으로써 각 가정에 기본적인 건강 지식 및 모자보건에 관련된 상식이 전달되어, 스스로 가족들과 자녀들에 대한 건강을 돌보고 예방접종을 하는 일 등이 일상화될 수 있도록 하였다. 지금까지 제공된 임산부에 대한 산전·산후관리 및 영유아관리 교육은 350만 건을 헤아리며, 모자보건 교육은 200만 건 이상에 이르고 있다. 또 하나 특기할 만한 점은, 통계관리 체제를 구축함은 물론 통계보고 의무화를 통해 정보관리가 세계적인 수준에서 이루어지도록 하였다는 것이다. 한국은 전 세계에서 최초로 모든 보건소가 전산화되어 연결된 나라다. 이로써 각 보건소를 통해 집계되는 보고들과 통계들을 기반으로 한 계획과 관리가 이루어질 수 있게 되었다. 즉 한국은 비교적 이른 시기에 근거 기반의 보건의료 체제가 확립됨으로써, 보건의료 분야에서 세계 최고의 경쟁력을 가질 수 있게 된 것이다. 이러한 경험은 건강보험의 관리 체계에 있어 심사평가의 개념이 도입되는 세계 최초의 국가로 발전할 수 있는 밑거름이 되었고, 건강보험 관련 빅데이터가 구축되어 근거를 바탕으로 예측가능한 문제들을 해결할 수 있는 기반이 되었다. 모자보건 분야에서 선천성대사이상검사가 시행되고 미숙아에 대한 관리 체계가 실시된 것은 이러한 보고 체계와 정보관리시스템이 잘 구축된 덕분이라고 말할 수 있을 것이다.

한국 보건의료 분야의 발전 과정은 최고지도자의 결심과 그의 확고한 의지에 의해, 초기에는 중앙정부에서 지방과 지역사회로 영향력이 하달

되었다. 그러나 보건소를 중심으로 한 적극적인 교육과 상담 등을 통해 지식이 확산되고 사고관의 변화가 이루어지게 되면서 점차 지역 주민들과 하부조직들의 호응과 참여가 확대되었다. 이에 따라 지역 주민들이 정부 사업에 적극적으로 호응하고 자발적으로 참여하여 발전하는 형태가 나타나기 시작하였다. 모자보건수첩이 배부되어 각 가정의 참여가 가능해진 것도 이러한 풀뿌리주민운동이 확산되는 계기가 되었으며, 전국적으로 확산되고 있던 새마을운동 역시 상승 작용을 보였다.

정부의 강력한 의지 천명과 함께 제도적 기반이 마련되고, 예산이 배정됨에 따라 인력이 충원되고 시설이 개선되면서, 주민들은 삶의 실제 현장에서 변화를 체험하게 되었다. 이러한 정부의 방침에 부응하여 주민들은 사업에 자발적으로 참여하여, 사업이 순조롭게 정착되는 것은 물론 빠른 속도로 확장될 수 있도록 힘을 더하였다. 전국적인 운동으로 발전된 새마을운동의 영향을 받아 각 지역사회에 보건진료소운영협의회 등의 자체 위원회가 설립되었고, 정부의 지원이 미치지 못하는 분야에 대한 자체적인 보완이 이루어졌다. 정부주도형으로 시작된 사업을 지역 주민들이 마을 자체의 사업으로 인식하고 받아들이게 된 것이다. 새마을부녀회 등 이미 조직된 지역사회 조직을 통해 모자보건수첩의 배포와 보고 관리가 이루어졌고, 아울러 엄마젖먹이기운동과 가족계획 사업이 활발하게 이루어졌다. 마을 건강원을 중심으로 모자보건 분야에 대한 계몽과 자체적인 교육이 가능하게 되었다. 이렇게 주민운동이 시작되면서, 이를 더욱 확산시키기 위한 정부의 지원도 이루어졌다. 산전·산후교육을 통해 모유수유의 중요성이 강조되었고, 이로써 시작된 엄마젖먹이기운동을 지원하기 위해 정부 차원의 시책이 뒤를 이었다. 병원급 이상의 의료기관 개설 허가 및 증축 승인 과정에서 모자동실제가 적극 권장되었던 것이 일례다. 아울러 병원의 산부인과·소아과 수간호사 및 보건소 모자보건 사업 관계자들을 대상으로 한 모유수유전문가 과정이 연 2회 개설되어 전문인력의 양성을 통한 지속적인 지원이 이루어지도록 했다.

이러한 과정을 통해 세계적인 수준으로 발전된 한국의 보건의료 분야는, 스스로 문제를 발견하여 해결책을 강구하고 보완해 갈 수 있는 자생력을 갖추게 되었다. 더불어 보건의료 분야에서 다른 나라들에게 한국의 경험을 전수하고, 도움을 받는 나라 스스로 우리가 경험한 것과 같은 과정을 통해 발전해 나갈 수 있도록 도울 준비가 되었다고 할 수 있다.

가족계획협회의 참담한 성공

한국 보건의료 분야 발전 과정의 마지막 요소로 지적된 자발적인 주민운동은 세계적으로 유례를 찾아볼 수 없을 정도로 성공한 사례다. 한국이 빈곤극복과 경제발전이 완성되어 개발도상국에서 선진국으로 진입할 수 있게 한 핵심적인 요인으로 생각된다. 이러한 자발적인 주민운동이 일어나지 않는다면, 사업의 비약적인 발전이나 사업을 통한 효과가 극대화되어 나타날 수 없다. 정부의 재정에는 한계가 있고, 그러한 재정을 통해 지원될 수 있는 인력이나 장비 및 시설의 충원이 제한적일 수밖에 없기 때문이다. 한국의 오늘이 있게 한 가장 큰 원인은 최고지도자의 강력한 의지, 적절한 시기에 제정된 법령과 제도적인 기반, 잘 훈련된 보건의료인력과 시설 개선을 통한 전반적인 서비스의 질적 향상, 정보관리 체계를 통한 근거기반의 사업관리 및 데이터를 활용한 예측가능성 등이 매우 주요한 요소다. 하지만 국민들의 전폭적인 지지와 헌신적인 참여가 없었다면, 한국의 오늘은 도래하지 않았을 것이다. 즉 우리가 바로 오늘날 한국 보건의료 분야 발전의 주역이다.

　새마을운동을 비롯한 주민운동의 다소 긍정적이지 않은 결과와 영향도 생각해 볼 수 있는데, 그중의 하나가 바로 가족계획운동이다. 한국의 가족계획 사업은, 중국의 강제적인 산아제한 정책에 의한 가족정책을 제외할 경우, 인도와 파키스탄에 이어 세 번째로 이루어진 국가 차원의 가족계획 프로그램으로 볼 수 있다. 중국의 정책은 주민들의 자발적인 운동이라기보다 법적인 강제성을 가진 정책으로, 많은 문제를 야기했기 때문에 사업으로 보기에는 무리가 있다. 1961년 제1차 경제개발5개년계획의 일부로 수립되어 1962년부터 실시된 가족계획 사업은, 1980년대에 실질적으로 종료되었다. 1960년대 초 6.3으로 추정되던 출산율은 불과 20년 만에 1.6을 기록함으로써 인구대체 수준 이하로 급감하였다. 한국의 가족계획 사업은 자본주의 산업화만큼이나 주목받는 성공 사례로 기록되었는데, 이러한 성공의 핵심 요인은 바로 주민운동이라 할 수 있다. "딸 아들 구별 말고 둘만 낳아 잘 기르자."라는 구호 아래 대대적인 성공을 거두었던 한국의 가족계획 사업은, 다른 나라에서와는 달리 의사들과 비정부기구가 주도적으로 참여한 운동이었다. 정부의 전폭적인 지지와 협력이 있었음에도, 한국의 가족계획 사업은 민간주도에 의해 진행되었던 사업이다. 장관들이 중심이 되어 시행한 다른 나라와 달리 한국에서는 보건사회부의 한 과에서 사업을 관리·감독하였고, 사업의 실제적인 진행과 발전은 의사들을 중심으로 출발한 가족계획협회가 주도하여 성공한 매우 이례적인 경우이다. 해외 비정부기구의 지원을 통해 출범한 가족계획협회의 주도적인 역할을 통해 한국의 출산율은 급격하면서도 지속적으로 감소하여 어느 순간부터 통제할 수 없을 정도에 이르게 되었다.

이렇게 통제력을 상실할 정도로 파급효과가 커지는 상황에 이르는 것이 성공한 운동의 특징이다. 운동을 일으키기 위해서도 핵심적인 구성원들의 헌신적인 노력이 요구되며, 영향을 미칠 수 있는 임계수준에 도달하기 위해서도 희생적인 봉사가 요구되지만, 일반 주민들에게 확산될 수 있는 공식이나 배가의 법칙이 발견되면 급속도로 영향력과 증가 속도가 늘어난다. 결국에는 통제할 수 없는 수준에 이르게 되고, 한계에 도달하면 스스로 소멸되는 것이 운동의 특성이다. 한국의 가족계획 사업은 이러한 운동의 특성과 과정을 여실하게 보여 준 사례라고 할 수 있겠다. 물론 그 결과는 참담하여 한국은 세계 그 어느 나라보다 단시간 내에 고령화사회에 접어들게 되었고, 노동력의 급격한 감소가 예상되어 향후 발전의 불투명성이 나타나게 되었다.

개발도상국에서 이루어지는 사업들이 발전하여 이와 같은 소위 '눈덩이 효과snowball effect'를 창출해 낼 수 있다면, 그 나라는 스스로 발전해 나갈 수 있는 토대를 마련했다고 볼 수 있을 것이다. 눈덩이가 스스로 굴러가기 위해서는 수많은 장애물과 움푹 파인 길 등의 어려움을 지나야 한다. 그러나 모든 나라들에서 눈덩이 효과를 기대하는 것은 어려운 일이다.

아울러 다른 나라에서 공적개발원조 사업의 한 분야로 가족계획 사업을 시행할 것인지에 대해서는 조금 주의 깊게 생각해 보아야 할 것 같다. 2000년대 초에 국제가족계획연맹IPPF의 고메즈 총재가 연맹 창립 50주년을 맞아 가족계획의 대표적 성공 국가인 한국을 방문한 적이 있다. 총재는 "세계에서 유례를 찾기 힘든 매우 성공적인 가족계획 사업을 수행한 한국이 이제는 저개발국가의 가족계획 사업에 적극적으로 나서 줄 것"을 간곡히 당부했다. 그날 강연 이후 진행된 간담회의 화두는 한국의 사업동 참이라기보다는 출산율의 급락이었다. 당연히 많은 사람들이 이 현상의 문제점 그리고 향후 전망에 대해 질문하였다. 고메즈 총재는 한국의 저출산 우려에 대해 "크게 걱정하지 않아도 될 문제"라는 의견을 피력했다. "출산율이 매우 낮은 유럽에서는 해외에서의 인력 유입이라는 방법으로 노동력 문제를 해결하고 있습니다. 그러나 한국은 절대인구가 많고 인구밀도가 높기 때문에 크게 우려하지 않아도 될 것"이라는 낙관론을 폈다. 그러나 그의 예상은 모두 빗나갔다. 한국은 (비록 많은 외국인 노동자들이 유입되어 산업 일선에서 활약하고 있음에도) 저출산 및 고령화로 인한 문제점들에 직면하기 시작하고 있다. 즉 우리가 다른 나라에 가서 가족계획 사업을 성공적으로 마친 이후에 이런 질문을 받게 될 것을 상상하는 것만으로도 힘들어지고 있는 것이다.

따라서 주민운동을 통해 통제력을 상실하는 방법으로 사업을 진행할 것인지, 정부가 주도하여 적절한 속도와 범위를 조절하면서 시행할 것인지에 대해서는, 사전에 충분하게 설명을 하고 수원국의 보건부와 협의가 필요할 것으로 생각한다.

킬링필드에서

나는 2015년 7월 18일 앙코르와트로 널리 알려진 시엠립을 경유하여 재단의 사업지인 캄보디아 제2의 도시 바탐방에 도착했다. 캄보디아는 〈킬링필드〉라는 영화를 통해 우리에게 알려진 나라다. 재단의 사업지인

바탐방은 캄보디아의 곡창지대로서 가장 질이 좋은 쌀을 생산하기로 유명한 곳이다. 즉 라이스필드rice field의 중심지다. 캄보디아를 방문할 때마다 영화 〈킬링필드〉의 장면들이 생각난다. 캄보디아 역시 한국 및 르완다와 많은 면에서 유사점을 찾을 수 있다. 우선 영토가 별로 넓지 않으며, 앙코르와트 유적을 통해서 상상할 수 있는 것과 같이 지역 전체를 통치했던 크메르왕국을 건설하고 융성한 문화를 창조했던 오랜 역사를 가지고 있다. 앙코르와트의 규모나 정교함은 유네스코 세계문화유산으로 지정되어 있을 정도다. 캄보디아 사람들은 중국의 서쪽 끝에 살던 타이족의 이동에 의해 원래의 영토를 빼앗기고 인도차이나의 주인 자리를 내주었던 아픈 역사도 가지고 있다. 한국이 만주 지방을 고대 한국의 영토로 생각하지 않는 것과 유사하고, 현재에도 태국과 국경을 접하면서 끊임없는 국경 분쟁에 휘말려 있는 것도 유사하다. 천성이 착하고 온순하여 아직도 '킬링필드'의 가해자들을 처벌하지 못하고 있다고 한다. 지하자원은 많지 않지만 부지런하여 지난 10여 년 동안 매우 빠른 경제성장을 기록하고 있다. 아울러 민주화의 진행 속도도 주변 국가들에 비해 매우 빠르다. 1997년 무혈 쿠데타로 정권을 장악하여 지금까지 권력을 쥐고 있는 훈센 총리라는 강력한 지도자가 통치하는 것도 과거 한국이나 르완다의상황과 유사하다.

캄보디아는 10년 전 처음 방문했을 때에 비하면 눈부시게 발전하였다. 단지 강산이 변한 정도가 아니라 천지개벽을 했다는 표현이 생각날 정도로 달라졌다. 10년 전에는 수도인 프놈펜에도 변변한 음식점이 없는 것은 물론 호텔 서비스도 매우 불편했으며, 식당에도 메뉴가 따로 없었다. 당시에는 식당 앞에 놓여 있는 식재료를 구입하면 요리사들이 대충 알아서 요리해 주던 것이 일반적이었는데, 지금은 서비스가 훌륭한 식당들과 고급 레스토랑이 즐비하다. 르완다가 아프리카의 선두주자라고 한다면, 캄보디아는 인도차이나의 선두주자라고 할 수 있을 만하다.

캄보디아의 재단 사업은 바탐방 도의 보건국과 협력으로 진행되고 있다. 중앙 보건부와의 사업은 훈련과 연간계획 수립 및 모니터링 등의 전략 분야로 최소화하고, 그보다 지방 보건국의 역량강화에 중점을 두어 1차보건의료 체제의 강화에 목표를 두었기 때문이다. 도보건국에서는 학생 수가 늘어나 포화상태에 이른 조산사양성센터의 건물을 신축해 줄 것을 우선순위로 요청했다. 시장 한가운데 위치하고 있어 학습환경이 좋지 않았기 때문이다. 건물을 지어 주는 것으로 사업을 시작하는 것이 재단의 일반적인 방식은 아니었지만, 현지 사정이 너무나 절박했기 때문에 조산사양성센터를 신축하도록 지원하였다. 더불어 보건소를 중심으로 시설분만을 장려하여 산모사망률과 영아사망률을 낮추는 것이 재단 사업의 목표가 되었다. 이를 위해 바탐방 도보건국 및 보건소와 보건지소의 보건의료인력에 대한 훈련과 보고체계의 구축 등의 각종 지원이 이루어졌다.

재단은 몽르사이와 상카이 두 곳의 보건구역을 대상으로 사업을 진행했는데, 두 보건구역의 필요가 달랐다. 상카이 보건구역은 호숫가에 면한 많은 보건소와 보건지소들을 포함하고 있어, 산모의 응급후송이나 산전검사를 받으려는 산모들에게 교통편의를 제공하는 것이 항상 걸림돌이었다. 재단은 이를 돕기 위해 툭툭이나 오토바이 그리고 나룻배와 모터보트 등을 지원하여 산모의 응급후송이나 산전검사가 용이하도록 했다. 평야지대에 위치한 몽르사이 보건구역은 넘쳐나는 산모를 수용할 수 있는 병동

캄보디아의 재단 사업 지역인 바탐방 도는 톤레사프호수를 포함하고 있는데, 이 호수에는 수상가옥에서 생활하는 사람들이 거주하고 있다. 석양에 호수에서 만난 한 가족이 마음에서 지워지지 않는 것은 무슨 이유일까.

의 만성적인 부족 때문에 어려움을 겪고 있었다. 아울러 시설이 낙후되어 감염 등의 2차질환이 발생하기도 하였다. 현지의 필요는 몽르사이전원병원 내에 산모병원을 확장 및 증축하는 것이었다. 이에 재단은 2년 전부터 병동증축을 지원하여 7월에 완공을 해서 준공식과 기증식을 갖게 되었다. 캄보디아의 재단 사업은 비교적 잘 훈련된 현지 의료인력의 전폭적인 협조로 인해 매우 순조롭게 진행되고 있다. 두 보건구역의 핵심 사업이 다른 것에서 알 수 있듯이, 캄보디아의 사업은 현지의 필요에 따라 사업의 방향이나 진행 과정이 끊임없이 변화하면서 진화해 가는 과정에 있다. 미리 정해 놓은 계획에 따라 기계적으로 진행되는 것이 아니라, 현지 직원들의 적극적인 참여와 이제 막 뿌리내리기 시작한 주인의식을 바탕으로 진행되어 향후 재단이 사업을 종료하고 철수한 이후에도 지속가능성이 매우 높을 것으로 기대한다. 이는 한국이나 르완다와 같이, 동족상잔이라는 아픔을 딛고 캄보디아 사람들이 깨어났기 때문이 아닌가 생각한다.

기증식에는 훈센 총리의 오른팔 격인 부총리가 헬기를 타고 나타났다. 한 달 전에 재단의 신임 총재로 선임된 인요한 총재와 나는 우즈베키스탄의 타슈켄트에서 다른 행사를 진행하고 방콕을 경유하여 바탐방에 도착하였다. 행사는 매우 성대하게 진행되었다. 학생을 비롯하여 1,000명 이상의 주민이 함께한, 재단에서 주최한 행사로서는 가장 많은 수가 참석한 행사였다. 그곳에서 인 총재님과 나는 국빈급 대접을 받았다. 날씨는 덥고 습했지만 밝은 미래에 대한 희망으로 가득 찬 여행이었다. 피곤한 줄 모르고 타슈켄트에서 방콕을 경유하여 시엠립으로 날아가서 차로 3시간을 이동하여 바탐방으로, 그리고 바탐방에서 다시 몽르사이까지 1시간가량 차로 이동하는 일정을 만 하루 만에 소화해 낼 수 있었던 이유다.

제9장

한국형 공적개발원조는
헛된 꿈일까?

한국은 이미 빈곤극복과 경제발전 과정에서 얻은 경험을 바탕으로 한 지식을 공적 개발원조 분야에 적용함으로써 새로운 모델을 제시하고 있다. 선발주자들인 OECD 산하 개발원조위원회의 다른 공여국들이 지금까지 진행해 온 원칙과 틀을 존중하면서 한국의 빈곤 경험을 나누는 것이 한국의 전략이다. 즉 한국이 축적한 지식을 공유하여 개발도상국의 인적자원 역량을 개발하고 보건의료전달 체제를 강화하는 것이 한국이 아시아 및 아프리카의 국가들에서 시행하고 있는 공적개발원조의 핵심이다. 국제개발협력이 공여국에서 필수적이지 않은 잉여자산을 지원하거나 단지 개도국 정부의 부족한 정부예산을 지원함으로써 수여국의 경제발전이나 사회적 개발을 가져올 수 없었다는 것이 지금까지의 경험을 통해 확인된 사실이다. 아울러 원조효과성을 극대화시키기 위해 그저 원조의 규모를 늘리는 것이 개발도상국의 개발효과성을 증가시키는 것은 더욱 아니다. 결국 공여국의 국가적 핵심 경쟁력이 투입된 지식이 수여국의 빈곤의 굴레를 벗기거나 악순환을 종식시킬 수 있을 때 개발이 시작될 수 있다. 아울러 수여국이 공여국의 이러한 지식을 주인의식을 갖고 적극적으로 참여하여 받아들일 때 지속가능한 개발이 가능해진다. 한국의 국제 최고 경쟁력 분야인 보건의료 산업과 반도체통신 산업이 결합된 사업이 수여국의 보건의료전달 체계의 고질적인 병폐를 해결할 수 있을 때, 한국은 국제사회에 의미 있는 모형을 제시할 수 있을 것이다. 발전된 한국의 의료제도를 그대로 수원국에 도입하는 과정에서 한국인들이 개발을 주도하여 다른 나라의 보건의료 분야를 장악하는 것이 한국형 국제개발협력이 아니다. 한국의 핵심 경쟁력이 결합된 사업이 수원국의 주인의식과 적극적인 참여로 현지에서 대대적인 수정과 보완을 거쳐 결과를 맺어 갈 때, 한국의 경험이 수원국에 전수되는 것이다. 이것이 한국형 공적개발원조이며, 이 모델은 오래가지 않아 우리 눈앞에 분명히 드러나게 될 것이다. 한국은 더 이상 무의촌이 없는, 보건소가 병원으로 발전된 세계 최첨단의 보건의료산업 국가다. 체 게바라의 도움을 받아 성장한 쿠바의 의사들이 지금 세계 각국에서 기여하고 있는 것처럼 우리도 세계를 품고 나아가야 할 때다. 좁은 한국 땅에서 본질에서 벗어난 보건의료산업 분야에 비집고 들어가 생계를 이어 나가려고 발버둥치지 마라. 우리는 한국인이다.

2014년 11월 12일, 우즈베키스탄 소아과학회가 개최되었다. 마침 당시 타슈켄트에 출장을 가 있던 나는 학회와 저녁 리셉션에 초청을 받았다. 그동안 많은 학회에 참석했던 경험이 있던 터라 대수롭지 않게 생각하고, 다른 일정도 없었으므로 그러겠노라고 대답을 하였다. 그런데 소아과학회 참석을 위해 회의 장소인 투르키스톤국립극장에 도착한 나는 깜작 놀라고 말았다. 거의 무도회 수준으로 차려 입은 수많은 사람들이 외투를 맡기기 위해 차례를 기다리며 줄을 서 있었기 때문이다. 그 광경을 보면서 국가적인 공식행사에 초청을 받은 이들에게서 느낄 수 있는 어떤 특별한 특권의식과 자부심 같은 것이 느껴졌다. 마침 2014년은 우즈베키스탄에서 정한 '아동의 해'였다. 카리모프 대통령이 매년 중점적으로 지원하고 개발시킬 분야를 정해 올해는 어떤 해인지 주제를 정하는데, 2014년은 '아동의 해'였다. 그래서인지 소아과학회가 매우 특별한 행사가 된 것이다. 참고로 2015년은 '노인의 해'이다. 따라서 2015년에는 노인들을 위한 많은 행사가 개최되었다. 이처럼 아동의 해에 개최되는 소아과학회이기 때문에 학회의 주최는 정부였다. 학회장에서 알게 된 또 한 가지 사실은, 소아과학회가 1년에 두 번 개최되는 것이 아니라 5년에 한 번 열린다는 것이었다. 그러니 내가 그 시간에 타슈켄트에 있었다는 것은 기가 막힌 우연의 일치였던 것 같다.

우즈베키스탄이 소비에트연방의 일원이었던 시절 타슈켄트에는 '중앙아시아소아과대학'이라는 학교가 있었다. 타슈켄트에 있었지만 전 소비에트연방에서 응시하는 연방 차원의 소아과대학이었다. 당연히 학생들의 명성과 실력이 자자하였다. 그런 배경에서인지 우즈베키스탄의 보건부

고위관료들 거의 전부가 중앙아시아 소아과대학 출신이었다. 타슈켄트 의대 출신이나 사마르칸트의대 출신은 거의 찾아볼 수 없었다. 그렇게 소아과 의사들이 의료계를 장악하고 있는 나라의 소아과학회를 정부가 주최하니, 그날 학회의 호스트는 우즈베키스탄 권력 서열 최고층에 속하는 경제부 장관 겸 부총리가 맡아 인사말을 하였다. 그런데 학회 시작 한 시간쯤 전에 알리모프 보건부 장관이 "공짜 저녁은 없다."라고 하면서 내게 학회에 참석하여 간단한 인사말을 해 달라고 부탁했다. 나는 별 생각 없이 그러겠노라고 하였다. 그러나 학회장에 도착해 그 광경을 보니 다리가 후들거렸다.

세종문화회관이나 예술의전당 같은 곳의 대강당에 버금갈 만한 공연장에 사람들이 빽빽이 앉아 있었다. 줄잡아 천 명은 넘는 사람들이 모인 것 같았다. 부총리의 인사말이 끝나고 세계보건기구 대표가 축사를 하였고, 이어 유니세프 대표의 축사가 진행되는 중간 다음 차례가 나라는 사인이 왔다. 원고도 준비하지 않았는데 어쩌나. 다른 두 사람은 더듬거리면서 원고를 읽어 내려가고 있었다. 다리가 후들거리는 것을 간신히 참고 연단에 올라, 고민 끝에 생각해 낸 우즈베키스탄의 의사 이븐 시나 Ibn Sina 에 대해 이야기를 시작하였다. 이븐 시나는 단지 기술 수준에 머물던 의학을 학문으로 바꾸어 놓은 사람이다. 그가 집필한 20권에 이르는 《의학대백과사전》은 후에 서양으로 건너가 400년 동안 의학교과서로 사용되면서 서양의학의 기초가 되었다. 나는 이러한 내용을 전달하면서 덕분에 나도 서양의학을 배우고 의사가 되었으므로 그 감사한 마음을 우즈베키스탄 사람들에게 대신 전한다는 인사말을 했다. 우레와 같은 박수소리가 들려왔다. 어떻게 자리로 돌아왔는지 모를 정도로 어안이 벙벙했다. 이어

러시아 재단의 대표가 인사말을 하였다. 전통노래와 춤이 곁들여진, 우즈베키스탄의 유명 가수와 춤꾼들이 총동원된 화려한 공연이 거의 두 시간에 걸쳐 진행되었다.

학회의 공식행사를 마치고 나오니 텔레비전에서 인터뷰 요청이 쇄도하였다. 나는 무엇을 이야기했는지 기억이 나지 않았다. 나중에 사람들이 그날 밤 뉴스에서 내 얼굴을 보았다는 이야기를 전해 주었다. 만찬은 국가적인 행사가 자주 개최되는 '바호르'라는 식당에서 열렸다. 부총리와 보건부 장관을 비롯한 많은 각료들과 관계자들이 참석하여 성황을 이루었다. 우즈베키스탄의 유명한 록그룹인 '사토'가 연회 내내 우즈베키스탄의 전통음악을 현대 재즈로 편곡한, 탁월한 수준의 연주를 들려주었다. 일행과 식사를 하는 도중 사회자가 우리 자리로 오더니 호명할 테니 나와서 이야기할 준비를 하라고 하였다. 나는 난감해졌다. 또 무슨 이야기를 할 것인가? 이미 이븐 시나 이야기를 다 해서 밑천이 떨어졌는데…….

사회자가 내 이름을 호명하면서 타슈켄트의 첫인상에 대해 말해 달라고 했다. 나는 추운 몽골에서 살다가 타슈켄트에 도착하여 우즈베키스탄 멜론을 먹고 감격했던 이야기를 들려주었다. 지금 한국이 보건의료 분야에서 발전하고 있는 것은 이븐 시나의 공헌에 힘입은 것이라는 말을 반복하였다. 아울러 ICT 분야에서 세계적인 업적을 이룬 것은 우즈베키스탄 출신의 위대한 수학자 알 호라즘(알 콰리즈미, 알 호라즈미)이 대수를 창설하고 알고리즘을 발견하여 컴퓨터 연산의 기본을 탄탄하게 구축한 결과임을 덧붙였다. 한국이 보건의료 산업과 ICT 산업을 세계 최정상 수준으로 발전시킬 수 있도록 초석을 놓아 준 것에 대해 감사의 말을 전했다. 잠시

우즈베키스탄 소아과학회에서 축사를 하고 있다. 다행히도 무대에만 조명을 비춰 주어서 객석에 앉은 사람들이 잘 보이지 않아 대본도 없는 연설을 그나마 잘 마칠 수 있었다. 마음 같아서는 더듬거리더라도 러시아어로 하고 싶었다.

후에 우즈베키스탄의 많은 의사들로부터 존경을 받는 학자인 국립주산기센터 원장이 "닥터 서는 이븐 시나를 아는 많지 않은 외국 사람들중 하나"라는 말로 내 말에 공감을 표하면서, 그런 의미에서 참석자들에게 준비한 선물이 있다고 하였다. 곧이어 원장이 이븐 시나를 비롯한 우즈베키스탄 영웅들의 화보집을 참석자들에게 선물로 나누어 주었다. 마치 내가 주최 측과 말을 맞추어 진행한 것 같은 모양새가 되어 버렸다. 그러나 그날 밤 내가 두 번에 걸쳐 전달했던 인사말은 그저 인사치레로 건넨 말이 아니었다. 그 후 우즈베키스탄 사람들에게 보답하는 차원에서 재단은 국립아동병원의 설립 과정 컨설팅 및 의료진에 대한 훈련을 제공하고 있으며, 신설된 타슈켄트국립치과대학에도 학술 교류 및 교수진에 대한 훈련을 지원하고 있다. 아울러 아랄해 고갈로 인한 환경 변화의 영향으로 심장 질환과 안 질환이 급격하게 증가한 우즈베키스탄 내의 카라칼파크자치공화국 보건부와 협력하여 심장질환기지병원과 개안수술기지병원 및 만성병관리 사업을 추진 중에 있다. 이 사업들은 모두 이동검진차량이나 디지털 기법이 적용된 장비들이 사용되는 스마트보건시스템 구축 차원에서 진행되며, 아울러 수백 년 전에 우즈베키스탄이 한국에 나누어 준 지식과 기술에 보답하기 위한 차원에서 이루어지고 있다.

스마트보건의료 체제와 삼중지연

개발도상국의 보건의료 체제는 세 가지 장애물 때문에 개발에 발목을 잡히고 있는데, 그중에서도 가장 심각한 문제는 재정 부족이다. 국가 경제개발이 미약할 뿐만 아니라 경제성장이 외부의 원조와 지하자원의 수출에 의존하는 상황에서 빈번한 종족갈등과 정치개변으로 인해 보건복지 분야의 예산은 항상 우선순위에서 밀려 만성적인 재정 부족에 시달리고 있는 것이다. 그러나 원조를 받거나, 정치적 영향력 강화로 인한 국가 재정지출 우선순위 상승 때문에 재정이 지원되어도, 의료인력 개발에는 시간이 소요되기 마련이다. 따라서 재정이 늘어나 병원에 새로운 장비가 도입되어도 그 장비를 사용할 사람이 없어 무용지물이 된다. 장비를 다룰 수 있는 전문인력이 배치될 즈음이 되면 이미 그 장비는 쓸모없게 되거나 시설이 노후되어 서비스가 정상적으로 이루어지지 못하게 되는 경우도 있다. 미얀마의 레구 지역은 재단이 1차보건의료체제 역량강화 사업을 진행하고 있는 지역이다. 이 지역 보건의료 체제의 핵심은 레구(흘레구) 타운십 병원인데, 사업타당성 조사를 위해 재단 직원이 방문하여 확인하니 병원에 장비가 거의 없었다. 그리하여 소모품이 지속적으로 요구되는 엑스선 촬영기 대신 초음파기기를 지원하기로 결정하고, 타운십 병원장에게 의사를 물었다. 병원장은 초음파기기를 다룰 수 있는 의사나 기사가 주변에 전무하고, 그러한 인력이 언제 충원될지 기약할 수 없어서 초음파기기를 가져오지 않는 것이 좋겠다고 하였다. 미얀마는 이미 20년 전에 보건의료전달 체제 강화 마스터플랜을 수립하고 사업을 추진해 왔는데도, 이러한 삼중지연의 문제가 지속적으로 발생하여 지금까지 실제적인 발전이 거의 이루어지지 못하고 있다. 타운십병원의 책임을 맡고 있는 병원장 역시 전문의 수련을 받아 본 적이 없는 일반의 출신이다. 일반의가 병원장을 맡을 수 없다는 이야기가 아니라, 전반적인 의료인력의 개발이 체계적으로 이루어지지 못하고 있는 미얀마의 의료 현실을 반영하고 있다는 것이다.

이 중 아마 가장 심각한 문제는, 전문인력 개발이 이루어지지 못함에 따라 전문 분야의 발전도 늦어져 해외로 막대한 보건의료 부문의 지출이 이루어지는 일일 것이다. 국가의 경제발전에 투자되어야 할 아까운 재원이 해외에서 소비되는 것이다. 많은 개발도상국에서 전문인력의 부족에도 불구하고 최첨단 병원을 건립하려고 하는 이유가 어떻게든 해외로 빠져나가는 의료비를 국내로 돌리기 위함인데, 병원은 단지 시설이나 건물이 아니므로, 전문인력의 양성 없이 항암치료를 하거나 심장카테터 삽입이나 복강경수술이 이루어질 수는 없는 노릇이다. 궁극적으로 전문의료인력 양성은 당사국에서 해결해야 할 문제이지만, 그렇게 전문인력을 양성하는 데에는 오랜 시간이 걸리기 때문에 그 기간 동안 전문의 공백을 메워야 하는 실제적인 문제가 발생된다. 이러한 공백을 조금이나마 메워줄 수 있는 방안이 바로 스마트보건의료 체제다.

보건의료전달 체제는 의료시설과 보건의료인력을 가장 이상적으로 배치하여 효율을 극대화하기 위한 방안이다. 집에서 가장 가까운 보건지소나 의원에서 1차보건의료가 이루어지고, 해결되지 않는 질환이나 증상은 상급 보건소나 병원에서 처리하며, 집에서 멀리 떨어진 첨단장비들과 시설 및 전문인력을 보유하고 있는 3차의료기관에서 희귀한 질환이나 암과 같은 어려운 질환을 다룬다. 이는 1차적으로 의료기관이 위치하는 지역적인 한계에 기인한 것이기 때문에 원격의료 체제를 도입하여 해결될 수 있는 측면이 존재한다. 즉 디지털 기기와 무선통신을 이용한 데이터의 전송은 병원이 지역적인 제한을 뛰어넘어, 환자를 기다리는 것이 아니라 능동적으로 가정에 의료서비스를 공급할 수 있도록 한다. 디지털 장비들과 인터넷 기반의 데이터처리 기술 덕분에 한국에 위치한 병원에서도 라오스 시엥쿠앙도립병원으로 이송 중인 산모의 초음파촬영 영상이 전달된다. 태아의 얼굴과 위치 및 탯줄이 목을 감싸고 있는지 아닌지, 응급수술을 시행할 것인지 말 것인지에 대한 결정이 내려질 수 있는 여건이 허락되는 것이다. 재단에서 테스트해 본 결과, 30초 내에 3G 통신망을 통하여 태아의 초음파촬영 영상이 전송되어 한국에서 산부인과 전문의가 휴대폰으로 영상을 확인하고 지시를 내릴 수 있었다. 필리핀의 결핵관리 사업에 있어 가장 전문적인 지식은 디지털 엑스선 촬영을 통해 폐에서 결핵 감염 소견을 찾는 과정이다. 이 단계에는 영상의학과 전문의의 진단이나 경험이 많은 결핵전문 의사의 진단이 요구된다. 필리핀에는 이 분야의 전문가가 많지 않아 사업이 다른 지역으로 확장되는 것을 막는 요인이 되었다. 따라서 현재 사업의 확장을 위해 재단에서는 CAD 기법으로 컴퓨터가 디지털 영상을 스스로 판독하여 폐결핵 가능성을 80% 수준의 정확성으로 진단할 수 있게 하는 시스템을 개발하고 있다. 이 시스템이 완성되어도 전문의의 확진이 필요하겠지만, 전문의에게 의뢰해야 할 업무량은 급격하게 줄어들 것이다.

만일 한국에 라오스에서 연수를 온 의사가 같은 병원에 있다면, 이런 분야의 훈련을 받고 돌아가 바로 현장에서 활용할 수 있게 될 것이다. 단순히 정보의 전달뿐만 아니라 원격처치도 가능해진다. 다빈치로봇의 등장으로 수술을 집도하는 의사가 동일 공간에 있지 않더라도 로봇의 팔이 수술할 수 있는 환경이 가능해지면서, 수술을 집도하는 의사는 한국에, 수술을 받는 환자는 탄자니아에 위치할 수 있는 가능성이 생긴 것이다. 궁극적으로는 탄자니아에서 전문인력이 배출되어 현장에서 집도를 해야하겠지만, 그러한 전문인력이 양성될 때까지 디지털 기술을 이용하여 시간을 벌 수 있게 된 것이다.

개발도상국의 보건의료 체제의 발전을 가로막는 또 다른 요소 중 하나는, 정보관리 체계가 정비되어 있지 않고 보고 체계와 통계의 관리가 이루어지지 않아 근거기반의 체계가 구축되지 못하고 있는 것이다. 실제로 재단 라오스 사업의 최전선인 지방의 보건소에서 매달 보고하는 통계와 사업실적에 대한 보고서가 도보건국에서 취합된 후 중앙보건부에 전달되어, 재단과 함께 사업 결과를 확인하고 계획을 수립하는 데에만 최소 1년의 시간이 소요된다. 즉 2015년 계획을 세우는 데 기준이 되는 자료는, 2014년의 결과가 아니라 2013년의 결과를 토대로 이루어지는 것이 현실이다. 이러한 정보관리를 위해서는 보건소와 도보건국 및 중앙보건부의 통합전산망이 필수적이지만, 이를 위해서는 막대한 재정이 확보되어야 함은 물론, 관련 분야의 인력이 양성되기까지 시간도 많이 소요된다. 따라서 이러한 보건정보 체계가 갖추어지기 전까지는 CAD를 기반으로 한 시스템을 통해 보건소 중심 사업의 질 관리가 실시간으로 이루어지도록 해야 사업의 진척에 따른 계획이 이루어질 수 있다.

르완다 보건부 장관을 만나, 이동검진차량 10대를 동원하여 지역별로 순환하게 함으로써 보건소에 몰리는 환자의 숫자를 줄이고 지원해야 할 장비도 줄일 수 있을 것이라고 열변을 토하자, 보건부 장관은 갑자기 생각이 났다는 표정을 지으면서 "참 르완다 350개의 보건소에 혈액화학분석기가 필요한데, 한국에서 비교적 저렴하면서도 성능이 뛰어난 혈액화학분석기를 생산한다고 들었다. 한국 정부에서 혈액화학분석기를 지원할 의사가 있느냐."고 물었다. 나는 기가 막혀 장관에게 물었다. "350개의 보건소에 혈액화학분석기를 각각 하나씩 지원하는 것이 효과적이겠습니까? 10대의 이동검진차량이 일주일에 한 번씩 35개의 보건소를 순회하면서 혈액화학분석뿐만 아니라 뇨분석과 결핵검사 등의 기타 종합적인 검사를 할 수 있도록 지원하는 것이 효율적이겠습니까?"

미얀마에서는, 전문인력의 부족으로 각 보건소와 병원에서는 사용할 수 없는 장비들을 탑재한 이동검진차량이 보건소와 병원을 순회하면서 장비들을 공유할 수 있도록 사업을 계획하고 있다. 이렇게 함으로써 각 보건소나 병원에서 장비를 다룰 수 있는 전문인력을 고용할 필요가 없어지게 되고, 그럼에도 효과적으로 다양한 장비들을 동원하여 여러 가지 검사를 받을 수 있는 서비스를 제공할 수 있게 된다. 의료시설의 수가 절대적으로 부족하고 영토가 방대한 나라들에서는, 보건소를 건축하고 인원을 고정적으로 배치하여 관리하는 것보다는 이동보건소나 이동병원을 도입하여 집약된 서비스를 공급하는 것이 훨씬 효과적일 수 있다. 이러한 모바일유닛은, 국가 재정이 확보되어 단계적으로 시설의 개선과 장비의 지원이 이루어지는 동안 의료서비스 공백을 메울 수 있는 효과적인 방법이다.

참여적 지식공유

한국은 이러한 스마트보건의료 체제를 구축하여 개발도상국을 지원할 수 있는 조건을 모두 갖추고 있다. 보건의료 분야의 발달로 인해 최고 수준의 경쟁력을 확보하고 있으며, 무엇보다 보건의료 인적자원의 수준이 매우 높고 비교적 평준화되어 있다는 장점을 가지고 있다. 국토가 방대한 미국이나 다른 나라들에서는 찾아보기 힘든 장점이다. 아울러 전문의를 비롯한 의료인력뿐만 아니라 기초적인 보건의료인력도 세분화되어 있어,

보건의료인력의 층이 매우 두껍다는 장점도 가지고 있다. 한국이 의공기술 분야의 지원에 국제적인 경쟁력을 가질 수 있는 것은 바로 이 두꺼운 보건의료인력 층 때문이라고 생각한다.

아울러 한국은 IT 분야에서도 보건의료 산업 분야에 못지않은 두꺼운 인프라를 구성하고 있다. 상용화된 4G망에 클라우드 기반의 정보처리 능력 및 최고 수준의 모바일폰 제조 능력은, 중학생도 모바일폰 앱을 개발할 수 있도록 만들었다. 개발도상국에서는 대학을 졸업하고 전문 분야에 종사하고 있는 사람들도 하기 힘든 작업을, 한국의 일반인들이 일상적으로 할 수 있을 정도로 한국의 IT 인프라는 잘 발달되어 있다. 보건의료 분야와 모바일통신 및 IT 분야에서 세계적인 경쟁력을 확보한 한국이, 두 분야를 융합한 기술을 통하여 새로운 차원의 보건의료전달 체계를 창조해서 인류에 이바지할 수 있는 가능성이 바로 우리의 눈앞에 열려 있는 것이다.

한국에서 개발된, DNA 염기서열을 분석하여 특정 질환에 이환되었는지를 검사하는 시스템은, 매우 단순한 장비 1개를 사용하여 8개의 각기 다른 질병(결핵, HIV, AIDS, 각종 간염, 자궁경부암)의 진단을 가능하게 함으로써 수십여 개의 장비 대체 효과를 나타내었다. 더불어 이에 따라 검사실의 인원도 5~10% 수준으로 대폭 축소할 수 있게 만들었다. 현재 건조방식으로 검사에 사용되는 시약이 대량생산 체계를 갖추게 되면, 이러한 새로운 체계는 기존 검사실의 개념을 완전히 바꾸어 놓을 뿐 아니라 검사에 소요되는 재정을 대폭적으로 감소시킬 수 있게 될 것이다.

과거에는 현지에서 조달이 가능한 장비나 자원을 활용하여 외부 장비와 기술에 의존하지 않고, 문제가 발생하여도 현지에서 즉시 해결할 수 있는, 그리하여 재정 부담을 대폭 낮출 수 있는 적정 기술의 개발이 개발도상국 발전에 있어 핵심적인 요소로 거론되었다. 지금은 이러한 적정 기술의 개념이 첫 번째 단계를 지났다. 이제는 정보통신기술과 첨단분자의학이 결합되어 검사정확도와 생애주기비용life cycle cost을 대폭 줄일 수 있는 적정 기술 2.0의 시대에 접어들었다. 개발도상국에 통상적인 엑스선 촬영기를 지원할 수 없게 된 것은 오래전의 일이다. 더 이상 엑스선 촬영기용 필름이 생산되지 않고, 필름의 현상에 소요되는 장비들과 화학약품들의 구입도 어려워져 소모품이 필요 없는 디지털 촬영기의 보급이 개발도상국에서 더욱더 요구되기 때문이다.

그동안 한국의 공적개발원조는 보건의료 분야에서 한국이 과거에 걸어온 경험을 축적하여 지식기반을 확보하였다. 또한 많은 선배 보건의료인력이 세계 여러 나라에 진출하여 그 나라의 문화와 체계에 적응하면서 지도적인 위치에서 뿌리 깊은 적응 능력을 보여 주었다. 이제 세계적 경쟁력을 갖춘 정보통신 분야와의 융합을 통해 수원국의 보건의료인력이 주인의식을 갖고 적극적으로 참여하여 주민운동을 일으킴으로써 지속가능한 발전을 이루어 갈 수 있도록 도와야 한다. 이것이 그동안 한국이 세계로부터 받은 도움에 보답하는 길이 될 것이다. 이러한 참여적 지식공유 분야에서 한국은 가장 준비가 되어 있고, 경쟁력을 갖고 나아가고 있는 나라이다. 내가 한국인인 것이, 아울러 보건의료 분야에서 일하고 있는 것이 이처럼 자랑스럽게 여겨진 적이 없다.

호라즘공화국의 수학자

2014년 크리스마스 이브, 우리 일행을 태우고 타슈켄트공항을 출발한 항공기는 한 시간 남짓 날아 아랄해의 누쿠스공항에 도착했다. 누쿠스는 우즈베키스탄의 자치공화국인 카라칼파크스탄의 수도로서, 전체 인구가 약 백만 명에 이른다. 공항에 도착하니 레드카펫이 깔려 있었다. 난생 처음 레드카펫을 밟아 보았다. 우리 일행을 영접한 분은 놀랍게도 카라칼파크스탄의 행정수반 무사 에르니아조프였다. 한국으로 치면 대통령이 공항에 나와 우리 일행을 영접한 것이다. 인구가 백만 명밖에 되지 않는다고는 해도 자치공화국인데 행정수반이 공항에 직접 나와 영접해 주는 것이 믿겨지지 않았다. 보건부 장관 출신으로 의회 부의장을 맡고 있던 닥터 호자에프와 보건부 장관 다니엘의 모습도 보였다. 공식적인 행사도 없고 5분여의 매우 간단한 만남이었지만, 한 국가의 행정수반으로부터 공항에서 이런 대접을 받는 경험이 앞으로 다시 있을까 하는 생각이 들었다. 아랄해 연안의 카라칼파크스탄과 인접한 호라즘 지방은, 과거에는 통상적으로 호라즘왕국으로 불렸다. 소비에트연방에서 그 지역을 둘로 나누어 행정체계를 개편한 것이다. 이 호라즘왕국에서 세계적인 공헌을 한 인물을 배출하였는데, 그가 바로 무함마드 무사 알 호라즘Muhammad Musa Al Xorazm이다. 호라즘 출신의 무함마드라는 의미로, 그는 현대 대수학의 아버지로 불리는 인물이다. 그는 처음으로 숫자가 아닌 '0'의 개념을 수에 도입한 사람으로, 대수학을 창시하고 방정식 연산을 발명한 사람이다. 즉 산술 수준에 머물던 수학을, 현재와 같은 복잡한 연산과 알고리즘이 가능한 학문으로 발전시킬 수 있도록 체계를 마련한 위대한 수학자다. 알 호라즘의 고향에 와서 국가수반으로부터 공항에서 영접을 받는다는 것은 내 생애에 잊히지 않을 일대 사건이었다. 그것도 바로 크리스마스 이브에 말이다.

그런데 그 대수학자의 고향이 현재 아랄해의 고갈로 인한 재앙 수준의 환경 변화 때문에 몸살을 앓고 있었다. 누쿠스공항은 타슈켄트와는 비교도 할 수 없을 정도로 추웠고, 길에는 하얀 먼지가 가득하였다. 나는 처음에 눈이라고 생각했는데, 눈이 아니라 바닥이 드러난 아랄해에서 날아온 소금이라고 하였다. 이 지역의 고혈압이환율은 50%가 넘었고, 당뇨병 발생률도 다른 지역과는 비교도 안 될 정도로 높은 것으로 추산하고 있지만, 정확한 조사가 이루어지지 않은 상태였다. 사막화 현상이 진행됨에 따라 백내장 등의 안과 질환도 다른 지역에 비해 많이 발생하고 있으며, 선천성심장기형의 빈도도 다른 지방과 비교해 매우 높다고 하였다. 가슴이 아팠다. 보건부와 장시간의 토의 끝에 재단은 이 지역에 심장수술 기반을 구축하기 위한 기지병원을 선정하여 약 100만 달러를 지원하고, 안과 의사를 10명 이상 보유하고 있지만 장비가 전무하여 적절한 서비스를 제공하지 못하는 안과 병원에 장비를 제공하기로 했다. 더불어 한국 연수를 통하여 새로운 기술과 지식을 습득할 수 있게 도울 뿐 아니라, 1년에 한두 차례 한국에서 수술팀이 방문하여 현지 의료진과 공동으로 수술을 진행하면서 역량을 강화해 주기로 하였다. 아울러 이동검진차량 4대를 지원하여 스마트건강 체제 구축을 시작, 우선 만성대사성 질환에 대한 검진을 제공하고 향후 본격적인 기반을 구축하도록 결정하였다.

우즈베키스탄 보건부 차관을 겸임하는 다니엘 장관은, 카라칼파크스탄의 외상병원장을 지내면서 그 실력과 행정 능력을 인정받아 장관으로 임명되었다고 했다. 한국에 한 달 동안 연수를 다녀온 경험이 있어 한국의 도움과 협력을 특히나 더 감사하게 받아들였다. 그의 절친이며 함께 타슈켄트에서 수학을 한 고려인 루슬란은, 재단과 카라칼파크스탄 보건부 사

카라칼파크스탄 보건부 장관 다니엘 박사 및 국회 부의장 호자에프 박사와 함께. 우즈베키스탄 사람들은 존경의 표시로 전통의상인 '차판'을 입혀 주는데, 카라칼파크스탄의 것은 우즈베키스탄의 것과는 다른 모양으로, 모자가 매우 독특하게 생겨서 인상적이었다.

이에서 핵심적인 연결고리 역할을 하였다. 내가 1996년부터 2년간 타슈켄트에 거주하면서 시보건국과 합작병원을 설립하기 위해 분주하게 움직이고 있을 때, 루슬란은 한국의 영락재단에서 설립한 재활센터에서 치기공사로 출발하여 훈련을 받고 그 능력을 인정받아 재활센터의 전반적인 행정책임자의 위치에 오른 오랜 친구였다. 루슬란과 함께 카라칼파크스탄 여행에 동행한 다니엘 장관의 자문 역할을 담당하고 있는 이고르 역시 고려인으로, 우즈베키스탄 테니스 국가대표팀의 감독을 역임한 바 있다고 했다. 그분만 아니라 한국을 방문하여 지방 여자 테니스팀의 코치로 일한 적도 있는 분이다. 재단의 카라칼파크스탄 사업이 시작되고 지금까지 순조롭게 진행될 수 있었던 것은 이 두 분의 고려인 동포 덕분이다. 카라칼파크스탄에는 약 만 명의 고려인이 살고 있으며, 이들은 수르길 가스전개발 사업에 진출한 현대건설이 현지에서 사업을 수행하는 데 없어서는 안 될 연결고리이자 현지 자문의 역할을 감당하고 있다. 한국의 미래 공적개발원조 사업은, 이렇게 세계 곳곳에 흩어져 그 나라의 문화에 정통하고 인맥과 행정절차에 있어 이미 전문가적인 경지에 이른 한국의 디아스포라들 덕분에 매우 희망적이다. 재단이 사업의 전망을 긍정적으로 평가하고 지원을 아끼지 않음으로써 사업이 가장 빨리 늘어나고 있는 곳이 바로 우즈베키스탄을 비롯한 중앙아시아 지역인 이유다. 이는 1937년, 이미 이 지역에 도착하여 뿌리를 내리고 살아간 고려인들이 있었기에 가능한 일이다.

제10장

단지 한국인이라는 이유만으로

나는 단지 한국인이라는 이유만으로 매우 특별한 대접을 받아 왔다. 한국의 보건의료 분야 공적개발원조 사업을 담당하는 기관의 사무총장이라는 직책 덕분에 분에 넘치는 융숭한 대접을 받았고, 고관대작 대우를 받기도 했다. 내가 쌓아 온 경험과 지식 이상의 대우를 받아 어쩔 줄 몰라 하고 당황해하기도 했지만, 그것은 지금 한국이 세계에 가지고 있는 위상을 반영한 것으로 생각한다. 아울러 세계가 한국인에 대한 기대를 드러내는 것이자 한국에 대한 기본적인 시각이라고 보아야 할 것이다. 내가 한국 사람이라고 소개를 하면, 사람들이 '강남 스타일'을 외치면서 춤을 추거나 "대장금 드라마 너무 재미있어요."라며 칭찬을 아끼지 않았다. 다시 말해 이는 한국 사람들 앞에 주어진 엄청난 기회요 활짝 열린 문이다. 우리가 한국인이라는 사실 때문에 이유 없이 손해나 불이익을 당하는 경우는 이제 드물다고 해도 과언이 아닐 듯싶다. 우리의 조상들과 선배들이 피땀 흘려 이룩한 결과를 우리가 감사하면서 취할 수 있는 절호의 기회가 찾아온 것을 여러 측면에서 느낄 수 있다. 아직 준비가 되지 않았다며 머뭇거릴 틈이 없다. 우선 결정을 내리고 준비해도 늦지 않다. 아니 우리의 선배들과 조상들은 대체로 그렇게 삶을 일구어 오고 자신의 운명을 결정지었다. 중앙아시아로 이주한 우리의 선배들은 아무런 준비 없이, 아무것도 가진 것 없이 맨손으로 기적을 일구어 내었다. 그에 비하면 우리는 너무나 많이 준비되어 있다. 우리의 핏속에는 의지의 한국인으로서의 DNA가 심어져 있다. 그동안 한국인이 경험하며 얻은 지식이 우리 안에 이미 살아 꿈틀거리고 있는 것이다. 단지 스스로를 바라보는 우리의 시각과 근본적인 태도가 문제다. 우리가 아무것도 아는 것이 없다고 생각하여 두려워하고, 선진국이라고 생각하는 서방의 공적개발원조를 무조건 따라가려 하는 것이 우리의 미래를 어둡게 하는 가장 심각한 위협이 될 것이다. 좋은 일꾼에게 필요한 것은 태도, 기술 그리고 지식이라고 한다. 그런데 기술과 지식에 있어서 우리는 이미 세계 최고의 수준을 갖추고 있다 해도 과언이 아니다. 우리가 신경을 써야 할 부분은 단지 우리의 마음가짐, 즉 우리 자신의 정체성에 대한 근본적인 태도다. 우리 개개인이 자신에 대해 긍정적인 확신을 가질 수 없다면, 우리는 다른 사람들의 삶에 어떠한 긍정적인 변화가 일어나도록 도울 수 없을 것이다. 언어를 준비하고, 마음을 열어 배우고 받아들이며, 변화를 두려워하지 말고, 위험과 도전에 직면하여 담대하게 나아가자.

1992년 어느 봄날, 해부학교실의 전임강사로 발령을 받은 지 얼마 되지 않아, 예방의학교실에 근무하고 있던 손 교수님으로부터 전화가 걸려왔다. 내가 전임강사로 임용된 것을 축하할 겸 점심이나 하자는 것이었다. 손 교수님은 나보다 한참 연배가 높으신 고등학교 선배이지만, 후배들을 잘 챙겨 주시기로 정평이 나 있었다. 그래서 햇살 좋은 봄날 학교 근처의 식당에서 자리를 같이하였다. 교수님은 어디서 내가 체질인류학을 전공하고 있다는 말씀을 들으셨는지, 체질인류학과 내 연구 분야에 대해서 이것저것을 물어보셨다. 내가 해부학교실에서 조교 겸 연구원으로 육안해부학을 전공하면서 자연스럽게 체질인류학과 고고학 분야로 관심이 옮겨가게 되었다. 당시에는 해부학회와 체질인류학회가 통합되어 있었는데, 정작 체질인류학이나 육안해부학을 전공하는 사람은 드물었다. 체질인류학이 나치가 유대인 학살을 정당화하거나 일제가 조선을 통치하는 것을 뒷받침하는 도구로 사용된 적이 있어 순수학문으로서의 평판이 별로 좋지 않았기 때문이다. 일제는 한국 사람들은 등이 평평해서 지게를 지기에 적당한 체격을 가졌다고 우리를 비하하기도 하였는데, 이렇게 편향된 시각으로 연구가 진행되기도 했다. 손 교수님의 부친은 한국 최초로 웅기군 굴포리에서 구석기 유적을 발굴하셨다. 한국의 역사가 구석기 이전으로 거슬러 올라간다는 것을 밝힌, 고고학의 태두이신 손보기 교수님이시다. 따라서 나는 손 교수님의 체질인류학 분야에 대한 관심을 당연한 것으로 받아들였다.

식사를 마칠 무렵 손 교수님께서는 내게 부탁 반, 제안 반으로 이번 여름에 고고학답사팀이 몽골을 방문하는데 거기 합류해 보면 어떻겠느냐고 물으셨다. 나는 갑자기 귀가 솔깃해졌다. 그때까지 한 번도 해외를 나가 본 경험이 없었고, 또 한 번도 고고학답사팀을 따라 소위 발굴이란 것을 해 본 적도 없었기 때문이다. 고고학답사팀에 묻어가면 많은 것을 배울 수 있으리라는 기대에 귀가 솔깃해졌다. 손 교수님의 말씀으로는, 지난 10년간 몽골 정부가 일본 고고학회와 합동으로 칭기즈칸의 무덤을 발굴하기 위한 합동조사를 진행했는데 성과 없이 끝이 났고, 그래서 올해부터 한국과 합동으로 조사를 진행하기로 했다고 하셨다. 그러니 혹시 생각이 있으면 합류해 보라고 넌지시 말씀하셨다. 아울러 부친께서 연로하셔서 누군가가 곁에 있어 주는 것만으로도 안심이 되겠다는 말씀을 덧붙이셨다. 작년에 중국에 장보고유적 발굴차 가셨다가 갑자기 쓰러지셔서 많이 놀랐고, 지금은 다행히도 건강을 회복하셔서 답사를 준비하고는 계시지만 여전히 마음이 놓이지 않는다고 말씀하셨다. 하필이면 환경이 더 열악한 몽골에 가신다고 하니 배로 걱정이 되었는데, 갑자기 내가 떠올랐다는 말씀도 덧붙이셨다. 나는 역시 공짜 점심은 없구나라는 생각이 들었지만 걱정하지 마시고 제게 맡기시라고 호언장담하며 몽골행을 결심했다.

그것이 내가 경험한 최초의 국제개발협력이었다. 나는 7월 한 달 동안 동몽골 지역을 헤매면서 고고학답사단의 주치의 겸 해부학자 역할을 맡았다. 더불어 교수진 중에서는 내가 가장 나이가 어렸기 때문에 다른 조교 및 연구원들과 함께 답사단의 소위 각종 잡일도 거들었다. 처음 간 답사였던 만큼 모든 것이 새로웠고 그래서 많은 것을 배우고 많은 것을 느꼈다. 아울러 몽골과 몽골 사람들에 대해서도 많은 것을 배웠고, 한국의 역사도 다시 볼 수 있는 기회를 가질 수 있었다. 안타깝게도 칭기즈칸의 무덤을 발견하여 박물관을 설립하고 전 세계의 여행자들을 유치하겠다는

1992년 여름 동몽골 고고학답사 중에 몽골의 어느 초원에서 답사팀의 최기호 교수님, 몽골 학술원의 투멍 교수님과 함께. 도대체 초원 한복판에서 무엇을 잡겠다는 것인지 모르겠다.

몽골 정부의 원대한 계획은 아직 달성되지 못하였다. 그렇지만 사회주의에서 시장경제로 전환하는 몽골의 여러 곳을 돌아다니면서 한국과는 너무나 다른 사회의 여러 단면을 비교하고 이해할 수 있는 기회를 가졌다. 특히 배급에 의존하던 사회에서 아직 완전히 벗어나지 못해, 돈을 포대자루에 싸 가지고 다니면서도 식당이 없어 음식을 먹지 못했던 것은 매우 새로운 경험이었다. 상점에 판매할 물건이 없는 것도 충격적이었다. 소와 양을 현지에서 조달하여 직접 잡아먹었던 그 한 달의 기억은 아직도 나의 뇌리 속에 생생히 살아 있다. 마치 과거로 회귀한 듯한 그 한 달 동안 몽골로의 첫 여행이 내 삶을 영원히 변화시켰다. 그로부터 1년도 못 되어 나는 몽골 국립의과대학교 교환교수의 신분으로 몽골에 정착하기 위해 울란바토르공항에 도착하였다.

내가 연세대학교 의과대학의 교수직을 영원히 포기할지도 모르는 걱정을 안고서 몽골로 출발하기까지 사실상 준비다운 준비를 하지는 못했다. 1992년 겨울, 미국 캘리포니아 주 모데스토 시에 위치한 국제의료대사선교회Medical Ambassadors International 본부로 날아가 일주일 동안 '지역사회보건 훈련자 세미나'에 참석한 것이 전부였다. 그 훈련자 세미나를 통해서 내 삶의 스승이 되어 준 스탠 롤랜드를 처음 만나 많은 것을 배울 수 있었다. 그때 배운 진리들과 개발의 원칙들이 아직도 내 삶을 지지해 주는 중요한 기둥 역할을 해 주고 있다. 그렇지만 객관적인 관점에서 볼 때 나는 국제협력개발이라는 분야에 뛰어들 준비가 전혀 되어 있지 않은 상태로 첫발을 내디딘 이후, 지금까지 근 25년이라는 긴 세월을 달려왔다. 1994년 가을 연세친선병원이 설립되어 개원식을 마친 후 영국 런던에 있는 '아동건강연구소'에서 2주 과정의 훈련을 받은 것이 소위 보수교육의 전부이다. '제3세계 개발협력사업 지도자들을 위한 경영기법 세미나'에 참여하여 많은 것을 배울 수 있었지만, 그 외의 정규적인 훈련이나 학위과정을 이수한 적은 없다. 공중보건학 석사학위도 없으니 말이다. 내가 이런 이야기를 하는 이유는 '나의 무식을 자랑하려는 것'이 아니라, 준비가 되어 있지 않다는 이유로 망설이거나 포기하려는 사람이 있다면 "그래서는 안 된다."라고 말하기 위함이다.

나는 한국인이다.

나는 한국인이다. 나는 한국인 어머니와 한국인 아버지에게서 태어난 한국인이고, 비록 여러 나라에서 거주했던 경험이 있긴 하지만 한국인으로 한국에서 반평생 이상을 살아왔다. 세상 곳곳을 떠돌아다니고 이곳저곳에서 거주하면서 잠시 한국과는 다른 환경에 끌렸던 적도 있었지만, 내가 한국인이라는 것을 잊은 적은 없었다. 사실 내가 한국인이라는 것을 더욱 절실하게 느끼게 된 것은 한국을 떠나 살게 되면서부터. 한국을 떠나 살면서, 비로소 조국의 소중함을 깨닫게 되었다. 다른 나라 사람들과 섞여 살게 되면서, 한국 사람들이 누구인지 더 잘 알게 되었다. 그들과 함께 일하게 되면서, 내가 어떤 성향을 가진 사람인지, 나에게 영향을 준 한국의 전통·문화·제도에 대해 더 깊이 생각해 볼 기회를 갖게 되었다. 이 책을 읽는 여러분도 '나는 한국에 대해서 잘 모르거나, 한국의 특정 제도나 분야에 대해서 잘 모른다.'라고 생각하고 있을지 모르지만, 사실 우리는 한국에 대해 이미 많은 것을 알고 있다. 특히 한국의 근대화 과정에서 얻은 소중한 경험을 공유함으로써 개발도상국 사람들을 도울 수 있는 실제적인 지식을 소유하고 있다. 단지 그것을 뚜렷하게 인지하지 못하고 있을 뿐이다. 한국에서 사는 동안에는 매달 꼬박꼬박 납부하는 건강보험료가 너무 비싸다고 불평하고, 도대체 이 따위 제도를 만든 사람은 누구이며 무슨 생각으로 이 제도를 운영하고 있는지 등의 불만을 털어놓곤 하였다. 그러나 해외에서 살게 되면서 한국 건강보험의 우수성과 장단점에 대해서 잘 알게 되었다. 자연스럽게 사람들에게 한국 건강보험의 우수성을 선전하고 다니는 홍보대사 역할도 했다. 우리가 국제개발협력 분야에 발을 내딛는 순간, 비로소 이 분야에 대해서 사실상 이미 많은 것을 알고 있으며 어느 정도 준비가 되어 있다는 것을 깨닫게 될 것이다.

그러나 이 말을 '무조건 한국적인 것을 고집하라.'는 의미로 받아들이거나 해석하지 않았으면 한다. 다른 나라의 문화와 제도에 무감각하여 무조건적으로 한국의 제도나 체제를 그대로 옮겨 놓으려고 하는 잘못을 범해서는 안 된다. 많은 한국 선교사들이 다른 나라의 동료 선교사들로부터 문화적으로 무감각하다는 이야기를 듣는다고 한다. 그게 무슨 뜻이냐고 되물으면 "왜 현지에 한국교회를 세우려 하느냐?"라고 반문한다는 것이다. 굳이 한국에서 찬송가를 가져다 부르지 않고, 한국의 예배순서를 따르지 않는다고 잘못될 것이 무엇이냐는 것이다. 공적개발원조에서, 한국에서 성공한 새마을운동을 그대로 다른 나라에 이식하려 하거나 한국의 병원 체제를 그대로 다른 나라에 옮기려는 시도들이 있어 왔던 것이 사실이다. 역사와 전통과 문화와 환경이 다른 나라에 한국에서 성공한 새마을운동을 그대로 옮겨 심을 수는 없는 노릇이다. 한국에서 경험한 새마을운동을 바탕으로 현지인들이 자신들의 힘으로 그 나라 실정에 맞는 주민운동을 시작할 수 있도록 도와주어야 한다. 이를 위해서는 우리가 기본적으로 가지고 있는 지식 위에 현지조사와 치밀한 연구를 함께 실시함으로써,

우리의 경험 때문에 현지의 주민운동이 제한되는 것을 피하기 위한 노력이 더해져야 한다.

출발은 쉽게 할 수 있지만, 최선을 다하고 온몸을 바쳐 일하지 않으면 국제개발협력은 이루어질 수 없는, 실현불가능한 목표가 되는 경우가 대부분이다. 한국 사람들이 국제개발협력 분야에서 성공할 가능성이 높은 이유는, 물불을 가리지 않으며 공과 사를 따지지 않고 끝장을 볼 때까지 쉬지 않고 일하는 근성 때문이다. 국제개발협력은 정해진 근무시간에 사무실에 출근하여 세워진 목표를 달성하기 위해서 노력하고, 근무시간 외에는 사생활을 즐길 수 있는 고액의 보수가 보장되는 환상적인 전문직종이 아니다. 아니 우리의 삶이 통째로 투자되지 않고는 현지인들의 삶이 변화되지 않는다고 생각하는 것이 맞을지 모르겠다. 현지인들의 삶이 매일 일정한 시간을 근무하고 미리 정해진 목표를 달성함으로써 변화가 생겨나고 개발이 이루어질 수 있다고 믿는다면, 그럴 수 있을지도 모르겠다. 그러나 지금까지 살펴본 것처럼 한 나라의 개발이나 국민들 의식의 변화 및 주민운동은 그렇게 쉽게 이루어질 수 있는 것이 아니다. 적어도 책상 앞에 앉아서 하루에 몇 시간씩 꼬박꼬박 일한다고 달성될 수 있는 것은 아니라고 생각한다.

내가 한국인들이 국제개발협력 분야에서 그 잠재력을 발휘하고 성과를 나타낼 수 있을 것으로 확신하는 이유는, 이 분야가 전도양양하고 미래가 보장되는 분야이기 때문이 아니다. 국제개발협력 분야는 곳곳에 수많은 장애물과 위험이 도사리고 있어 순조로운 사업 진행이 거의 불가능한 분야다. 이 분야에서 일하는 많은 사람들은 하루에도 수십 번씩 절망하고 매순간 자신의 능력과 인내력의 한계를 느끼며 악전고투를 하고 있다고 해도 과언이 아니다. 수없이 포기하고 싶은 생각이 드는데도 불구하고 무엇이 이루어지고 변화되고 있다는 증거를 찾을 수 없는 경우가 대부분이기 때문이다. 그러한 상황에서 포기하지 않고 도전을 계속하여 상황을 변화시키거나 창조적인 돌파를 이루어 낼 수 있는 사람은 많지 않다. 그러나 나는 오랜 역사와 전통을 통해 얻어진 지식들과, 고난을 새로운 자극으로 받아들여 온 선조들의 지혜들을 전수받은 우리에게서 그 가능성을 기대한다. 위기의 순간에 위험을 기회로 전환시켜 발전의 토대로 삼은 의지적인 한국인의 피가 우리 가운데 흐르고 있다는 자부심이 수많은 위기로부터 우리를 구해 줄 수 있으리라 희망하기 때문이다. 그런 사람들만이 국제개발협력이라는 엄청난 파도에 떠내려가지 않고 살아남을 수 있을 것이라 생각한다.

국제개발협력이라는 '하얀 코끼리'는 사실 너무나 귀하고 신성한 존재다. 너무나 귀하기 때문에 부담스럽고, 잘 해야 한다는 압력으로 주위 사람들을 주눅들게 하기 십상이다. 하얀 코끼리는 덩치가 무척이나 커서 많은 기대를 갖게 하지만, 큰 덩치에 비해서는 별로 쓸모없는 것도 사실이다. 그 하얀 코끼리를 그저 바라만 보며 죽지 않도록 잘 돌보는 것이 국제개발협력은 아니다. 하얀 코끼리가 커피원두를 집어 먹고 소화되는 과정 중에 발효된 커피를 생산할 소위 '미친' 발상을 통해 지역 주민들을 돕고자 하는 마음을 먹어야 가능할지 모르겠다. '루왁 커피와는 비교도 될 수 없는 세계 최고의 커피'로 선전해서 팔아 소득을 올리겠다는 꿈을 꾸고, 그 꿈에 스스로 흐뭇해질 수 있는 미친 열정을 가진 사람들이 아니고는 감당해 낼 수 없는 '미션임파서블'일지도 모른다.

돌봄과 치료

　내가 의학을 공부하면서, 또 의과대학을 졸업한 뒤 비록 임상의사로 일을 하지 않으면서도 간직하고 있는 신념 중 하나는 "의사는 돌볼 뿐이고, 치료하시는 분은 하나님이다."라는 것이다. 의사로서 우리는 환자의 병이 낫게 할 수 없다. 우리는 환부를 절개하여 고름을 빼내고 항생제를 발라줌으로써 우리 몸의 세포들이 병원균에 대항하여 더 잘 싸우게 도와주며, 또 면역력이 속히 회복되어 우리 몸이 병을 극복할 수 있도록 돌볼 수는 있지만, 병이 근본적으로 치유되게 할 수는 없다. 앤드류 와일Andrew Weil은 하버드 의과대학을 졸업한 후 서양의학에 회의를 품고 세계 도처를 돌아다니면서 소위 민간요법과 전통적인 치료에 대해 오랜 기간 연구하였다. 그러한 삶의 결과로 《자연치유Spontaneous Healing》라는 책을 펴냈고, 이 책으로 인해 그는 미국 대체의학의 선구자가 되었다. 또한 그는 미국의 수많은 의사들의 '공적 1호'가 되었다. 그가 현대의학에서 시행되고 있는 주요한 치료법이나 의료행위들을 근본적으로 부정하고 있기 때문이다. 그가 건강을 회복하기 위해 환자들에게 첫 번째로 권하는 것은, 현재 복용하고 있는 모든 약을 끊고 야채를 위주로 한 식이요법을 하라는 것이다. 현대의학의 약물과 의사들에 의존하지 말고 우리 몸의 자연적인 치유능력에 의지하라고 말한다. 내가 그의 이론에 모두 동의하는 것은 아니지만, 우리 몸이 가지고 있는 소생능력과 면역력을 회복하도록 돕는 것이 의사가 해야 할 일이라고 믿고 있다. 서양의학은 소위 관혈적 요법을 통해 상한 부분을 도려내고, 망가진 부분을 다른 것으로 대체하거나, 대용물을 통해서 치환함으로써 적극적으로 대처해야 한다는 논리적 기반을 가지고 있다. 외과학과 약물의 발달로 인해서 소위 불치병으로 여겨지던 질병들에 대한 대책이 생겨난 것이다. 그러나 그렇게 매우 파격적이고 공격적인 치료법을 사용한다고 해도, 우리의 몸을 정상상태로 돌려놓을 수는 없다. 우리 몸이 스스로 회복하여 정상기능이 돌아오도록 기다려야 한다. 의사들의 역할은 결국 환자의 몸이 스스로의 힘으로 손상된 구조들과 면역체계를 회복시켜 정상적인 기능을 발휘할 수 있도록 돕는 것이 기본이라고 믿는다.

국제개발협력 분야에도 동일한 원리가 적용될 수 있을 것으로 생각한다. 수원국의 상황에 적극적으로 개입하여 상황을 파악하고 문제점을 발견하여 자원을 동원함으로써 능동적으로 변화를 가져다주는, 소위 '개발을 배달'해야 한다는 생각은 치료적인 개념과 상통할 것이다. 반면에 현지인들이 스스로 각성하여 주인의식을 갖고 적극적으로 자신들의 삶을 변화시키기 위한 노력을 경주할 수 있도록 현지에서 구할 수 있는 자원들부터 동원하여 사업을 통해 지속적으로 발전시킬 수 있도록 돕고 격려하며 용기를 불어넣어 주는, 소위 돌봄에 무게를 둔 접근 방법이 있다. 이것은 우리가 국제개발협력에 임하는 기본적인 태도에 있어 두 가지 관점이라고 볼 수 있다. 이러한 기본적인 태도는 우리의 행동양식과 사업의 실제적인 추진 과정에 많은 영향을 주고, 사업의 진행 과정에서 요구되는 수많은 결정과 판단에도 영향을 주게 된다. 세상을 변화시킬 수 있다고 믿는 사람들은 수원국에서 현지인을 대함에 있어 지시적이고 계층적이며 요구적인 태도를 취할 수 있는 위험성을 내포하고 있다. 대부분의 공적개발원조가 외부자원에 의존하기 때문에, 이러한 태도는 현지인들에게 주인의식을 심어 주고 지속가능한 발전을 일으키는 데 장애가 될 수도 있을 것이다. 아울러 개발 과정에서 필연적으로 부딪히게 될 많은 문제들과 현지의 어두운 상황에 대해 대처능력이 떨어질 위험성이 있다.

사실 많은 공적개발원조와 국제개발협력 사업에 관여하는 단체들과 일 꾼들이 흔히 범하는 치명적인 오류가, 현지인들이 겪고 있는 매일매일의 어려움과 문제들을 외부인의 단편적인 시각에서 관찰하는 것이다. 그리 고 그에 대한 근본적인 원인과 영향을 주는 요소들을 확신하게 되는 것 이다. 물론 이러한 실수는 과거에 자신이 겪었던 사건들과 실수들에 직 접적으로 연관이 될 때가 많다. 그래서 더 위험한 확신을 하게 된다. 이 러한 확신이 잘못된 이유는, 많은 문제들의 원인이 매우 복잡한 삶의 여 러 요소들과 전통에서 기인한다는 사실을 간과한다는 것이다. 그 깊이와 심각성을 공유해 본 적이 없는 외부인들이 순간적으로 파악하기가 거의 불가능하기 때문이다. 이렇게 문제점에 대한 근본적인 접근이 어려운 상 황에서 범하는 또 다른 실수는, 자신들에게 익숙한 생활환경과 논리 체 계에 근거한 해결책을 현지인들에게 제시하고, 또 그러한 외부적인 대책 을 받아들이도록 강요한다는 것이다. 현지인들은 외부인이 어떤 문제에 대해 이야기하며 스스로 그 문제에 대한 해결책을 제시하자고 제안하면 서 자원을 투입하기 시작하면, 그러한 제안을 이해하지 못한 상태에서도 "NO"라고 말할 수 없게 된다. 무슨 이야기인지 잘 이해가 안 되지만 일 단 하자고 하니 해 보자는 생각으로 일이 시작되는 것이다.

그러나 세상을 변화시키고 수원국에 도움을 주려고 하기보다는, 현지 인들이 스스로 주인의식을 갖고 참여하도록 격려하며 돌봄을 주기 원하 는 태도로 사업에 임한다면, 접근 방법이 달라지게 된다. 가르치고 지시 하려고 하지 않고 우선 듣고 배우며 현지의 상황을 이해하려고 노력하게 될 것이다. 아울러 많은 문제점들을 대하는 태도도 달라질 것이다. 현지 인들이 당면한 어려움들을 부정적인 시각에서 문제로만 보려고 하기보다는, 오히려 그러한 필요들로 인해서 이루어질 잠재적인 성장과 발달가 능성을 보려고 노력하며 함께 어려움을 해결하고자 애를 쓰게 될 것이다. 즉 내가 무엇을 줄 수 있으며 그 자원을 어떻게 획득할 수 있을 것인가로 고민하기보다는, 현지인 스스로가 문제를 파악하고 필요를 깨닫게 도와 주려고 하게 될 것이다. 외부인의 생각이나 관점을 받아들이지 못한다고 탓하면서 '왜 받으려 하지 않는가.'라는 생각으로 현지인들의 수용성을 지적하기보다는, '내가 어떻게 하면 이들의 세계관을 이해하고, 아울러 왜 그러한 시각을 갖게 되었는지를 깨달을 수 있을까?'로 고민하게 될 것 이다. 외부에서 어떤 자원을 투입해야 문제가 해결될 것인지를 고심하기 보다는, 현지에서 구할 수 있는 자원과 현지인 스스로의 힘으로 해결 방 법을 강구하며 외부자원을 획득하는 방법을 찾도록 돕는 방향으로 전략 과 구체적인 계획이 바뀌게 될 것이다.

시각의 변화

그렇다. 모든 변화와 발전이 시작되는 첫 번째 단계는 내 자신이 스스 로를 바라보는 시각이 변화되는 것이다. 내 스스로를 확신할 수 없을 때 우리는 외부자원을 생각하고, 변화의 원동력을 다른 곳에서 찾으려 한다. 그러나 공적개발원조가 되었건 국제개발협력이 되었건, 얼마나 많은 재 정과 자원이 투입이 되건, 변화를 일으키는 가장 근본적인 원동력은 나로 부터 생겨나야 한다. 우리들 스스로의 시각이 변화되는 것을 경험하지 못 한다면, 다른 사람의 삶에서 어떠한 변화가 창출될 수 있도록 도울 수 없 을 것이다. 변화에 대해서 깨달을 수 없기 때문이다. 우리가 지식을 단지 체계화된 정보나 기술적인 이론이 아니라, 그러한 정보를 통해 실제로 경험한 바를 정리한 것으로 정의한다면, 스스로가 변화되는 경험을 해 보지 않은 사람은 변화에 대한 지식이 없고, 따라서 다른 사람들을 도와 변화가 일어나도록 할 수 없을 것이다.

앞에서 공적개발원조나 국제개발협력의 과정이 단지 사업으로 시작해서 사업으로 끝나서는 사람들의 삶을 변화시키는 어떠한 영향을 줄 수 없고, 따라서 그러한 과정 중에 현지인들에게 반드시 의식이나 가치관의 변화가 일어나야 한다는 것을 강조했었다. 현지인들이 그러한 의식과 세계관의 변화를 경험할 수 있게 이끄는 것은 나에게서 기인한 가치관의 변화가 될 것이다. 즉 사업을 시작하면서 내게 어떤 새로운 변화가 없다면, 현지를 방문한 내 가치관의 변화가 따라오지 못한다면, 내가 무엇인가를 새롭게 배우고 깨닫지 못한다면, 이런 모든 변화가 야기될 수 있는 연쇄반응의 첫 번째 단계가 점화되지 못할 것이다. 다시 말해 내가 변하지 않으면 다른 사람이 변하도록 도울 수 없게 된다는 것이다.

내가 한국인으로서의 자부심과 우리 선조들과 선배들이 걸어온 길에 대한 확신이 없고, 한국의 근대화 과정과 빈곤극복 과정에 대한 긍정적인 평가를 내리지 못한다면, 나는 수원국의 현지인들에게 아무리 많은 자원을 투입하여 사업을 계획하고 도와주어도 항상 무엇인가 핵심이 빠졌다는 느낌을 갖게 될 것이다. 수원국의 현지를 방문하여 한국인으로서의 정체성을 더욱더 깊이 깨닫고 한국의 과거 발전 경험에 대한 긍정적인 확신이 새로워질 때, 모든 변화의 출발점이 되는 자신의 긍정적인 변화에 의지하며 사업을 구상하고 시작할 수 있게 될 것이다. 이러한 내부적인 변화가 일어나지 못한다면, 우리는 외부적인 자원과 전문가와 경험을 빌어 변화가 일어나 주기만을 바라게 될 것이다. 수원국의 현지인들이 바라는 것은 우리가 투입할 재정의 규모나 반입해 올 장비의 목록이 아니다. 그들은 어느 날 갑자기 나타난 디지털 엑스레이 촬영기보다는, 사람은 지운 채 돈만 송금되어지기를 바라기보다는, 자신 앞에 변화의 실체로 드러나 그 모형이 될 한국인을 만나기를 더 소원한다. 장비들과 재정적인 지원이 가져올 수 있는 변화는 매우 제한적이고 일시적이며 삶을 변화시키는 파괴력이 부족하기 때문이다. 우리들 스스로가 자신을 고가의 첨단 단층촬영기보다 못하다고 생각한다면, 우리가 수원국의 보건의료 분야에 끼칠 수 있는 영향력은 거의 없다고 보아야 할 것이다. 나는 그저 첨단장비들을 운반해 주고 정부에서 재정을 지원하도록 도와주는 일꾼이라고 생각한다면, 딱 그 정도 만큼의 기여만 할 수 있을 것이다. 만일 우리가 스스로의 역할에 대해 그렇게 제한을 하고 있다면, 수원국의 보건의료 환경이나 제도에 어떠한 변화가 오기를 기대해서는 안 된다. 그로써 현지인들의 삶에 어떤 긍정적인 변화가 올 것이라고 기대한다면, 그것은 스스로를 속이는 것이 될지 모르겠다.

조금은 편협적이지만, 서양의 사고방식은 대체로 힘의 균형을 생각하여 균형을 위해서는 많이 가진 쪽에서 덜 가진 쪽으로 재화와 자원과 기술 및 지식의 이동이 일어나야 한다고 생각한다. 따라서 변화를 위해서는 주고받음의 과정이 있어야 하고, 흐름이 있어야 하며, 그 흐름에는 방향성이 있어야 한다. 즉 변화는 현재의 균형을 깸으로써 일어난다. 그러나 동양적 사고방식, 아니 한국적 사고방식은 균형보다는 조화를 먼저 생각한다. 부족하면 부족한 대로 있으면 있는 대로의 상황을 인정하면서, 어떻게 조화를 이루어 가며 상호협력을 통해 서로 발전해 가도록 도울 것인

2014년 재단이 주최한 보편적건강보장 국제학술대회에서 무엇인가를 가리키고 있다.

지를 생각한다. 불균형의 상태를 변화시키기 위해서 노력하는 것을 포기하지 않지만, 우선 현재의 상황에서 조화를 이루면서 역할의 변화를 통해 자연스럽게 상황의 변화가 따라오기를 기대한다. 균형을 깨고 억지로 변화를 도입하려고 하기보다는, 조화를 통해 변화가 스스로 창출되기를 기대하는 것이다. 지금까지의 공적개발원조가 서구적 사고방식에 기반하여, 균형을 맞추기 위해 시작된 여러 가지 사업들과 시도들에 의해 오히려 조화가 깨져 불균형의 상태도 호전되지 못하고 삶의 조화도 사라져 버리는 상태가 초래되었다면, 이제 다른 시도가 필요하다는 것을 인정해야한다. 우리는 힘이나 자원 분배의 불균형 상태에서도 조화를 이루며 살아온 이들의 삶의 지혜를 존중하면서, 현지인들의 삶의 조화가 깨어지지 않는 상태에서 불균형의 문제가 개선되기를 희망하면서, 현지인들을 도와 스스로 그 해결책을 찾도록 격려할 수 있을 것이다. 그러한 환경이 마련될 때 외부인이 아닌 현지인이 주인의식을 갖고 자신들이 지켜 온 전통과 문화의 조화를 깨지 않는 환경에서 발전이 이루어질 수 있다. 조화가 깨진 상태로 불균형을 개선하려고 시도하는 것은 오히려 더 많은 문제를 야기하고, 아울러 지속가능한 발전을 이룰 수 없게 한다. 사업이 시작되기 전에 비해 상황이 오히려 악화될 수 있는 것이 바로 이러한 이유다.

이것은 지역의 차이에 따른 세계관의 차이에 의해 일어날 수 있는 많은 예 중 하나에 불과하다. 우리는 지금까지 견지해 온 전통적인 세계관을 통해, 다른 나라 사람들이 서구적 세계관을 받아들이도록 강요받지 않으면서도 스스로 발전해 갈 수 있도록 도울 수 있는 능력을 갖고 있다. 따라서 개발도상국의 사람들이 자유롭게 자신의 운명을 개척해 나가도록 도와주어야 할 책임도 있다고 믿는다.

아직 시각이 변화되지 않았다면, 우리들의 습관처럼, 먼저 뛰어들어라. 그러면 변화될 것이고, 변화의 출발점이 될 것이며, 변화의 원동력이 될 것이다.

우리는 세계를 변화의 소용돌이 속으로 몰아갈 핵심이요 주역이 될 것이다. 아니 이미 그런 존재다.

세계는 넓고 아픈 사람은 많다

펴 낸 날 1판 1쇄 2017년 3월 15일

지 은 이 서원석

펴 낸 이 양경철
편집주간 박재영
책임편집 김하나
디 자 인 박찬희

펴 낸 곳 청년의사

발 행 인 이왕준
발 행 처 ㈜청년의사
출판신고 제313-2003-305호(1999년 9월 13일)
주   소 (04074) 서울시 마포구 독막로 76-1(상수동, 한주빌딩 4층)
전   화 02-3141-9326
팩   스 02-703-3916
전자우편 books@docdocdoc.co.kr
홈페이지 www.docbooks.co.kr

ISBN 978-89-91232-67-9 (03810)

책값은 뒤표지에 있습니다.
잘못 만들어진 책은 서점에서 바꾸어 드립니다.